Franziska Hülshoff

HEIMWEH –
EINE STÜRMISCHE REISE NACH HAUSE

Franziska Hülshoff

Heimweh – eine stürmische Reise nach Hause

1. Auflage 2025

Verlag: BoD · Books on Demand GmbH, Überseering 33, 22297 Hamburg, bod@bod.de
Druck: Libri Plureos GmbH, Friedensallee 273, 22763 Hamburg

Covermotiv: Emese Bándi
Satz und Covergestaltung: Su Balko

ISBN: 978-3-7693-9857-1

Für Concha,
meine portugiesische
Sonne.

Prolog

Wir sind umzingelt.

Die Wassermassen schlagen von allen Seiten gegen die Holzwände des Bootes. Von tausenden Händen werden wir in alle Richtungen gezogen. Auf einmal kommt mir unser Boot dünn wie ein Streichholz vor.

Wir sind umzingelt. Verloren treiben wir umher auf der Suche nach dem sicheren Hafen. Wo geht es nach Hause? Der Wind heult in meinen Ohren. Hin und wieder übertönen ihn die panischen Rufe der Männer. Jeder klammert sich mit kalten Fingern fest, wo er kann. Auch ich lasse das dicke Tau in meinen Händen nicht los, bleibe aber stumm.

Auf einmal landen meine Gedanken bei ihr. Die Rufe und das Heulen verklingen im Nichts. Ich sehe nur sie, wie sie am Strand sitzt, die Hände voll mit nassem Sand. Eifrig hebt sie eine Grube aus für ihren eben entdeckten Muschelschatz. *Patsch, patsch, patsch.* Ihre Augen sind konzentriert auf ihre Arbeit gerichtet, ein breites Grinsen ziert ihr kleines Gesicht. *Patsch, patsch, patsch.* Tiefer und tiefer gräbt sie, damit ihr Schatz auch wirklich sicher sein wird.

Ein Schrei bringt mich plötzlich zurück aufs Boot, das nach wie vor von der wütenden See hin und her geworfen wird. Doch etwas ist anders. Der Lärm der Männer ist auf einen Schlag verstummt. Alle schreckverzerrten Gesichter blicken auf eine Gestalt im Meer. Panisch strampelnd kämpft er gegen die Wellen an. Seine Beine stoßen ins Wasser, als würde der Mann hoffen, mit seinen Füßen irgendwann wieder den Boden zu erreichen. Doch zappelt er nur hilflos in den Wassermassen und erinnert mich an die Fische, die wir sonst in unseren Netzen ins Boot ziehen.

Ich bemerke kaum, wie ich das Tau in meinen Händen loslasse. Wie in Trance greife ich nach einem Seil, das ich an einem Pfosten befestige. An das andere Ende binde ich einen Rettungsring, den ich mir fest unter den Arm klemme. Der Wind saust in meinen Ohren, als ich über die Reling springe und in kalte Tiefen falle. Hinein ins Nichts.

Teil 1
Achill Island

Wellen
kommen und gehen
brechen und stehen
kannst du sie sehen?

Bist du wirklich da,
wenn es passiert,
oder haben deine Gedanken
an Morgen deine Sicht okkupiert?

Ich möchte dich hier nicht belehren,
vergesse ich es doch selbst viel zu häufig,
diesen Moment zu ehren.

Doch beginnen können wir jetzt
von Neuem,
während wir blicken auf die Wellen
und spüren, wie sie uns die Sicht erhellen
auf das, was wirklich zählt.

1. Kapitel

Das Klingen der Gläser und das Stimmengewirr hallte wie ein schriller Wecker in meinem Kopf. Nachdem ich so viele Tage allein zwischen meinem Schreibtisch und dem Strand gependelt war, fühlte ich mich im prall gefüllten Pub, als wäre ein greller Scheinwerfer auf mich gerichtet worden. Nervös fuhr ich mit dem Finger am Glas des Pints auf und ab, als wollte ich die kalten Wassertropfen darauf verteilen. Nicht als Teil einer Gruppe hier zu sein, verunsicherte mich. Ich versuchte den Impuls zu unterdrücken, schnell zurück in die Stille meines muffigen Cottages zu flüchten. Nur vereinzelt ließ ich meinen Blick durch den Raum schweifen.

Alle Tische waren voll besetzt mit ausgelassen redenden Männern und Frauen, von denen einige hin und wieder aufstanden, um zu einem anderen herüberzueilen und dort die Leute zu begrüßen. Nur ein Tisch in der gegenüberliegenden Ecke war leer. Um ihn herum waren einige Stühle drapiert und auf der Tischplatte stand ein Schild, das *Für die Musiker* verkündete.

Wie ein Eindringling ins freudige Treiben der Einheimischen kam ich mir vor, die sich von den umliegenden Höfen und Cottages im Pub versammelt hatten, um den traditionellen Sessions zu lauschen, die für heute Abend angekündigt waren. Mich dagegen hatte die Veranstaltung völlig überrascht. Eigentlich hatte ich den Pub nur aufsuchen wollen, weil ich im Internet gelesen hatte, dass Pubs in Irland ungefähr das Gleiche waren wie Cafés in Portugal. Anscheinend war dies der Ort, an dem sich die Iren trafen und Informationen austauschten. Perfekt also, wenn ich etwas über meinen Vater herausfinden wollte, der in dieser Gegend aufgewachsen war.

Ich nahm einen Schluck meines Ciders. Das süße Getränk, das mich an Apfelschorle erinnerte, kannte ich bereits aus Dublin. Dort hatte ich am ersten Abend den Fehler begangen, einen Wein zu bestellen, wie ich es aus Portugal gewohnt war. Meine Wahl hatte ich jedoch gleich bereut, denn der Wein hatte nicht nur furchtbar geschmeckt, ich hatte auch einige belustigte Blicke der übrigen Reisenden geerntet. Eine Weile beobachtete ich die aufsteigende Kohlensäure in meinem goldenen Getränk und versuchte, meinen freien Abend zu genießen. Den Auftrag eines Sportriegelherstellers hatte ich an diesem Tag endlich abgeschlossen. Endlich war das Werbematerial fertig und abgeschickt, das die Verkaufszahlen steigern sollte. Ich nahm einen weiteren großen Schluck meines Ciders, als könnte ich das Projekt damit hinunterspülen und vergessen. Wieder einmal hatte ich mich letzten Endes nur dafür entschieden, weil die Bezahlung mich die kommende Zeit finanziell über Wasser halten würde. Nun konnte ich endlich aufatmen – zumindest für eine Weile bis zum nächsten Auftrag. Unruhig begann ich, mein Pint auf der Holztheke hin und her zu schieben, nur um etwas zu tun zu haben.

„Schmeckt dein Cider nicht?“

Als ich aufblickte, sah ich geradewegs in die verblüffend eisgrauen Augen einer jungen Frau, die hinter der Bar arbeitete. Ihr kinnlanges Haar war buschig und stand wie elektrisiert von ihrem Kopf ab. Das Dekolleté war mit verschnörkelten Tattoos und einer Silberkette geschmückt, an der ein Wolfskopf hing.

„Oh, doch doch." Ich versuchte ein Lächeln. „Ich hätte nie gedacht, dass es heute Abend so voll wird. Ist das immer so?"

Die Frau grinste. „Oh ja. Zumindest einmal im Monat bei den Sessions. Ist wie ein großes Wiedersehensfest, weil man sich den Rest des Monats kaum sieht." Während sie sprach, zapfte sie in rascher Folge mehrere Pints, ohne richtig hinsehen zu müssen.

„Du arbeitest also schon länger hier?", fragte ich, froh nun jemanden zum Reden zu haben.

„Seit der Schule. Eigentlich möchte ich Schauspielerin werden. Aber na ja, du kannst es dir denken – das passiert normalerweise nicht über Nacht." Sie lachte glockenhell, wuchtete vier Pints auf den Tresen vor einen älteren Herrn mit dunkelbrauner Schirmmütze und nahm sein Geld entgegen. „Ich bin übrigens Daphne. *Born and raised* in Keel. Bisher bin ich nur für die Schule und ein paar Castings rausgekommen", fuhr sie fort, nachdem sie in Windeseile das Wechselgeld zurückgegeben und sich wieder zu mir gedreht hatte.

„Joana aus Portugal." Zögerlich fügte ich hinzu: „Ich arbeite als freie Künstlerin und bin auf der Durchreise."

„*Nice.* Klingt so, als würdest du den Traum leben, Joana aus Portugal. Und was verschlägt dich gerade hierher, mitten ins Nirgendwo?"

Eine altbekannte Hitze kroch mir in die Wangen. Vielleicht war es das Pint, das inzwischen seine Wirkung zeigte, vielleicht aber auch mein Unbehagen, wenn jemand behauptete, ich hätte ein Traumleben. Ich dachte an die Leere, die mir in den letzten Wochen auf Schritt und Tritt gefolgt war, und an die vielen einsamen Stunden, die ich mit ihr am Schreibtisch sitzend verbracht hatte. Sofort verurteilte ich mich. Wusste ich mein Glück denn nicht zu schätzen? Um Zeit zu gewinnen, nahm ich einen großen Schluck aus meinem Pint, an dem ich mich prompt verschluckte. „Persönliche Gründe“, prustete ich.

Abermals ließ Daphne ein lautes Lachen hören. „Soso. Wohl einen Bauern aus der Gegend kennengelernt, was?“

Die Hitze in meinen Wangen verstärkte sich. „Aber nein, nein, das meinte ich nicht. Mein Vater kommt ursprünglich aus der Gegend. Ich bin zur Hälfte Irin und wollte einfach mal sehen, wo meine Wurzeln liegen.“

Daphne ging kurz zum anderen Ende der Bar, um eine Bestellung entgegenzunehmen, dann kam sie mit einem breiten Grinsen zurück. Ihr rotes Haar schien mit jedem gezapften Pint etwas buschiger zu werden, als stünde ihr Kopf in Flammen. „Ich hatte mich schon gewundert, Joana, dass du so wenig südländisch aussiehst. Eine Irin also und auch noch von hier. Bestimmt sind wir ganz entfernt verwandt.“ Daphne strich sich ein paar struppige Strähnen aus den Augen hinters Ohr, ehe sie erneut mit dem Zapfen begann.

Bevor ich noch etwas erwidern konnte, ertönte vom anderen Ende des Raumes eine Geige. Sofort verstummte das Stimmengewirr des Pubs, als hätte jemand einen Schalter umgelegt. Mit meinem fast leeren Pint wandte ich mich um und sah, dass sich inzwischen fünf Musiker mit zwei Gitarren, einem Banjo, einer Flöte und einer Geige versammelt hatten. Die Geigenspielerin begann eine Melodie und nacheinander setzten die übrigen Musikinstrumente ein. Gemeinsam verdichteten sie die Melodie, variierten sie und erhöhten die Geschwindigkeit.

Fasziniert beobachtete ich das Zusammenspiel der Musiker. Es wirkte so, als hätten sie die Stücke gemeinsam einstudiert, doch hatte ich gelesen, dass es bei den Sessions oft zu unterschiedlichen Zusammensetzungen kam und daher spontan gespielt wurde. Mit jedem Ton der Instrumente spürte ich, wie die Anspannung aus meinem Körper wich. Es war, als würden die Klänge all die niederdrückenden Gefühle von Einsamkeit der letzten Tage aus meinem Körper saugen und ihn stattdessen mit einer wohligen Wärme durchspülen. Auch wenn auf lebensfrohe Stücke langsamere folgten, riss diese Geborgenheit nicht ab. Zufrieden lächelnd lehnte ich mich mit dem Rücken gegen die Bar und schloss die Augen.

Erst als einer der Gitarrenspieler ein trauriges Solo anstimmte, verspürte ich urplötzlich einen Stich in der Brust, der mich hochschnellen ließ. Verschwommene Bilder von Toms erdbraunen Augen und von unseren Momenten am Strand meines Heimatdorfes Aldeia do Chaparro loderten ungebeten in meiner Erinnerung auf. Ich versuchte sie abzuschütteln, indem ich mich zur Bar umwandte. Daphne war wenige Meter entfernt mit ein paar Männern im Gespräch, die etwa in unserem Alter waren. Doch bemerkte sie offenbar sofort meinen suchenden Blick, denn sie kam zu mir herüber. „Noch eins?“, fragte sie und nahm mir das leere Pintglas aus der Hand.

„Lieber nur ein halbes“, murmelte ich, in Gedanken schon bei meinem Heimweg in der Dunkelheit, der mir noch bevorstand.

Daphne füllte ein kleineres Glas Cider und ging dann wortlos zurück zu den Männern. Selbst, als die Musiker eine Pause machten, kam sie nicht wieder zurück. Da ich nicht in der Stimmung war, fremde Leute anzusprechen, um sie nach meinem Vater zu fragen, zahlte ich bei ihrem Kollegen und machte mich auf den Weg nach draußen.

Alles in allem war es ein schöner Abend, dachte ich und blieb einen Moment vor dem Pub stehen, um die frische Meeresluft einzuatmen. Zwar war es beinahe stockfinster, da nur wenige Straßenlaternen die Hauptstraße erhellten, doch wusste ich, dass nur wenige hundert Meter hinter dem Pub das Meer lag. Das deutlich vernehmbare Rauschen der Wellen rührte an etwas in meinem Inneren. Auf einmal sah ich ihn gestochen scharf: Toms Camper, der sich weiß vom dunklen Strand von Aldeia abhob. Mit einem Blinzeln war er verschwunden, löste sich in Luft auf und ließ nichts als Dunkelheit zurück.

Seit Monaten hatten Tom und ich keinen Kontakt mehr gehabt. Bereits vor meiner Ankunft in Irland, als ich noch im Haus meiner Oma Camila in der Nähe von Porto Covo untergekommen war, waren unsere Gespräche am Telefon seltener geworden. Sie waren abgeebbt wie ein langsam versiegender Fluss. Ich hatte vermutet, dass die zunehmende Arbeit auf dem Kreuzfahrtschiff bestimmt Toms Aufmerksamkeit gefordert hatte. Sicher wusste ich es nicht, doch es hatte mir als Erklärung gereicht. Ich machte ihm keinen Vorwurf, denn auch für mich war es besser gewesen, nichts mehr von ihm zu hören, damit ich meine Entscheidungen treffen und meine Reise nach Irland planen konnte.

Als ich schließlich in Dublin angekommen war, hatte ich Tom beinahe vollständig aus meinen Gedanken verdrängen können, indem ich mich dort ins Getümmel der mir unbekannten Welt gestürzt hatte. Erst seitdem ich auf Achill Island war und wieder ruhige Momente allein hatte, waren meine Gedanken an Tom zurückgekehrt und ließen sich kaum abschütteln. Dass ich in unmittelbarer Nähe eines Surferstrandes, neben dem üblicherweise Camper geparkt standen, mein Cottage zur Miete gefunden hatte, war auch nicht hilfreich gewesen. Die kreisenden Fragen konnte ich kaum abschalten, die sich immer wieder damit beschäftigten, wo Tom wohl zurzeit unterwegs war und wohin er nach der Saisonarbeit auf dem Kreuzfahrtschiff mit seinem Van fahren würde. Mehrmals hatte ich mein Handy schon in der Hand gehabt, überzeugt davon, dass es eine gute Idee war, ihn einfach mal anzurufen. Dann hatte ich es doch beiseitegelegt. Auch halb formulierte Nachrichten hatte ich immer wieder gelöscht. *Vielleicht ist er schon längst über mich hinweg?*

Ich dagegen war offensichtlich noch nicht so weit, ihn gehen zu lassen. Die Erinnerungen an Tom kamen zu mir zurück, ob ich wollte oder nicht. Wie eine Welle schlugen sie unüberhörbar laut auf den Sand unter meinen Füßen, trugen Sandkörner hinfort und brachten den festen Boden unter mir zum Einsturz.

Ein Scharren an der Tür des Pubs holte mich zurück in die Gegenwart. Rasch straffte ich die Schultern und wandte mich nach links, um die Hauptstraße entlang zu meinem Cottage zu laufen.

„Joana?" Daphne stand vor der offenen Tür des Pubs mit einer frisch entzündeten Zigarette in der Hand. Begleitet wurde sie von zweien der Männer, mit denen sie zuvor an der Bar gestanden hatte. Eigentlich wollte ich zurück in mein dunkles Cottage und nur noch allein sein. Doch wollte ich nicht unhöflich wirken und so ging ich wieder zurück.

„Ich hatte gar nicht gesehen, dass du rausgegangen bist. Willst du schon nach Hause?", fragte Daphne und zog beherzt an ihrer Zigarette.

„Ja, ich bin ziemlich müde. Du hattest aber zu tun, da wollte ich dich nicht unterbrechen. Hat mich jedenfalls gefreut, dich kennenzulernen." Aus dem Augenwinkel bemerkte ich, dass einer der Männer mich eingehend musterte, doch tat ich so, als fiele es mir gar nicht auf. Mein Unwohlsein, im Mittelpunkt der Aufmerksamkeit zu stehen, hatte ich eindeutig nach Irland mitgenommen. Dabei gehörte es zu den Dingen, die ich am liebsten in Portugal zurückgelassen hätte. Mir selbst würde ich wohl nie entkommen, egal wohin ich reiste.

„Mich auch. Komm doch gerne mal wieder abends in den Pub, ich arbeite fast jeden Tag hier. Möchtest du dir meine Nummer einspeichern?“ Daphne nahm einen weiteren Zug ihrer Zigarette und diktierte mir ihre Nummer.

„Danke, wäre schön, mal wieder mit dir zu quatschen.“ Ich steckte mein Handy zurück in die Hosentasche und wandte mich zum Gehen.

„Wo kommst du denn her?“, kam es plötzlich und unvermittelt von dem Mann, der mich immer noch mit seinem Blick durchlöcherte. Sein dichtes dunkles Haar hatte er nach hinten gekämmt, aber einzelne Strähnen fielen ihm in die Augen. Sein breites Grinsen zeigte seine makellosen Zähne. Nun fiel es mir umso schwerer, seinem forschenden Blick auszuweichen.

„Portugal, aber ihr Vater ist von hier“, antwortete Daphne, ehe ich etwas sagen konnte.

„Soso“, sagte der Mann nach wie vor lächelnd. Er wirkte amüsiert. Als würde er sich heimlich über meine Unsicherheit lustig machen. War diese so offensichtlich?

„Genau“, murmelte ich. „Also dann, wir sehen uns, Daphne. Habt einen schönen Abend.“ Ohne einen weiteren Blick zurück machte ich auf dem Absatz kehrt und ging schnellen Schrittes die schwach beleuchtete Straße entlang, wobei der wie üblich stürmische Wind mir um die Ohren sauste. Erst als ich um die Ecke bog und ich sicher war, dass man mich nicht mehr vom Pub aus sehen konnte, wurde ich langsamer.

2. Kapitel

Wenige Tage später stand ich erneut vor dem Dorfpub. Es war noch hell, die Luft war feucht und der Himmel mit dunklen Wolken verhangen, die den Blick auf die umliegenden Berge versperrten. Es würde ein regnerischer Restnachmittag werden, genauso wie die vergangenen Tage, die ich zurückgezogen in meinem Cottage verbracht hatte. Ich hatte Schwierigkeiten, mich an den ständigen Regen in Irland zu gewöhnen, denn zu Hause in Aldeia war dieser eine Seltenheit gewesen, die wenn dann im Winter auftrat. Doch hatte man dort damit rechnen können, dass die Sonne kurze Zeit später wieder schien. Das war hier weniger der Fall, denn auch wenn das Wetter wechselhaft war, blieb es meist grau und kühl. Das Cottage war für mich eine Höhle, die mir zwar Wärme und ein Dach über dem Kopf schenkte, deren schummriges Licht nach kurzer Zeit allerdings auch mein Gemüt verdunkelte. Durch die typischen kleinen Fenster war es an regnerischen Tagen fast so dunkel wie in der Nacht – und selbst an den seltenen sonnigen Tagen musste ich das Licht anschalten, wenn ich am Schreibtisch arbeiten wollte.

Beim ersten schwachen Sonnenstrahl, der sich durch die Wolkendecke geschlagen hatte, war ich nach draußen in Richtung Meer geflüchtet. Nun stand ich allerdings vor der Tür des Pubs und starrte zögerlich auf die dunkelgrüne Tür, an der halb ausgewaschene Informationen über Unterkünfte in der Gegend hingen. Ohne darüber nachzudenken, zog ich das Taschenmesser meines Vaters aus meiner Hosentasche, das ich wie einen Talisman bei mir getragen hatte, seit ich in Irland angekommen war. Es erinnerte mich an das Rätsel, das mich hierhergeführt hatte. Durch meinen Auftrag war ich in den vergangenen Wochen keinen Schritt weitergekommen. Doch nun hatte ich keinen Grund mehr, meine Suche nach Antworten aufzuschieben.

Wohlige Wärme und leises Stimmengemurmel empfingen mich, als ich die Tür öffnete. Das Messer meines Vaters ließ ich schnell zurück in die Tasche gleiten und ging geradewegs auf die Bar zu. Der Pub bot ein anderes Bild als zu den Sessions. An den Tischen saßen mehrere Paare und auch zwei Familien beim Mittagessen, die in ihrer Outdoor- und Wanderbekleidung eindeutig als Touristen zu erkennen waren. An der Bar saßen außer mir noch zwei Männer, deren wettergegerbte Gesichter mir vom Abend der Sessions bekannt vorkamen. Sie aßen ihr Mittagessen schweigend und mit einem Pint Guinness.

„Hi Joana, na, bist du auch dem Regen entflohen?"

Lächelnd wandte ich mich zu Daphne um, froh, mich nach den trüben Tagen wieder unterhalten zu können. „Oh ja. Dieser Regen geht echt aufs Gemüt. Das Wetter ist ganz anders als in Portugal. Hier fühlt es sich Anfang September schon nach Herbst an, da ist es im Süden Portugals noch richtig heiß und trocken."

„Es kommt auch darauf an, wo du in Irland bist. Hier auf Achill ist es gerne mal trüb und grau, auch im Sommer. Und das wird in den nächsten Monaten noch schlimmer, glaub mir. Ein Grund mehr, dass ich mich hier wegwünsche." Daphne fuhr sich durch die roten Haare, die heute etwas weniger buschig waren, und wischte vor mir über die Theke. „Was kann ich dir bringen?"

Ich bestellte eine Portion *Fish & Chips* und einen schwarzen Tee, wobei ich kurz überlegte, sie nach einem

Schuss Whiskey zu fragen. Vielleicht würde der mich mutiger machen, die Männer im Pub nach meinem Vater zu fragen.

„Also jetzt erzähl mal, Joana. Wie ist es, so frei zu sein, genau das zu tun, was du liebst, und reisen zu können, wohin du willst?" Daphne hatte einen voll beladenen Teller *Fish & Chips* vor mir abgestellt und blickte mich erwartungsvoll an, während sie Pintgläser abtrocknete.

Gemächlich kaute ich einen Bissen des panierten Fischs. Mir war klar, dass Daphne mich schwärmen hören wollte. Dass sie sich vielleicht motivierende Worte erhoffte, ebenfalls kompromisslos ihrem Schauspielertraum zu folgen. Als ich den Bissen heruntergeschluckt hatte, konnte ich meine Antwort nicht mehr hinauszögern.

„Es ist schön, hier sein zu können. Ich habe Portugal vorher nie verlassen und kannte dort quasi nur mein Heimatdorf. Ich musste unbedingt mal raus, um etwas anderes zu sehen. Natürlich ist es toll, mit meiner Leidenschaft mein Geld zu verdienen, meine Preise selbst festzulegen ..." Achselzuckend nahm ich einen Schluck Tee.

„Na, das klingt ja so, als würde jetzt ein Aber folgen." Daphne lachte laut auf, dass es mir in den Ohren klang und sich die Familie am nächsten Tisch zu uns umdrehte.

„Gibt es das nicht immer?", fragte ich verlegen. „In diesem Fall ist das Aber: Es ist gleichzeitig auch anstrengend, immer wieder nach Aufträgen zu suchen, für die ich mich gegen andere Bewerber behaupten muss. Das ist genauso, als müsstest du als Schauspielerin immer wieder zu Castings. Mir fällt diese Selbstdarstellung gar nicht leicht und es ist leider ein wichtiger Bestandteil, wenn man online gesehen werden will mit seiner Arbeit." Ich griff nach ein paar Pommes, um eine Pause einzulegen. Auf keinen Fall wollte ich undankbar klingen, doch gleichzeitig war es mir unmöglich, meine tatsächlichen Empfindungen der letzten Wochen zu ignorieren und so zu tun, als wäre ich wunschlos glücklich mit meinem Leben.

Daphne ließ ihre schwarz geschminkten Augen einen Moment schweigend auf mir ruhen. „Daran hatte ich noch nicht gedacht. Also dass das anstrengend sein kann. Und klar, du hast keinen sicheren Gehaltsscheck jeden Monat. Aber na ja, immerhin bist du hier und kannst etwas Neues sehen! Ich würde sagen: Nutze es aus, solange du Lust hast, und dann kannst du immer noch etwas ändern. Bringt ja nichts, sich jetzt davon runterziehen zu lassen."

Sie ging hinüber zu einem leeren Tisch, um die Teller einer Gruppe Wandertouristen abzuräumen, die sich bei ihr bedankten und zum Gehen bereit machten. Ich dachte kurz über ihre Worte nach, doch kam zu keinem Schluss und beschloss, mich wieder meinem Mittagessen und dem eigentlichen Grund zuzuwenden, weshalb ich in den Pub gekommen war.

„Daphne, ich habe mal eine andere Frage. Ich hatte dir ja erzählt, dass mein Vater hier aus der Gegend kommt-"

„Ach ja, richtig!", unterbrach mich Daphne. „Das hatte ich ganz vergessen. Wohnt er jetzt in Portugal oder wo ist er?"

„Das ist genau meine Frage. Ich weiß nicht, wo er ist. Nicht mal, ob er überhaupt am Leben ist." Als Daphne die Augen aufriss, fühlte ich mich etwas peinlich berührt und fügte rasch hinzu: „Das ist schon okay, er ist schon aus meinem Leben verschwunden, als ich vier Jahre alt war. Es ist also schon eine Weile her. Aber jetzt bin ich hier und möchte zu gerne wissen, was mit ihm passiert ist. Meine Oma Camila hat mir erzählt, dass er zuletzt in Dugort bei seiner Familie war und einen Job auf einem Fischerboot bekommen hat. Das hatte er ihr zumindest in einem letzten Brief geschrieben. Mehr weiß ich nicht. Nicht einmal, wo seine Familie in Dugort genau gewohnt hat. Auf dem Brief stand nur *Sunrise Cottage.*“

„Wow, was eine Story, Joana.“ Daphne genehmigte sich einen Schluck Wasser, ehe sie fortfuhr. „Wie heißt dein Vater denn? Hast du einen Nachnamen?“

„Ja, sein Vorname ist Ryan. Auf dem Absender seiner Briefe an meine Oma stand der Nachname *Burke* und *Sunrise Cottage, Dugort.* Darunter habe ich im Internet aber keine klare Adresse gefunden.“ Meine Hand glitt zurück in die Hosentasche und umschloss fest das Taschenmesser darin.

„Burke hmm, keine Ahnung. Ich kann mir Namen leider überhaupt nicht merken. Aber hey-“ Daphne unterbrach sich und ging wortlos zum Ende der Bar, wo einer der älteren Männer gerade sein Mittagessen aß. Mein Herz schlug schneller, als ich sah, wie sie ein paar Worte mit ihm wechselte. Der Mann sah auf und hob lächelnd eine Hand zum Gruß. Sofort fiel mir auf, dass einer seiner oberen Schneidezähne fehlte. Zögerlich winkte ich zurück. Als ich sah, wie er aufstand, um herüberzukommen, umklammerte ich das Taschenmesser noch fester.

„Du bist also eine Burke?“, fragte der Mann ohne Umschweife, doch mit einem freundlichen Glanz in den Augen. „Ja, ich sehe die typischen dunkelblauen Augen.“

„Joana, das ist Cuinn O`Donnell. Hat das beste Gedächtnis auf Achill, würde ich sagen. Er ist quasi unser Archiv.“ Daphne lachte wieder laut auf. „Also Cuinn, was war mit den Burkes?“ Während sie sprach, schenkte sie drei Whiskeys ein, die sie vor uns hinstellte.

Cuinn nahm einen bedächtigen Schluck, unverwandt in meine Augen blickend. Verlegen nahm ich ebenfalls einen Schluck meines Whiskeys. Prustend stürzte ich gleich darauf den Rest meines Tees herunter.

Als wäre nichts passiert, begann Cuinn zu sprechen: „Ich weiß nicht viel über die Burkes. Wohnten am Fuße des *Slievemore* drüben in der Bucht von Dugort. Kamen nur selten hierher nach Keel und in den Pub. Blieben eher für sich, verstehste? Kaum jemand bekam mit, dass sie einen Sohn hatten. Der zog dann wohl ziemlich jung woanders hin, keiner weiß wohin. Man sagte nur, er hätte das Land verlassen. Und das war lange Zeit alles. Bis er dann wieder zurückkam."

„Was ist denn der *Slievemore*?", fragte ich, als Cuinn eine Pause einlegte.

„Das ist der Berg, der sich über Achill Island zieht. Von Dugort im Norden bis nach Dooagh Richtung Südwesten", erklärte Daphne.

Nachdenklich rieb Cuinn sich das stoppelige Kinn und nahm einen weiteren Schluck Whiskey. „Die Burkes waren nicht von hier. Kamen aus der Stadt hierher. Aus Dublin, glaube ich. Haben sich das Cottage am Ende des Piers gekauft und waren nur ab und zu da. Irgendwann blieben sie. Vielleicht als ihr Sohn kam." Cuinn zuckte die Achseln und sah Joana wieder direkt in die Augen. „Jedenfalls waren sie nie wirklich Teil von der Gemeinschaft auf Achill. Man erzählte sich gerne Geschichten über sie. Wie das halt so ist an regnerischen Wintertagen." Er gluckste und genehmigte sich den Rest seines Whiskeys.

„Weißt du denn, wie das Cottage heute aussieht? Bist du schonmal dort gewesen?", fragte ich und umklammerte mein fast volles Whiskeyglas mit beiden Händen.

„Nee. Meine Farm ist in Dooagh, also auf der anderen Seite des *Slievemore*. Zum Pier in Dugort musste ich nie, weil dort ansonsten kaum jemand lebt. Das Cottage der

Burkes liegt angeblich direkt am Ende. War mal eine beliebte Unterkunft für Touristen. Jedenfalls bis die Burkes einzogen."

„Schau da doch mal vorbei, Joana." Daphne leerte ihren Whiskey in einem Zug, ohne eine Miene zu verziehen. Wortlos ging sie hinüber zu zwei der nun leeren Tische, um sie abzuräumen.

„Das Cottage könnte inzwischen ziemlich heruntergekommen sein. Seit Jahren ist keiner mehr dort gewesen, den ich kenne. Vielleicht sind die Burkes inzwischen verstorben." Cuinn blickte mich nachdenklich an. „Ist ja schon eine Weile her, dass ihr Sohn wieder zurückkam, dein Vater, meine ich. Über 20 Jahre, wenn mich nicht alles täuscht."

„Ja, sogar 25 Jahre. Er kam aus Portugal wieder zurück nach Irland, hier nach Achill Island, um genau zu sein. Heißt das, du hast ihn getroffen, als er wiederkam?"

„Ein paar Mal habe ich ihn hier im Pub gesehen. Saß an der Theke, so wie du jetzt, und fragte herum. Hat anscheinend eine Arbeit gesucht. Keiner wusste, woher er kam und was er dort gemacht hatte. So haben sich alle ihre eigenen Geschichten zusammengesponnen. Gab die verrücktesten Ideen, dass er im Ausland mit Drogen gehandelt hätte und nun deshalb gesucht wurde. Keiner wollte ihn bei sich auf dem Hof arbeiten lassen. Irgendwann kam er dann nicht mehr her. Hat vielleicht anderswo einen Job gefunden."

Ein mulmiges Gefühl breitete sich in meiner Magengegend aus. Vor meinem geistigen Auge sah ich meinen Vater, wie ich ihn von alten Fotos kannte, der versuchte, im Dorf Anschluss zu finden, nachdem seine Beziehung mit meiner Mutter zu Ende gegangen war. Er hatte seine Familie in Portugal zurückgelassen und war hier anscheinend ebenfalls außen vor gewesen. Ein Gefühl, nirgendwo so richtig dazuzugehören, hatte ihn vermutlich begleitet, genauso wie mich heute. Auch ich hatte mich in Aldeia nicht mehr zugehörig gefühlt und das, obwohl ich dort aufgewachsen war. Wie würde es wohl werden, wenn ich eines Tages dorthin zurückkehren würde? Würden sie mich wieder aufnehmen – oder würden sie sich ebenfalls Geschichten über mich ausdenken und mich ausschließen?

„Schau bei dem Cottage vorbei." Cuinn riss mich aus meinen Gedanken. Er wühlte bereits in seiner Tasche und zog ein paar Münzen hervor. „Vielleicht findest du dort Antworten." Er legte die Münzen auf die Theke und verließ den Pub.

3. Kapitel

Zwei Tage später spähte ich morgens durch eines der kleinen Fenster meines Cottage auf einen fast wolkenlosen Himmel. Die strahlende Sonne stimmte mich zuversichtlich, während ich eine Provianttasche packte. Inständig hoffte ich, dass es sonnig blieb, denn in einen irischen Regenschauer wollte ich nicht geraten, während ich nach Dugort wanderte. Mein Herz schlug wie wild. Würde ich heute meine Großeltern treffen? Cuinn hatte zwar vermutet, dass das Cottage inzwischen verfallen und unbewohnt wäre, aber sicher war er sich nicht gewesen. Vielleicht waren die Burkes im selben Alter wie meine Oma Camila und lebten dort nach wie vor. Vielleicht waren sie nur für sich geblieben, sodass sie deshalb niemand mehr im Dorf getroffen hatte. Dann würden sie mir sicher erzählen können, was genau mit meinem Vater geschehen war. Ein Ballon der Hoffnung schwoll bei diesen Gedanken in mir an.

Salzige Luft schlug mir entgegen, als ich aus der Tür trat. Hinter der mir gegenüberliegenden Reihe Cottages sah ich, dass die Meeresoberfläche heute nur von einer Brise aufgeraut wurde, ansonsten aber ruhig dalag. Ein Anblick, den es bisher noch nicht gegeben hatte, seitdem ich auf Achill Island angekommen war. Zwar war es verlockend, zum Strand hinunterzulaufen, doch wandte ich mich vom Meer ab, um in Richtung Hauptstraße zu gehen. Im Internet hatte ich gesehen, dass der Weg nach Dugort über eine schmale, aber befestigte Straße am Fuße des *Slievemore* verlief. Nach wenigen Minuten fand ich die Straße und folgte ihr, vorbei an eingezäunten Wiesen und

Cottages, direkt auf den *Slievemore* zu. Es war das erste Mal, dass an seiner Spitze keine Wolken hingen. Die Straße ging sanft bergauf, sodass ich alle paar Meter stehen blieb, um mich umzudrehen und den Blick über die Bucht und das glitzernde Meer schweifen zu lassen. Bald kamen mir zwei Paare entgegen, die mit großen Rucksäcken bepackt waren.

„Geht's nach Dugort?", fragte mich eine der Frauen auf Englisch. Als ich nickte, wurde ihr Lächeln breiter. „Wie schön, da haben wir letzte Nacht übernachtet. Es ist wirklich ein besonderer Ort. Viel Spaß!" Sie eilte den anderen Dreien hinterher. Mir fiel auf, dass sie alle ausnahmslos funktionale Wanderkleidung trugen. Mein Blick wanderte auf meine ausgetretenen Sneakers und meine Jeans. Hätte ich mich besser vorbereiten sollen?

Du schaffst das. Ich straffte die Schultern und ging weiter. Nach einer Weile machte die enge Landstraße eine Kurve nach rechts, um sich am Fuße des *Slievemore* entlangzuschlängeln. Mit jedem Schritt fiel das mulmige Gefühl von mir ab und wurde durch Abenteuerlust ersetzt. Wann immer ich mich umsah, um zurück zur Bucht oder über den nahen See *Keel Lough* zu schauen, breitete sich ein Grinsen auf meinem Gesicht aus. Am Wegesrand wuchsen Binsen und wilde Minze, auf der Wassertropfen in der Sonne glitzerten und aussahen wie Diamanten. Sie waren eine sanfte Erinnerung an die Schauer der letzten Tage. Auf einmal schien es mir unbegreiflich, wie ich zuvor überhaupt hatte niedergeschlagen sein können. Wie hatte ich an einem solch traumhaften Ort traurig sein und mich nach etwas anderem sehnen können? Ich war im Paradies und hatte es nicht einmal bemerkt.

Was bleibt ist die Sehnsucht, Kindchen. Du wirst nicht aufhören Wünsche zu haben, die du dir erfüllen möchtest. Camilas Weisheit, die sie mir eines Abends vor ihrem Kamin mitgegeben hatte, hallte in meinem Kopf nach, als ich in die grüne Ferne von Achill Island schaute. Dieser Abend, an dem sie mir vom Rätsel meines verschollenen Vaters erzählt und mir von seinem letzten Brief erzählt hatte, schien ewig her zu sein. Inzwischen verstand ich immer mehr, was Camila gemeint hatte.

Wie schon in meinem Heimatdorf Aldeia hatte ich auch jetzt in den Augen anderer alles, was man zum Glücklichsein brauchte. Meinen Traum als freiberufliche Künstlerin hatte ich verwirklicht, obwohl er sich inzwischen eher in Richtung Grafikdesign entwickelt hatte. Zudem war ich endlich auf Reisen und führte ein geradezu nomadisches Leben. Und doch spürte ich ganz deutlich, dass mein Herz mehr begehrte. Dass dies eigentlich gar nicht mein Traum war, den ich lebte. Wieder war da diese altbekannte Sehnsucht nach etwas anderem, obwohl ich erwartet hatte, dass sie verschwinden würde, sobald ich Portugal verließ. Vielleicht sollte ich aufhören zu glauben, dass ich irgendwann endgültig ankam? Würde es nicht immer etwas geben, das ich mir anders wünschte? Mein Blick fiel erneut auf die in der Sonne glitzernden Gräser. *Leben heißt Veränderung.*

Nach einer kurzen Pause mit Snacks und ein paar rasch niedergeschriebenen Gedanken in mein Notizbuch setzte ich meinen Weg fort. Der erste Blick auf die Bucht von Dugort trieb mir die Tränen in die Augen, während ich die enge Straße weiter entlangwanderte. Endlich war ich auf dem Weg, auf den Spuren meines Vaters. Zudem fühlte ich mich in diesem Moment irgendwie auch näher bei mir selbst. Viel näher als in den vergangenen Wochen. Mein Herz machte einen Hüpfer, als ich am linken Ende der Bucht ein paar weiße Häuser erkannte. Ich bog nach links in den *Beach View* ein, der sich entlang des Fußes vom *Slievemore* in Richtung Meer schlängelte.

In der Bucht von Dugort wurde die Meeresoberfläche von einigen Wellen durchbrochen. Die seltenen Windböen wirbelten Gischt umher, sodass ich Wassertropfen in meinem Gesicht spürte. Zwar war es kühl, doch schien die Sonne beständig vom blauen Himmel. Ich konnte mein Glück kaum fassen, an einem solchen Tag hier zu sein und womöglich den unbekannten Teil meiner Familie kennenzulernen. Im Wasser erkannte ich ein paar Gestalten, die auf ihren Surfbrettern saßen und wohl auf die richtige Welle warteten. Ich kannte diese Haltung von Tom, den ich unzählige Male dabei beobachtet hatte. Unwillkürlich musste ich lächeln und stapfte weiter.

Bald kamen die Umrisse eines kleinen Cottage in Sicht, hinter dem die enge Straße anscheinend endete. Das musste es sein. Während ich näherkam, wagte ich es nicht, meine Augen abzuwenden, als fürchtete ich, dass es sich einfach in Luft auflösen könnte. Doch kaum war ich näher an das Cottage herangetreten, war mir klar, dass es bereits zum Teil verschwunden war. Hier wohnte niemand mehr. Und wie es aussah, schon seit einer ganzen Weile.

Wind und Wetter hatten das Cottage der Burkes über die Jahre auseinandergenommen wie zwei zankende Kinder, die eine Puppe im Streit zerrissen. Das Dach war von wütenden Stürmen teilweise abgedeckt worden, sodass das morsche Holz des Dachstuhls darunter hervorlugte. Über die brüchige Gartenmauer wucherten Gräser und Büsche, die auch die Außenwände emporkletterten und durch zerbrochene Fenster ins Haus drangen. Die Natur holte sich ihren Platz zurück, den der Mensch verlassen hatte. Mit größter Mühe bahnte ich mir meinen Weg durch den Garten, versank hin und wieder mit den Schuhen in modriger Erde und riss mir an wilden Brombeerbüschen ein Hosenbein auf. Die verwitterte Holztür lehnte, aus ihren Angeln gehoben, an der Seite des Eingangs. Dieser Anblick ließ mein Herz weiter sinken. Vielleicht hatten ein paar Wanderer die Tür geöffnet, als sie beim Wandern von einem Regenschauer überrascht worden waren. Oder vielleicht war man ins Haus eingedrungen, um nach wertvollen Gegenständen zu suchen und diese mitzunehmen.

Neben der Türschwelle hing ein Schild mit der Aufschrift *Sunrise Cottage*. Darunter erkannte ich den Namen *Burke*. Dies war also tatsächlich das Cottage, in dem mein Vater einst gelebt hatte. Mit pochendem Herzen sah ich mich im Flur zögerlich um. Das Haus schien vollständig eingerichtet, auch wenn die feuchten Möbel teilweise umgestoßen oder in den Raum gerückt standen. Ich beschloss, für meine Erkundungstour lieber nur im Erdgeschoss zu bleiben, da ich nicht sicher war, wie stabil die Treppe in den zweiten Stock noch sein würde. Mit umsichtigen Schritten ging ich geradewegs auf das erste Zimmer zu. Der morsche Holzboden knackte ab und zu unter meinen Füßen. Ansonsten war es mucksmäuschenstill. Ein modriger Geruch biss mir in die Nase, als ich die Küche betrat.

Hier waren die Schränke geöffnet worden und einer der vier Küchenstühle lag umgestoßen auf dem Boden. Über allem lag eine dicke Staubschicht. Wie ein Mantel des Schweigens. Ich entdeckte Töpfe und Pfannen, Kochlöffel und schmutzige Gläser. Manche davon standen in den Schränken, als warteten sie nur darauf, wieder benutzt zu werden. Andere lagen in der Spüle oder am Boden. Trotz des Durcheinanders schien die Küche vollständig eingerichtet, als hätte jemand von einem Moment auf den anderen einfach alles stehen gelassen und wäre zur Tür hinausgelaufen. Niemand schien hier endgültig ausgezogen zu sein. Vielleicht waren meine Großeltern in diesem Cottage gestorben?

Es hatte etwas Unwirkliches in dieser verfallenen Küche zu stehen, in der mein Vater einst seine Mahlzeiten gegessen haben musste. Natürlich erinnerte ich mich kaum an ihn, da ich mit vier Jahren einfach zu jung gewesen war. Doch die muffigen Möbel gaben mir keinerlei Hinweis auf sein Leben preis. Auch sie ließen meine Fragen unbeantwortet, genau wie meine Mutter damals, die diese jedes Mal sehr wortreich und mit lauter Stimme im Keim erstickt hatte. Während ich mit einem Finger über die staubige Tischplatte fuhr, fragte ich mich, ob Marta von diesem Cottage überhaupt wusste. Hatte sie sich nicht auch mal gefragt, was aus Ryan geworden war?

Gedankenverloren wandte ich mich zur nächsten Tür und stand in einem Zimmer, das wohl einst das Wohnzimmer gewesen sein musste. Die Schränke an den Wänden waren voller Bücher. Auch diese schienen zurückgelassen worden zu sein. Ich trat näher und konnte auf einigen Buchrücken noch die Titel entziffern. Es waren einige Bücher zur keltischen Kultur und Mythologie, Koch- und Backbücher mit Rezepten aus dem 19. Jahrhundert, zahlreiche Ratgeber zum Holzmöbelbau sowie Sammlungen über irische Pflanzen und deren Anwendung. An einem offenen Kamin in der Mitte des Raumes standen ein teilweise schimmlig aussehendes Sofa sowie ein Sessel. Trotz des heruntergekommenen Zustands konnte ich mir lebhaft vorstellen, wie Ryan mit seinen Eltern hier manchen Abend gesessen haben musste. Vielleicht hatte er ihnen hier Geschichten über mich erzählt und in Erinnerungen geschwelgt. Voller Zuversicht, dass er seine Tochter in Portugal bald wiedersehen würde. Eine Gänsehaut prickelte auf meinen Armen, als ich daran dachte. Hatten meine Großeltern eigentlich von mir gewusst? Oder hatte Ryan bei seiner Rückkehr alles verschwiegen? War er genauso gewesen wie meine Mutter, die mit niemandem darüber hatte reden wollen, was geschehen war? Hatte er sich womöglich geschämt, dass er gegangen war – oder war es ihm egal gewesen?

All die neuen Fragen, die nun auf mich einströmten, machten mich schwindlig. Obwohl ich mitten im Wohnzimmer des verschollenen Teils meiner Familie stand, fühlte ich mich haltloser denn je. Als wäre ich direkt durch ein Loch in meiner Brust gesprungen und würde erst jetzt erkennen, wie tief es wirklich war, weil ich tiefer und tiefer fiel. Hinter dem Sofa direkt an einem großen, schmierig aussehenden Fenster stand ein Schreibtisch, vor dem ein Stuhl stand, der noch stabil aussah. Schnellen Schrittes ging ich darauf zu, um mich hinzusetzen. In dieser Ecke des Zimmers war der Boden unnachgiebiger und knarrte jedes Mal, wenn ich den Fuß aufsetzte. Hier musste das Dach wohl dichter geblieben sein und auch die Sonne, die durch das Fenster hereinfiel, hatte diese Ecke vermutlich trockener gehalten.

Das schmutzige Fenster eröffnete den Blick auf das brache Land um das Cottage, das von bräunlich grünem Gras und sumpfigen Stellen gezeichnet war. Dahinter breitete sich das Meer wie ein dunkelblauer Teppich aus, der sich unendlich zu erstrecken schien. An diesem klaren Tag konnte ich bis zum Horizont schauen. Als wäre ein Damm gebrochen, rannen plötzlich Tränen über meine Wangen. Ich stellte mir vor, wie meine unbekannte Großmutter hier saß, an ihren Sohn dachte, vielleicht einen

Brief an ihn schrieb und ihn bat, er möge bald nach Hause kommen. Fast konnte ich ihren gesenkten Kopf sehen, ihre konzentrierten Augen und die Sorgenfalten auf ihrer Stirn. Auch mein Vater hatte hier sicher schon gesessen. Hatte er an diesem Ort die Briefe an Camila geschrieben, nachdem er aus Portugal zurückgekehrt war? In diesen hatte er sie um Hilfe gebeten, meine Mutter zu überreden, dass ich ihn besuchen dürfte. Vielleicht hatte er hier gesessen, genau wie ich jetzt, und nach den richtigen Worten gesucht, während er aufs Meer hinausgeschaut hatte.

Ohne nachzudenken, öffnete ich die Schubladen des Schreibtisches und begann darin nach Antworten zu suchen. Eine Karte, ein Brief, eine Notiz, Fotos, irgendetwas. Etwas Persönliches, das wirklich bewies, dass Ryan hier einst gelebt hatte und nicht irgendjemand sonst. Während ich kramte, versuchte ich die wachsende Schwere nicht zu beachten, die sich schleichend auf mein Herz legte. Vielleicht waren diese persönlichen Spuren im oberen Stockwerk, wo sich vermutlich die Schlafzimmer befanden? Dann wären sie sicherlich inzwischen vom Regen durchnässt oder vom Wind fortgeweht worden. Wie Gewichte legten sich diese Gedanken auf meine Brust.

Es war, als hätte ich mit dem Betreten des Cottage ebenso eine Tür in mir selbst geöffnet, die lange verschlossen gewesen war. Hatte fast vergessene Zimmer in mir betreten, in denen sich allerlei alte Emotionen verborgen hielten. Dort hatten sie über 25 Jahre friedlich geschlummert. Ich versuchte die Stimme zu ignorieren, die auf einmal in meinem Kopf anhob: *Bist du sicher, dass das hier eine gute Idee war?*

Unter einem Stoß leerer Papiere wurde ich endlich fündig. Ich zog ein paar Umschläge heraus, die zusammengefaltete Blätter enthielten, und öffnete einen davon. Jetzt gab es kein Zurück mehr.

Liebe Marta,

wir kennen uns nicht persönlich. Ich bin Aoife, die Mutter von Ryan, der seit kurzem wieder bei uns ist. Er hat uns von eurem gemeinsamen Leben in Portugal erzählt und uns eigentlich verboten, dich zu kontaktieren. Er hat Angst, dass dich dies noch mehr verärgern könnte. Aber ich kann nicht anders. Ich komme nicht zur Ruhe, seitdem ich weiß, dass ich eine Enkelin habe. Ich möchte die kleine Joana so gerne kennenlernen

Hier brach der Brief ab. Er war feucht geworden, sodass der Rest verwischt und verblasst war. Meine Augen klammerten sich an die Worte meiner unbekannten Großmutter. Aoife war ihr Name gewesen und sie hatte mich kennenlernen wollen. Stumm wühlte ich mich weiter durch viele angefangene Briefe meiner Großmutter, in denen sie immer neue Formulierungen für ihre Bitte fand.

Wir sind so froh, eine Enkelin zu haben. Kannst du meinen Wunsch ein bisschen verstehen? Bitte gib deinem Herzen einen Ruck. Komm uns gerne mit Joana besuchen oder erlaube uns, zu ihr nach Portugal zu kommen.

Doch all diese Briefe steckten in dieser Schublade und waren niemals abgeschickt worden. Die Daten über jedem einzelnen zeigten, dass Aoife sie über Monate verfasst und dann wieder verworfen haben musste. Weit unten in der Schublade kam plötzlich eine andere Schrift zum Vorschein, die mich zusammenzucken ließ. Mit zitternden Händen entfaltete ich auch diesen Brief.

Hallo Aoife,

dein Brief hat mich sehr überrascht. Ich war davon ausgegangen, dass Ryan mich nicht erwähnt hätte, als er zu euch zurückkam. Es tut mir leid für euch, dass er weg ist und dass ihr nicht wisst wohin – doch wundert es mich nicht, denn das ist ja nicht das erste Mal. Vielleicht ist er bloß wieder davongelaufen, auf der Suche nach einem besseren Leben.

Ich halte es für das Beste, wenn ihr nicht herkommt, um Joana zu treffen. Ich möchte das nicht, denn sie hat das Fehlen ihres Vaters in den letzten zwei Jahren akzeptiert. Euer Besuch würde sie nur verwirren. Es ist besser für Joana, wenn alles bleibt, wie es ist.

Grüße nach Irland.

Marta

Das Datum des Briefes reichte 23 Jahre zurück. Damals war ich sechs Jahre alt gewesen. Laut Camila waren die Briefe von Ryan ungefähr zur selben Zeit abgebrochen. Offenbar hatte auch Aoife zu dem Zeitpunkt nicht gewusst, wohin mein Vater verschwunden war, und hatte ihren Wunsch nicht mehr für sich behalten können, der über die Jahre unausgesprochen in der Schublade gewartet hatte. Doch ohne Erfolg. Zudem hatte Marta offensichtlich von meinen irischen Großeltern gewusst und – schlimmer noch – ein Treffen unterbunden. Um mich von der aufsteigenden Wut abzulenken, wühlte ich weiter in der Schublade und fand einen letzten Brief. Er trug wieder die Handschrift von Aoife und offenbar hatte sie auch diesen nicht abgeschickt.

Liebe Marta.

Ich schreibe dir, weil Keans Gesundheit ihn langsam im Stich lässt. Meinem Mann geht es zunehmend schlechter. Sein größter Wunsch ist, Joana einmal zu sehen, deshalb bitte ich dich inständig, deinem Herzen einen Ruck zu geben. Zudem haben wir ein Cottage, das wir ihr gerne vererben würden, weil wir in unserem Alter vermutlich nicht mehr allzu lange bleiben können. Es ist sehr abgelegen und am Ende einer schmalen Straße. Aber vielleicht würde Joana sich eines Tages darüber freuen. Es gibt ein paar Formulare, die wir gemeinsam ausfüllen müssten, da sie in Irland nicht offiziell als Ryans Tochter eingetragen ist.

Wir bitten dich inständig

Mit klopfendem Herzen ließ ich den abermals abgebrochenen Brief sinken und sah mich um. Dieses Cottage hatte also mir gehören sollen. Es war sicher einmal ein schönes Plätzchen gewesen, doch bestimmt auch einsam in der spärlich besiedelten Bucht von Dugort. So fühlte ich mich jedenfalls in diesem Moment. Allein in den heruntergekommenen Trümmern einer Familie, die ich nie kennengelernt hatte. *Es gibt uns Halt zu wissen, wo wir herkommen.* Doch was, wenn diese Herkunft brüchig und längst vergangen ist?

Ohne zu überlegen, steckte ich die Briefe in meinen Rucksack. Sie waren meine halb verblasste Erinnerung, dass ich hier einst meine Wurzeln gehabt hatte, auch wenn diese nun offenbar verschwunden waren. *Es ist besser für Joana.* Martas Satz wirbelte in meinen Gedanken. War es wirklich zu meinem Besten gewesen? War es besser, Wahrheiten zu verschweigen, um jemanden vor möglicherweise unangenehmen Emotionen zu schützen? Ich versuchte mir vorzustellen, wie mein Leben verlaufen wäre, wenn ich diesen Zweig meiner Familie kennengelernt hätte. Vielleicht hätte ich die Sommer hier verbracht, wäre mit meinem Vater zum Fischen rausgefahren und hätte abends mit meinen Großeltern zusammengesessen. Gedankenverloren stand ich vom Schreibtisch auf, um zurück in Richtung Küche zu gehen, als ein buntes Stück Papier meinen Blick auf sich zog. Es war zwischen Fenster und Schreibtisch eingeklemmt.

Als ich den Tisch zur Seite rückte, fiel die zerknitterte Postkarte zu Boden. Darauf war eine grellbunte Häuserreihe zu sehen, unter der *Kinsale* stand. Ich drehte die Karte um und fand eine krakelige Schrift, die nur schwer zu entziffern war:

Liebe Mum und Dad,
es hat geklappt! Sie haben mich bei der Fischerei in Kinsale genommen. Ich habe einen festen Vertrag und gehe ab jetzt jeden Morgen mit ihnen raus. Es ist nicht der angenehmste Job, aber er lenkt mich zumindest ab und bringt Geld rein. Hin und wieder haben wir ein paar Tage frei, wenn die See zu stürmisch ist. Sie ist eben der Boss. Dann besuche ich euch in Dugort, versprochen.
Alles Liebe
Ryan

Sein Name war in gekrümmten Buchstaben geschrieben, die aussahen, als würden sie eine Last tragen. Vermutlich hatte er sie in großer Hast gekritzelt. *Kinsale also.* Dort hatte mein Vater einen Job bei einer Fischerei gefunden, nicht auf Achill Island. Vielleicht hatte er seinen letzten Brief an Camila nur aus Dugort geschrieben, als er gerade bei seinen Eltern zu Besuch war. *Er lenkt mich zumindest ab.* Davon, dass er seine Tochter nicht mehr wiedersehen durfte? Meine Augen füllten sich mit Tränen bei diesem Gedanken und ich drückte die Postkarte meines Vaters einen Moment ans Herz. Ich war ihm nicht egal gewesen. Diese wenigen Worte zeigten mir, dass es ihn sehr wohl beschäftigt haben musste, dass er mich nicht wiedersehen konnte.

Laute Stimmen vom Eingang des Cottage ließen mich zusammenfahren. „Och nee, lass uns doch hier draußen bleiben, Deegan“, sagte eine Frauenstimme. „Heute ist es so schön, da möchte ich nicht in diesem abgewrackten Cottage sitzen.“

„Na gut. Kommt, lasst uns da drüben hin, da sitzen wir windgeschützter“, antwortete eine tiefere Stimme. Sofort sah ich das Grinsen des dunkelhaarigen Mannes vor mir, den ich am Abend der Sessions kennengelernt hatte. Die Schritte entfernten sich.

Ryans Postkarte steckte ich zu den Briefen in meine Tasche. Erst jetzt bemerkte ich, wie ausgelaugt ich mich fühlte. Ein Blick auf meine Uhr verriet mir, dass ich schon fast zwei Stunden im Cottage war und in verstaubten Erinnerungen wühlte, die alte Emotionen aufwirbelten. Diese lasteten nun wie Steine in meinen Beinen und Armen. Ich beschloss, nicht länger in Dugort zu bleiben, sondern geradewegs nach Keel zurückzulaufen. Vielleicht gab es ja sogar einen Bus, den ich nehmen könnte.

Auf meinem Weg durch den überwucherten Garten wandte ich mich noch einmal um. Stumm versprach ich dem Cottage, dass ich wiederkommen würde, auch wenn ich nicht genau wusste, wieso ich das tun sollte. Völlig in Gedanken stieß ich bei der Gartenmauer beinahe mit dem schwarzhaarigen Mann zusammen, den ich sofort wiedererkannte.

„Oh hi, was machst du denn hier?“ Rasch schloss er seine Hose. Offenbar hatte er sich gerade an der Mauer erleichtert. Es schien ihm jedoch keineswegs peinlich, denn er hatte wieder sein amüsiertes Grinsen aufgesetzt.

„Hi, ich war nur-“, stotterte ich. Sein selbstbewusstes Grinsen machte mich nervös, als wäre ich diejenige, die gerade etwas falsch gemacht hatte. „Ähm, kurz mal da drin. Das ist anscheinend das alte Cottage meiner Großeltern.“

„Ach ja, du bist ja zur Hälfte Irin, richtig? Hast du denn was Cooles entdeckt?“ Ohne meine Antwort abzuwarten, fuhr er fort: „Kann ich mir kaum vorstellen, so wie das aussieht. Ich bin manchmal nach dem Surfen mit Freunden hier, weil es eine tolle Sicht auf die Bucht hat und meistens windgeschützt ist. Aber wir sind froh, dass wir heute nicht rein müssen, ist ja total muffig da drinnen.“

Ich spürte eine altbekannte Hitze in mir aufsteigen, auch wenn ich nicht wusste, wieso. „Da hast du recht, ja. Aber war ganz schön, es mal zu sehen.“

„Ich bin übrigens Deegan“, fuhr der Mann fort, zum Glück ohne meine Verlegenheit zu beachten.

„Hey, was machst du denn so lange?!“ Eine zierliche Frau mit langen rotbraunen Haaren, die ihr bis zur Hüfte reichten und noch nass vom Meer waren, kam um das Cottage herum auf uns zu. Sie stutzte bei meinem Anblick. „Hi, wer bist du denn?“

„Das ist Joana aus Portugal", antwortete Deegan, bevor ich den Mund aufmachen konnte.

„Oh, Portugal! Ein Surfparadies", frohlockte die Frau sofort und warf Deegan einen träumerischen Blick zu. „Ich bin übrigens Fiona." Sie trat zwischen uns, um mir die Hand zu schütteln.

„Hi, schön dich kennenzulernen. Ich wusste gar nicht, dass man in Dugort auch surfen kann."

„Durch den Wind ist das auch eher selten der Fall", antwortete Deegan und stellte sich an meine Seite. „In Keel, wo du wohnst, ist es meistens besser. Heute haben wir echt Glück gehabt."

„Surfst du etwa nicht, obwohl du in Portugal aufgewachsen bist?" Fiona musterte mich fast schockiert.

„Nein, tatsächlich nicht." Wieder spürte ich meine Wangen heiß werden.

„Macht ja nichts." Deegan zwinkerte mir zu. „Hast du Lust, uns eine Weile Gesellschaft zu leisten? Wir wollten hier gerade ein Picknick machen. Haben alle einen Riesenhunger nach dem Surfen."

Eigentlich fühlte ich mich hundemüde. Doch war ich in den letzten Tagen so oft allein gewesen, dass ich dieses Angebot nicht ausschlagen wollte. So nickte ich, brachte sogar ein Lächeln zustande und folgte den beiden auf die andere Seite des Cottage, wo weitere Leute beisammensaßen.

Die Zeit rann rasch dahin, während ich mit den Freunden picknickte, ihren Gesprächen lauschte und hin und wieder von meinen Erlebnissen in Irland berichtete. Als die Sonne hinter dem *Slievemore* verschwunden war, erhob sich einer der Freunde, der Conor hieß. „Wir sollten besser zurückgehen. Ohne Sonne wird uns hier richtig kalt werden."

Deegan kicherte, stand aber ebenfalls auf. „Jaja, hast ja recht.“ Er streckte mir seine Hand entgegen. Völlig überrascht, ergriff ich sie und er zog mich auf die Beine. Ich sah, wie seine Muskeln sich dabei unter dem T-Shirt spannten. „Wir wollen alle weiter zu Daphne in den Pub was trinken. Hast du Lust mitzukommen?“ Er lächelte mich an.

Mein Herz überschlug sich. „Ähm, klar. Ich muss nur vorher nach Hause ein paar Dinge wegbringen, aber dann komme ich.“

4. Kapitel

In einen Regenmantel gehüllt und mit meinem Rucksack bepackt, wartete ich an der Hauptstraße in Keel auf Daphne. Mein Herz pochte aufgeregt und alle paar Sekunden sah ich auf die Uhr. Sie war bereits eine Viertelstunde zu spät. Hoffentlich hatte sie mich nicht vergessen. Oder hatten die Freunde es sich anders überlegt? Vielleicht wollten sie ihren Ausflug zum *Keem Beach* doch lieber ohne eine Fremde unternehmen, die auf der Durchreise war.

Die Luft war kühl und am Himmel drängten sich dunkelgraue Regenwolken zusammen, die den *Slievemore*, der in der Ferne in die Höhe ragte, zur Hälfte einhüllten. Lange konnte es nicht mehr dauern, bis der Regen vermutlich in Sturzbächen auf mich niederprasseln würde. Von einem Fuß auf den anderen tretend, blickte ich die Straße in Richtung Strand hinunter.

„Wie, du möchtest erstmal abwarten?“ Ungebeten hob die enttäuschte Stimme Camilas in meinem Kopf an. Am Tag nach meiner Wanderung zum *Sunrise Cottage* hatte ich ihr am Telefon von meinen Funden erzählt und ihr die Briefe vorgelesen, denn meine Oma war mindestens genauso neugierig wie ich selbst, was mit Ryan geschehen war. Seit ich in Irland angekommen war, hatten wir regelmäßig telefoniert und ich war unendlich dankbar, dass Camila sich extra ein Telefon angeschafft hatte, ehe ich zu meiner Reise aufgebrochen war. Unterwegs in unbekannten Gegenden tat es gut, ihre vertraute Stimme zu hören.

„Ach *avó*, ich habe einfach erstmal genug davon, in der Vergangenheit herumzuwühlen. Als ich dort in dem verfallenen Cottage stand … du kannst dir nicht vorstellen, was das für ein Gefühl war."

„Ich verstehe dich, Kindchen. Es tut mir leid, dass du keine erfreulicheren Dinge herausgefunden hast. Ryan hat Kinsale in seinen Briefen an mich nie erwähnt. Ich bin alle nochmal durchgegangen, ob sie Hinweise enthalten, die irgendwie bei deiner Suche helfen könnten, aber habe nichts gefunden. Die Geschichte lässt mir einfach keine Ruhe, weißt du. Ich weigere mich zu glauben, dass dein Vater – wie deine Mutter behauptet – einfach nur abgehauen ist. Was wohl mit ihm geschehen ist, als er in Kinsale war?" Die Stimme Camilas brach zittrig ab.

„Geht es dir gut, *avó*?"

„Jaja, Kindchen, mach dir keine Sorgen. Ist nur eine Erkältung, das Wetter ist so regnerisch im Moment. Dann warten wir noch ein wenig länger ab, ehe du weitersuchst."

Die Briefe lagen inzwischen tief vergraben am Boden meiner Reisetasche, die ich in meinem Cottage zurückgelassen hatte. Ich wollte an diesem Wochenende nicht weiter darüber nachdenken. Endlich war ich nicht mehr allein und das Rätsel um meinen verschwundenen Vater konnte warten.

In der Ferne waren drei Vans zu erkennen. Ich straffte die Schultern und setzte ein Grinsen auf. Der erste Van fuhr hupend an mir vorbei und ich sah Deegan, der mich anlächelte und auf dessen Beifahrersitz Conor saß. Der dritte Van hielt mit quietschenden Reifen neben mir und ich erkannte Daphne am Steuer.

„Hi, wie geht's?", fragte sie, nachdem ich eingestiegen war, und schon brausten wir die Straße hinunter. Sie trug eine Sonnenbrille und der Wolfskopf lugte unter ihrer Lederjacke hervor.

„Gut. Ich dachte schon, ihr kommt nicht." Erleichtert ließ ich mich in den Sitz sinken und schaute aus dem Fenster auf das stürmische Meer.

„Ach Quatsch. Wieso das denn?" Daphne drehte ihre Musik noch ein wenig lauter.

„Ich war noch nie in *Keem Bay*, habe aber gelesen, dass es dort wunderschön ist", rief ich über die Musik hinweg.

„Ohja, das ist es. Ich bin früher oft als Teenager mit meinen Freunden zum Zelten da gewesen. Dort haben wir unser erstes Bier getrunken. Aber damals sind wir natürlich hingelaufen." Sie lachte laut auf. „Es ist ja nicht weit, aber die Straße dahin ist echt steil und ein Albtraum mit dem Fahrrad, sodass zu Fuß die bessere Alternative war. Mit dem Van ist es um einiges angenehmer. Und wenn das Wetter heute so bleibt, ist es definitiv auch schöner als im Zelt."

Der Regen begann munter auf die Windschutzscheibe zu prasseln, während die Straße langsam anstieg. Über die Musik hinweg erzählte mir Daphne mehr von ihrem Traum, eine Schauspielerin zu werden. „Aktuell warte ich auf eine Antwort für ein großes Casting in Dublin Ende nächster Woche. Wenn ich dort eingeladen werde, könnte das meine Eintrittskarte sein. Das wäre echt der Hammer, in einer Serie mitzuspielen, die landesweit zu sehen ist. Ich weiß, es ist ein wahnsinnig unsicheres Geschäft mit der Schauspielerei. Daran erinnert mich mein Vater gerne mehr als einmal pro Tag. Ihm wäre es lieber, wenn ich seinen Hof übernehmen würde. Das wäre mein Albtraum, ehrlich gesagt. Für immer in Keel auf dem Land in Matsch und Mist wühlen. Ich möchte unbedingt weg in die große weite Welt. Eine berühmte Schauspielerin sein und gesehen werden. Weißt du, was ich meine?"

Daphne trug zwar nach wie vor ihre Sonnenbrille, doch konnte ich mir vorstellen, welchen sehnsuchtsvollen Blick sie in den Augen hatte. „Auf jeden Fall. Bei mir war es mit dem Zeichnen genauso."

„Das stimmt und jetzt hast du es geschafft." Daphne lächelte mich von der Seite her an, während der Van steiler bergauf und um eine enge Kurve schnellte. Ich wich ihrem Blick aus und sah aus dem Fenster, das nun den Blick auf eine Bucht freigab, in der wohl *Keem Beach* sein musste. Ich wollte nicht zugeben, dass ich nicht das Gefühl hatte, es geschafft zu haben. Nach wie vor lebte ich von Auftrag zu Auftrag und aktuell hatte ich keine Ahnung, wo das nächste Geld herkommen sollte. Aber vielleicht war dies auch einfach Teil eines so unsicheren Berufsweges in der Kreativbranche.

Die schmale Straße schlängelte sich allmählich in die Bucht hinab. Der Himmel war weiterhin dunkel verhangen und der Regen machte keine Pause. Hin und wieder fielen vereinzelte Sonnenstrahlen durch die Wolkendecke wie goldene Arme, die ins Dunkelblau des Meeres tauchten. Der bunte Regenbogen, der bald darauf erschien, erweckte den Eindruck, als würden wir geradewegs in ein Wunderland fahren. Zufrieden lächelnd betrachtete ich die vielen Farben vor der dunkelgrauen Leinwand des Himmels und überlegte, ob ich diesen Ausflug mal wieder zum Zeichnen nutzen sollte. Einfach so, wie ich es früher in Portugal getan hatte.

Oberhalb der Bucht kamen wir auf einem Parkplatz zum Stehen, wo die anderen zwei Vans bereits einen Halbkreis gebildet hatten, den Daphne nun geschickt mit ihrem Van schloss. Nach wie vor regnete es, wobei es zumindest eher ein Nieselregen geworden war.

„Sieht so aus, als müssten wir fürs Erste hier oben in den Vans chillen“, sagte Daphne und sprang hinaus.

Auf dem Bett oder auf Sitzkissen in Deegans Van sitzend, öffneten wir mehrere Flaschen Cider und Bier und lachten über Witze, die flacher und flacher wurden. Hin und wieder stolperte einer nach draußen, um durch den erneut heftigen Regen zu einer Gruppe Büsche herüberzurennen und sich dort zu erleichtern. Durchnässt und über sich selbst lachend kam derjenige dann wieder und warf sich prustend auf einen der anderen. Unter all dem Trubel verwarf ich meine Idee zu zeichnen wieder. Ich genoss es viel zu sehr, Teil dieser ausgelassenen Gruppe zu sein, als dass ich mich in Daphnes Van zurückziehen wollte. Berauscht vom Cider und den vielen kurzen Blicken und neckenden Kommentaren von Deegan, fühlte ich mich zum ersten Mal seit Wochen richtig glücklich.

„Ich müsste mal kurz in den Büschen verschwinden. Kommst du mit, Joana?“, fragte mich Daphne, als die Dämmerung bereits hereinbrach.

„Klar.“ Ich folgte ihr über den Parkplatz und hinter einen Hügel mit hohen Gräsern. Der Regen hatte inzwischen nachgelassen.

Kaum hatten wir uns beide hingehockt, begann Daphne ohne Umschweife. „Was ist eigentlich zwischen dir und Deegan?“

Ich zuckte zusammen und bemühte mich, eine gleichmütige Miene zu behalten, während mein Herz wie wild zu pochen begann. „Was soll da sein?“

„Ach, ich weiß nicht. Habe irgendwie so etwas im Gefühl und ... ich möchte jetzt nicht wie eine Mutter klingen, nimm es einfach als gut gemeinten Rat: Bitte sei vorsichtig mit ihm.“

Überrascht sah ich sie an. „Aber ist er denn nicht ein Freund von dir?“

Daphne erhob sich, schloss ihre Hose und zog eine Zigarette aus ihrer Tasche, die sie sich sogleich ansteckte. „Na klar, und er ist ein super Freund. Aber mit Frauen, auf die er steht, ist er echt ein Arschloch, verstehst du? Gab schon ein paar Situationen, wegen denen ich ihm fast die Freundschaft gekündigt hätte. Und ich muss es dir leider sagen, aber du passt genau in sein übliches Beuteschema. Mit deiner zurückhaltenden Art und so.“

Ich erhob mich ebenfalls und ließ meinen Blick über die grünen Hänge von *Keem Bay* schweifen, auf denen ein paar freilaufende Schafe grasten. Deegan war schon sehr aufmerksam mir gegenüber gewesen, das hatte ich bemerkt. Aber ich hatte angenommen, dass er einfach nett sein wollte. Dass er eben ein offener Typ wäre.

„Oh, und außerdem waren er und Fiona mal zusammen“, fuhr Daphne fort. „Schon ein paar Mal, um ehrlich zu sein. Also immer mal so, mal so, *on-off*. Aktuell eher *off*, du verstehst schon.“

Das erklärte Fionas genervte Blicke, wann immer Deegan mir seine Aufmerksamkeit schenkte. Unschlüssig zuckte ich die Achseln, schaute Daphne aber nicht direkt in die Augen. „Danke für deine Warnung, aber ich denke nicht, dass es hier irgendwelche Befürchtungen geben müsste.“

Nach ein paar weiteren feuchtfröhlichen Stunden rollte ich mich vollauf zufrieden in den Decken auf Daphnes Bett ein und schloss die Augen. Die Stimmen der anderen, die immer noch in Deegans geöffnetem Van zusammensaßen, klangen bald wie der ferne Schrei der Möwen, die über der Bucht ihre Kreise zogen. Dann waren sie nur noch der Wind, der in den Gräsern raschelte.

Als ich aufwachte, schlief Daphne neben mir tief und fest. Leider konnte ich meine drückende Blase nicht ignorieren und verließ widerwillig das warme Bett, öffnete die Schiebetür so leise wie möglich und drückte mich durch einen kleinen Spalt ins Freie. Die Nacht war klar und kalt, doch der Regen hatte aufgehört. Die Wolken waren verschwunden und gaben den Blick frei auf ein funkelndes Sternenzelt. Als hätte der Wolkenvorhang ein kostbares Geheimnis gelüftet, das nur nachts entdeckt werden konnte. Der zunehmende Halbmond war gerade auf seinem Weg hinunter Richtung Meer. In seinem spärlichen Licht zog ich mir rasch eine Jacke über und wankte über den Parkplatz auf die Büsche zu.

Als ich zurückkam, holte ich auf Zehenspitzen eine Wolldecke aus Daphnes Van und folgte einem schmalen Trampelpfad hinab. Er traf auf die enge Straße, die weiter hinunter an den Strand führte. Bei sternenklarer Nacht war es etwas Besonderes, am Meer zu sein. Als würde man eine andere Welt betreten. Eine Welt, die selbst bei Tag und wenn der Strand vollkommen ausgestorben war, nicht existierte. Diese mondbeschienene Welt kam nur zum Vorschein, wenn der Tag zu Ende war. Die hellgrünen Klippen waren nun dunkelgraue Schemen und erinnerten an ferne Planeten. Das Meer atmete lauter als bei Tag und untermalte die sonst drückende Stille. Die Wellen waren in der Dunkelheit kaum zu sehen und wurden erst sichtbar, wenn sie mit Schaumkronen geschmückt den Strand erreichten.

In die Wolldecke eingehüllt, setzte ich mich auf den feuchten Sand und schaute dem Wogen des Meeres zu.

Eine schwarze, doch lebendige Masse, die beruhigend und zugleich nicht von dieser Welt zu sein schien. Der weiße Schaum brechender Wellen erstrahlte kurz im Licht des Mondes wie Sternschnuppen am dunklen Nachthimmel. Seit ich mein Zuhause in Portugal verlassen hatte, war ich nicht mehr nachts allein am Strand gewesen. In diesem Augenblick fühlte ich mich eingebunden in das große Ganze und doch so fern von allem. Ich war auf mich allein gestellt und doch verbunden.

Beides war da. Genauso wie meine Sehnsucht nach mehr, nach Freiheit – und auch danach, nach Hause zu kommen, anzukommen, geborgen zu sein. Inzwischen meldeten sich leise Zweifel, ob ich jemals einen Ort finden würde, an dem beides vereint werden konnte. Das letzte Mal, dass ich mich wirklich zu Hause und gleichzeitig frei gefühlt hatte, war mit Tom in Aldeia gewesen, als wir gemeinsam am Strand in seinem Van gelebt hatten. Unsere Herzen hatten über Wochen im Gleichklang geschlagen. Bis Tom unserer gemeinsamen Geschichte ein Ende gesetzt hatte. Ich blieb allein am Strand zurück, zusammen nur mit einem angefangenen Traum vom Künstlerdasein, den ich weiterverfolgen musste. Seitdem hatte das Leben uns in verschiedene Richtungen davongetragen. Mit Blick auf das dunkle Meer und in die Stille der Nacht eingehüllt, hatte ich tatsächlich das Gefühl, gerade eben hier angespült worden zu sein.

„Joana?“ Deegan stand hinter mir mit einem etwas unsicheren Lächeln im Gesicht, das ich noch nicht von ihm kannte.

„Oh hi, was machst du denn hier?“

„Das wollte ich auch gerade fragen. Ich bin wach geworden und habe dich weggehen sehen. Du kamst nicht wieder, da dachte ich, ich schau mal nach, was los ist. Darf ich mich setzen?“

„Klar.“

Wir verstummten eine Weile, während das Meer weiterhin seine Wellen auf den Strand schickte und unserem Schweigen einen Puls gab. Deegans Ellenbogen war an meinen Arm gedrückt und ich versuchte angestrengt, auf etwas anderes zu achten.

„Hast du was dagegen, wenn ich mich mit unter deine Decke setze? Ist echt ganz schön kalt geworden.“

Mein Herz beschleunigte seine Schläge auf doppelte Geschwindigkeit, als Deegan näher heranrutschte. Nun berührten sich auch unsere Knie unter der Decke. Mein Körper verkrampfte sich und ich konnte mich auf nichts anderes mehr konzentrieren. Doch starrte ich stur geradeaus, um ihn nicht ansehen zu müssen. *Warum muss ich immer so unsicher sein?*

„Alles in Ordnung mit dir?“, hauchte Deegans dunkle Stimme plötzlich ganz in der Nähe meines Ohrs.

Eine Gänsehaut breitete sich in meinem Nacken aus und ich widerstand dem Drang, von ihm wegzurücken. „Ja klar, ich … bin nur in Gedanken.“

Deegan kicherte leise. „Das sehe ich. Machst du dir Sorgen wegen etwas?“ Ich spürte, wie er den Arm um mich legte und langsam mit seiner Hand über meinen Rücken fuhr. „Du kannst mit mir darüber sprechen. Ich bin für dich da.“

Es kostete mich Überwindung, ihn nun doch anzusehen. Seine schwarzen Augen glommen wie Tümpel im Schein des Mondes. Sie sogen meinen Blick ein und auf einmal hatte ich das Gefühl, in ihre Tiefen zu fallen. Ich räusperte mich, da mein Hals sich zuzuschnüren schien. „Danke. Es ist schon gut.“ Ohne groß zu überlegen, ließ ich meinen Kopf auf seine Schulter sinken. Deegan rückte noch ein Stück näher und hielt seinen Arm fest um meine Hüfte geschlungen.

5. Kapitel

Meine Reisetasche lag gepackt auf dem Bett, das bereits abgezogen war. Ich blickte mich in dem dunklen Wohnraum um, der die letzten Wochen mein Zuhause gewesen war. Eine seltsame Traurigkeit lastete auf meinem Herzen, obwohl ich eigentlich froh war, dass es nun weitergehen und ich Achill Island und dieses bedrückende Cottage verlassen würde. Für jeden Aufbruch brauchte es eben einen Abschied und mir war inzwischen klar, dass mir der nie wirklich leicht zu fallen schien. Egal, worum es dabei ging und wie glücklich ich wirklich mit dem Alten gewesen war. Ich strich im Vorbeigehen über die Oberfläche des Schreibtischs, an dem ich die letzten Wochen Höhen und Tiefen meiner Arbeit erlebt hatte. Ohne mich noch einmal umzusehen, verließ ich das Cottage.

Am Morgen nach der sternenklaren Nacht am Strand hatte Daphne laut jubelnd alle aus tiefstem Schlaf gerissen und verkündet, dass sie für das Casting in Dublin eingeladen worden ist. Während wir den Tag am Strand verbrachten und die Herbstsonne genossen, die vom Himmel strahlte, als hätte sie nie etwas anderes getan, beschlossen die Freunde, dass dies die perfekte Gelegenheit für einen Roadtrip sein würde.

„Los komm, das wird aufregend, Joana", raunte Deegan mir zu, als ich nicht gleich zustimmte. In meinem Kopf hatte sich schon der wage Plan geformt, demnächst von Achill Island in Richtung Kinsale aufzubrechen, um dort nach weiteren Spuren meines Vaters zu suchen. Ich erzählte den anderen von meiner Idee, verschwieg aber den Grund dafür.

„Nach Kinsale?“ Deegan sah mich mit dem süffisanten Grinsen an, das ich schon kannte. Inzwischen kam es mir allerdings ziemlich gutaussehend vor. „Das kleine Kaff? Ist nicht besonders spannend da. Aber hey, wir könnten doch auch einfach auf unserem Trip dort halten. Quasi einen Schlenker in den Süden, ehe es nach Dublin geht.“ Beschwichtigend streichelte er mir über den Arm. Fiona warf ihr langes rotbraunes Haar in den Nacken und taxierte mich mit einem bissigen Blick, ehe sie Richtung Meer davonging. Deegan schien davon jedoch nichts bemerkt zu haben, denn er schaute mich weiterhin eindringlich an.

Schlagartig wurde mir bewusst, dass ich mich von ihm verabschieden müsste, wenn ich allein nach Kinsale fahren würde. Dieser Gedanke legte sich wie ein Stein in meinen Magen. Alles, was ich dann noch hätte, wäre das verfallene Cottage einer verschollenen Familie, von dem ich nicht sicher war, ob ich es jemals wiedersehen wollte. Lächelnd zuckte ich mit den Schultern. „Klingt gut, bin dabei.“

Jetzt saß ich neben Daphne im Van und spürte endlich das freudige Kribbeln eines Neuanfangs. Die sumpfigen Wiesen zogen vor dem Fenster vorbei, während Daphne den Van in die Haarnadelkurven lenkte. Kalte Windböen fegten über das Meer, aber im Van war es warm. Die Herbstsonne blinzelte durch eine dünne Wolkendecke hindurch und ich konnte nicht aufhören zu lächeln. Aus den Lautsprechern drang wie üblich Daphnes Musik.

„Wer singt das?“, rief ich über die Gitarrenklänge.

„Das ist Ziggy Alberts. *Bright Lights*. Toll, oder?“ Sie drehte die Lautstärke noch ein wenig höher. Zufrieden lehnte ich mich noch tiefer in meinen Sitz, lauschte den Gitarrenklängen und ließ den Blick über die bräunlichen bewachsenen Landschaften Achills wandern. Hin und wieder waren lila Heideflecken zu sehen, ansonsten dominierten Gräser das Bild. Vermutlich verhinderten die starken Winde, die typischerweise aus Norden über die Halbinsel fegten, weitere Vegetation. Nur in den Gärten der Cottages wuchsen weitere Pflanzen. Hohe Hecken säumten oft die Straße und machten diese dadurch noch enger, als sie ohnehin schon war.

Bald passierten wir eine kleine Ansammlung von Häusern und fuhren über eine Brücke, die Achill Island mit dem Festland verband. Gebannt schaute ich auf die dunklen Schemen der umliegenden Berge und erhaschte hin und wieder einen Blick auf die windgepeitschte Bucht zu unserer Linken.

„Ich hab‘ jetzt schon Hunger“, murrte Daphne und begann mit einer Hand auf ihrem Handy herumzutippen, während die andere das Steuer hielt. „Wir halten in Westport für ein richtiges Frühstück.“

Nachdem wir eine weitere Brücke passiert waren, wurden die kargen Berge allmählich von grünen Hügeln abgelöst. Zu unserer Rechten eröffnete sich die Aussicht auf eine weitere Bucht, in der unzählige hellgrüne Inselchen im funkelnden Meer zu sehen waren. Bald darauf erreichten wir Westport und parkten vor einem Pub für ein ausgedehntes *Irish Breakfast* in der Sonne. Auch ich hatte mir eines bestellt, doch hatte ich nicht gewusst, dass es derart viel fettiges Fleisch enthielt. Die Tomaten, Eier, Pilze und *Hash Browns* hatte ich gegessen und stocherte nun in den Resten herum, unsicher, ob ich überhaupt noch etwas davon essen wollte.

„Magst du kein Fleisch?“ Deegan grinste mich über den Tisch hinweg an.

„Doch schon. Aber ich würde sowas eigentlich nicht zum Frühstück essen. In Portugal gibt es bei mir morgens eher was Süßes und einen *Galão*. Das ist sowas wie ein Milchkaffee", fügte ich hinzu, als ich Deegans fragende Miene sah.

„Wir fahren ja wohl nach Galway, keine Diskussion", fuhr Fiona laut dazwischen.

Daphne lachte und zog ausgiebig an ihrer Zigarette, die sie sich nach dem Frühstück direkt angesteckt hatte. Trotz des kühlen Windes hatte sie ihre Lederjacke ausgezogen und stand neben dem Tisch, wo sie unruhig von einem Bein aufs andere trat.

„Wer würde darüber diskutieren wollen?", fragte Aileen, die auch schon in *Keem Bay* dabei gewesen war und ihre Schwester Claire mitgebracht hatte.

Die beiden Männer neben ihr nickten zustimmend. „Ich dachte, das wäre bereits entschieden", sagte Conor und nahm einen tiefen Schluck aus seinem *Guinness*, das er sich zum *Full Irish Breakfast* dazu bestellt hatte.

„Wollt ihr dann dort gleich weitermachen?" Offenbar genervt stieß Deegan mit den Fingern gegen das Pint. „Wir haben schließlich einen Gast mit dabei, die Irland nur sehr wenig kennt." Er zwinkerte mir zu und ich merkte, wie mein Puls sich beschleunigte. „Warum halten wir nicht in Connemara und fahren hinterher nach Galway?" Eindringlich sah er mich an: „Connemara ist ein superschöner Nationalpark. Da spazieren zu gehen, wird sicher sehr inspirierend für dich sein. Du weißt schon, zum Malen meine ich."

„Das klingt schön." Lächelnd überging ich, dass ich eigentlich zeichnete und nicht malte. Es schien mir kleinkariert, ihn zu korrigieren. Ich fing Daphnes Blick auf, die ihre Augenbrauen hinter ihrer Sonnenbrille hochgezogen hatte, und sah rasch wieder weg.

„Och nee, da ist doch tote Hose, genau wie auf Achill. Ich will unter Leute und ein bisschen feiern, okay?“, fuhr Conor genervt dazwischen und erntete zustimmendes Gemurmel von den anderen. Fiona sagte nichts und warf nur wütende Blicke in Deegans Richtung.

Der allerdings schien diese nicht zu bemerken, sondern hatte weiterhin nur Augen für mich. „Na, was meinst du? Vielleicht sollten wir beide einfach einen Abstecher nach Connemara machen und den Rest später in Galway treffen?“

Wenige Minuten später saß ich neben Deegan im Van. Daphnes vielsagender Blick, den sie mir zugeworfen hatte, als ich meine Tasche aus ihrem Van geholt hatte, spukte mir noch im Kopf herum. Ein Teil von mir ahnte, was Deegan vorhatte. Doch ein anderer Teil wollte sich trotzdem nicht dagegen entscheiden. Ich genoss seine Aufmerksamkeit einfach zu sehr, besonders nachdem ich mich in den letzten Wochen so einsam und verlassen gefühlt hatte. Zudem hatte ich tatsächlich keine Lust, direkt nach Galway zu fahren, um dort schon nachmittags in die Pubs zu gehen.

Kurz nach Westport teilte sich die Kolonne auf: Die anderen setzten ihren Weg Richtung Südosten fort, während Deegan uns nach Südwesten fuhr. Zurück zur Küste, auf schmalen, teils unbefestigten Straßen, auf denen es trotzdem in Ordnung zu sein schien, über 70km/h zu fahren. Deegans Blick war konzentriert auf die Straße gerichtet, scheinbar tief in Gedanken versunken. Mir wurde ein wenig mulmig beim Anblick der engen Kurven und ich klammerte mich an meinem Sitz fest. Deegan schien meine Panik allerdings nicht zu bemerken und beschleunigte weiter.

„Hast es wohl eilig, die anderen wiederzutreffen?“ Meine Stimme klang zittrig, obwohl ich mir alle Mühe gab, locker zu bleiben.

Endlich sah Deegan zu mir hinüber und bemerkte meinen gehetzten Blick. Sofort ging er vom Gas. „Oh nein, ganz und gar nicht. Entschuldige, ich war ...“

„In Gedanken?“

„Ja genau.“ Er grinste und zwinkerte mir zu. Sofort fühlte ich mich wieder wohler an seiner Seite.

Den Rest der Fahrt füllte Deegan unser Schweigen mit Geschichten von früher, als er im Sommer öfter mit Freunden per Anhalter in den Connemara Nationalpark gefahren war, um im Freien zu campen. Allesamt waren seine Erlebnisse aufregend und abenteuerlich gewesen. Hin und wieder machte er einen Scherz und legte eine kurze Pause ein, um mein Lachen abzuwarten. Ich lachte jedes Mal, auch wenn mir eigentlich nicht danach zumute war. Mein mulmiges Gefühl in der Magengegend, das mich seit Westport begleitet hatte, wollte sich einfach nicht legen. Ich versuchte mich abzulenken, indem ich mich in Gedanken zu überzeugen versuchte, dass wir beide uns gerade in einem ebenso aufregenden Abenteuer befanden. Wir gemeinsam. Die Blicke, die Deegan mir zuwarf, wenn ich über seine Witze lachte, schickten ein Kribbeln über meine Arme. Seine tümpelschwarzen Augen hatten mich in ihren Bann gezogen, ohne dass ich ihre Tiefen wirklich kennengelernt hatte. Seine Zuwendung machte süchtig, sodass ich jegliche Zweifel in den Wind schlug, seine Blicke lachend erwiderte und meine Gedanken an das, was kommen würde, ignorierte.

Nach etwa einer Stunde hielten wir in der Nähe der Küste und stiegen aus. Um uns erstreckte sich die wilde Landschaft Connemaras, über der sich dunkle Wolken versammelten. Ansonsten war nichts und niemand hier. Ich hatte keine Ahnung, wo wir waren, und Deegan schien es mir nicht sagen zu wollen.

„Ist doch nicht so wichtig, das macht es viel spannender." Er zwinkerte mir zu, stieg aus und verriegelte die Türen, nachdem ich meine geschlossen hatte. „Lass uns einfach ein bisschen spazieren."

Wir wanderten ziellos umher. Deegan hatte keine Route herausgesucht und schien nicht bereit, sich besonders weit von seinem Van zu entfernen. Da ich keine Ahnung hatte, wo wir genau waren, hielt ich mich an seine Führung und traute mich nicht, Einwände zu erheben. Der einsetzende Regen trieb uns nach kurzer Zeit zum Van zurück.

„So ein Pech", sagte Deegan mit einem breiten Grinsen und schloss die Tür hinter mir, als wir wieder im Trockenen waren. „Lass uns lieber abwarten, bis es aufhört."

Der Regen hörte nicht auf, sondern wurde eher noch stärker. Stürmische Windböen setzten ein, die den Van hin und her schaukeln ließen. Mit jeder Böe schien sich mein flaues Gefühl im Magen zu verstärken. Auf einmal fühlte ich mich eingesperrt. Ausgeliefert. Machtlos. Das aufregende Kribbeln der Hinfahrt war verschwunden. Mir war klar, was Deegan von mir erwartete und ich hatte es vom ersten Moment an gewusst.

Angestrengt starrte ich aus dem Fenster, als ob ich durch die regenverhangenen Scheiben etwas sehen könnte. Die Landschaft draußen war nur noch schemenhaft zu erkennen. Es wäre ein interessantes Motiv für eine Zeichnung gewesen, doch traute ich mich nicht, meinen

Zeichenblock hervorzuholen und mich darin zu vertiefen. Deegans unmittelbare Nähe erzeugte eine innere Unruhe in mir, die zeichnen unmöglich machen würde. Seine durchdringenden Blicke, die er mir wie nebenbei zuwarf, während auch er aus dem Fenster schaute, beschleunigten meinen Puls. Doch waren sie mir auf einmal unangenehm und erzeugten den Wunsch, über irgendetwas Belangloses zu sprechen, nur um die angespannte Stille aufzulösen.

„Sieht so aus, als müssten wir die Zeit mit einer anderen Aktivität als wandern verbringen." Deegan war sehr nah an mich herangerückt und hatte mir diese Worte ins Ohr geflüstert. Er begann, mir über den Rücken zu streichen. Mein Körper verkrampfte sich noch mehr. *Vielleicht bin ich nur nervös?*

„Schhhht", machte Deegan und streichelte mir über die Arme. Mit einer fließenden Bewegung zog er mich an sich und öffnete meine Hose, während er mich zum ersten Mal küsste. Seine Lippen waren hart und fordernd, seine Zunge suchte unnachgiebig in meinem Mund. Ich gab einfach nach, ließ mich auf ihn ein, ohne zu wissen, ob ich wirklich wollte. Mehrmals versuchte ich Deegans Blick aufzufangen. Aber er hielt seine Augen geschlossen, während er mit den Händen über meinen Körper fuhr. Der Sex war schnell vorbei. Ich lag da, halb ausgezogen, und wusste nicht, was ich empfand.

„Was denn?" Deegan sah zu mir herunter, während er seinen Reißverschluss wieder hochzog. Ich gab keine Antwort und versuchte zu lächeln. Forschend sah er mich an, während er seine Haare glattstrich. „Wir schlafen wohl besser ein bisschen. Du siehst so aus, als könntest du welchen vertragen." Er legte sich neben mich und drehte sich auf die andere Seite. Wenige Augenblicke später wurde sein Atem ruhig und tief.

Langsam kam ein Gefühl in meinen Körper zurück und ich begann, meine Hose wieder anzuziehen. Ich zitterte, vermutlich vor Kälte, und legte mich dicht an Deegans breiten Rücken, von dem eine angenehme Wärme ausging. Der Regen prasselte fortwährend aufs Dach. Obwohl ich warm eingekuschelt dalag, spürte ich den Wunsch, davonlaufen zu wollen. Doch blieb ich eingerollt liegen, lauschte Deegans Atem und dem peitschenden Regen draußen. Hin und wieder wischte ich mir eine Träne aus dem Gesicht.

6. Kapitel

Wir trafen die anderen am nächsten Vormittag in Galway, wo sie gerade vor einem Café saßen und ihr spätes Frühstück aßen. Zu beiden Seiten der engen und doch belebten Straße drängten sich Pubs und Shops, die mit Fahnen, bunten Blumen und Schildern geschmückt waren. Galway war ein lebendiger Ort voll fröhlich schnatternder Menschen.

„Wir gehen direkt in den *Latin Quarter*, da treffen wir die anderen“, hatte Deegan auf unserer sonst recht schweigsamen Autofahrt verkündet. Auf dem Weg vom Parkplatz dorthin war er so schnell gelaufen, dass ich kaum hinterhergekommen war. Meinen Blick hielt ich auf seinen breiten Rücken geheftet, damit ich ihn in der Menschenmenge, die im *Latin Quarter* unterwegs war, nicht verlor.

Jetzt, da wir die Freunde erreicht hatten, schien Deegan plötzlich ausgelassen und entspannt und bestellte sich mit Conor und Finn gleich ein *Guinness* zu seinem Frühstück. Neben ihm auf der Bank war kein Platz mehr, so ließ ich mich neben Daphne nieder, die ihre große Sonnenbrille trug und mir schon bei unserer Ankunft bedeutet hatte, mich auf den Stuhl neben sie zu setzen. Nach einem großen Frühstück war mir allerdings nicht zumute und so bestellte ich nur einen frischen Orangensaft. Ich fühlte mich hundeelend und hätte mich am liebsten unter einer großen Decke zusammengerollt, um mich vor allem und jedem zu verstecken.

Um Daphne nicht ansehen und mit ihr über den gestrigen Tag reden zu müssen, beobachtete ich eine Gruppe Straßenmusiker, die ein paar Meter weiter ihre gut gelaunten Stücke spielten. Die vielen Musiker heizten die Menge ringsherum mit ihren fröhlichen Songs an. Vor der Gruppe, die fast ausschließlich aus Männern bestand, stand eine recht kleingewachsene Frau und sang aus vollem Herzen. Der große Stoffhut, den sie trug, verdeckte beinahe ihr Gesicht, doch ich konnte sehen, wie sie die Augen geschlossen hatte. Ihre nackten Füße stampften im Takt auf die Erde, als würde sie sich von nichts und niemandem etwas sagen lassen.

Als Daphne aufgegessen hatte, zog sie mich ohne viel Federlesen ein paar Meter von unserem Tisch weg, an dem die Freunde gerade ausgelassen die Geschichten des Vorabends zum Besten gaben. „Also, wie war's bei euch?", fragte Daphne, als würde sie ein Gespräch fortsetzen, und zündete sich eine Zigarette an. Ihr kurzes rotes Haar stand wuselig in alle Richtungen, doch schien sie das nicht zu stören. Die Sonnenbrille hatte sie bisher nicht abgesetzt, obwohl der Himmel bewölkt war.

„Ganz okay", log ich und konzentrierte mich auf den silbernen Wolfskopf um ihren Hals.

„Ja? Du siehst ganz schön fertig aus und soweit ich weiß, hast du nicht gestern Nacht mit uns gefeiert. Er hat dich rumgekriegt, oder?"

Mein Magen verkrampfte sich. Es hatte keinen Zweck zu lügen und so nickte ich nur, die Augen nach wie vor auf ihren Wolfskopf gerichtet. Daphne blies deutlich hörbar den Zigarettenrauch aus.

„Mir geht's gut", log ich trotzig und wusste nicht, warum ich das eigentlich behauptete. „Ich lebe ja noch."

„Ja, du atmest, aber muss es dir deshalb gut gehen?"

Ich sah zu Daphne auf. Ihre Sonnenbrille hatte sie nun doch hochgeschoben und trotz ihres starken Eyeliners konnte ich Besorgnis in ihren eisgrauen Augen lesen. Unfähig etwas zu erwidern, zuckte ich nur die Achseln.

„Was macht ihr denn da? Lasst uns losziehen!“, rief Conor in diesem Moment, sodass mir meine Antwort erspart blieb. Nach einem letzten mitfühlenden Blick ließ Daphne ihre Sonnenbrille wieder auf die Nase gleiten, drückte ihre Zigarette im nächsten Aschenbecher aus und ging zurück zu den anderen.

Die Freunde ruhten sich den Tag über aus und machten am Strand in der überraschend warmen Herbstsonne ein Picknick. Auch ich schlief ein paar Stunden in Daphnes Van, verbrachte dann aber lieber Zeit allein und schlenderte durch die Gassen Galways. Zudem aß ich draußen vor einem nahegelegenen englischen Teehaus meinen ersten *Afternoon Tea* mit frischen Scones. Das süße Gebäck erinnerte mich an die vielen süßen Köstlichkeiten in Portugal und so auch daran, dass ich tatsächlich meinen Traum wahrgemacht hatte: Ich war wirklich in Irland und arbeitete als Künstlerin. Auch wenn es im Detail anders aussah als erwartet, wollte ich diesen Erfolg nicht vergessen.

Daphne und ihre Freunde traf ich zum Sonnenuntergang beim *Spanish Arch* wieder, der direkt am Hafenbecken lag, und sah, dass auch die Musikertruppe sich hier aufgestellt hatte. Inzwischen waren sie noch um ein paar Personen gewachsen. Inmitten der gut gelaunten Menschen, die sich allesamt auf dem Gras fläzten, Bier tranken, sich unterhielten und lachten, fühlte ich mich allmählich besser. Ich ließ mich von der Menschenmenge anstecken und genoss das Licht der untergehenden Sonne, das der Szenerie einen goldenen Schimmer gab. Aus vollem Herzen sang einer der Musiker, der eine bunte Flickenhose trug, den Refrain von *Lonely Boy* von The Black Keys und die Menge begann wie wild zu tanzen.

„Ich bin auch ein *lonely boy*", drang plötzlich Deegans Stimme an mein Ohr und ich fuhr zusammen. Er hatte sein breites Grinsen wieder aufgesetzt, mit dem er mich zuvor immer bedacht hatte, und reichte mir eine Dose Cider.

„Oh ähm, Danke."

„Na, hast du Spaß? Du siehst auf jeden Fall sehr erholt aus." Im Vergleich zum Morgen war Deegan wie ausgewechselt. Wir unterhielten uns, tranken gemeinsam und tanzten zur Musik. Dabei krümmte ich mich ständig vor Lachen, wenn Deegan beim Tanzen seine Späße machte. Fionas böse Blicke versuchte ich zu ignorieren und zu vergessen, was vorher war.

Später war es allerdings der Rest des Abends, den ich am liebsten vergessen hätte. Als wir im ersten Pub ankamen, schien ich für Deegan auf einmal Luft zu sein. Er kippte sich ein Pint nach dem anderen, scherzte mit Conor und glotzte dabei, wohin er wollte, was mich immer mehr traf, je mehr ich ebenfalls trank. Mit lautem Lachen versuchte ich, seine Blicke wieder zurückzugewinnen, die er jetzt jeder anderen schenkte. Angefeuert vom Cider, schoss mir im dritten Pub der Gedanke durch den Kopf, einfach irgendeinen Mann anzusprechen. Vielleicht würde Deegan es dann bereuen, dass er mich derart schlecht behandelte. Doch verwarf ich den Gedanken und suchte ihn stattdessen, um ihn zur Rede zu stellen. Ich quetschte mich durch die vielen Menschen, die laut und vergnügt feierten, aber konnte ihn nirgendwo finden.

„Hast du Deegan gesehen?", schrie ich beinahe in Daphnes Ohr, die selbst im düsteren Licht des Pubs ihre

Sonnenbrille trug und auf der engen Tanzfläche tanzte, offenbar ganz in ihre eigene Welt versunken.

Sie zuckte die Achseln. „Nee!“, rief sie zurück. „Er und Fiona haben sich schon vor `ner halben Stunde von mir verabschiedet.“

Auf einen Schlag war ich nüchtern. Mein Kopf dröhnte von der lauten Musik, den kreischenden Stimmen und den vielen Pints. Daphne drückte mir wortlos die Schlüssel zu ihrem Van in die Hand und ich schwankte Richtung Tür. Draußen rempelte ich schluchzend ein paar Partymacher an, die gerade in den Pub wollten, und rannte ohne einen Blick zurück die Straße hinunter. Daphnes Van fand ich schnell, riss die Tür auf und rollte mich unter den Decken im Bett zusammen. Wollte nicht mehr denken, nicht mehr fühlen. Nicht mehr sein.

Ich schluckte am nächsten Tag alles runter, was mich verletzt hatte, und machte weiter. Die folgenden zwei Tage verliefen ähnlich. Doch begegnete ich Deegans plötzlich wieder aufflammendem Interesse zunehmend reservierter und hielt es nicht mehr so lange in den Pubs aus. Ich verabschiedete mich immer früher von Daphne, um allein zu ihrem Van zurückzugehen. Langsam dämmerte es mir, dass keiner der Freunde es je wirklich vorgehabt hatte, nach Kinsale zu fahren. Das war wohl nur die Masche von Deegan gewesen, damit ich mich auf ihn einließ. Am dritten Tag beim Frühstück entschied ich, die Frage direkt in die Runde zu werfen, ob wir noch dorthin weiterfahren würden, ehe es nach Dublin ging. Wie erwartet, stieß ich auf wenig Begeisterung.

„Nee, lass uns hierbleiben und dann einfach direkt nach Dublin rüber. Ist doch voll der Umweg“, sagte Fiona mit einem gehässigen Blick zu mir und erntete Zustimmung von allen Seiten. Deegan prostete ihr mit einem Zwinkern zu. Bei dem Anblick hätte ich mich am liebsten übergeben. Daphne zuckte mir zugewandt entschuldigend die Achseln, sagte aber nichts.

„Sei keine Spielverderberin, Joana“, fuhr Deegan mich genervt an. Der Blick in seine unnachgiebigen Augen wirkte wie ein Schlagholz, das er mir mit voller Wucht in meine Magengegend rammte. Nachdem er mir bereits die letzten Tage mehrere Stöße damit versetzt hatte, war dies nun der Tiefschlag. Ich spürte die Wut in mir hochkochen, die ich die letzten Tage unter Verschluss gehalten hatte. Doch schluckte ich nur und blieb stumm, auch wenn es mir den Hals zuschnürte. Natürlich wollte ich keine Spielverderberin sein. Ich wollte dazugehören.

Doch mit jeder Stunde, die ich danach mit den Freunden mitzog, wurde mir klarer, dass ich das nicht tat und niemals tun würde. Deegans distanziertes Gehabe und inzwischen vollkommenes Desinteresse, während er seinen Spaß hatte, hielt ich nicht mehr aus. Mein Limit war erreicht. Ich hatte genug von allem. Ohne wirklich zu wissen, was ich vorhatte, verließ ich den Pub, ließ die laute Überschwänglichkeit hinter mir und lief die bereits dunkle Straße hinunter. Keuchend rannte ich bis zum Hafenbecken, wo der Fluss *Corrib* ins weite Meer floss.

Niemand war hier, da es wenige Minuten zuvor noch wie aus Eimern geregnet hatte. Nun hatten die Wolken sich verzogen und gaben den Blick frei auf unzählige Sterne und den Vollmond, der strahlend am Himmel stand. Schluchzend ließ ich mich aufs nasse Gras fallen und drehte mich auf den Rücken. Die Augen hielt ich weit geöffnet, ließ die Tränen, all den unterdrückten Schmerz der letzten Tage, ungehindert über meine Wangen strömen.

Eine halbe Ewigkeit lag ich so da, unfähig mich zu bewegen. Ich spürte, wie meine Tränen versiegten. Die kalte Nässe des Grases war bereits durch meine Kleidung auf meine Haut gesickert, doch blieb ich liegen. So ging es nicht mehr weiter. Ich vergrub mein Gesicht in den Händen und wurde von einem erneuten Heulkrampf geschüttelt. Etwas löste sich in diesem Moment von mir, floss mit den Tränen ungehindert nach draußen und in die feuchte Erde. Zurück ins Meer. Wie ein böser Zauber, ein Fluch, der von mir abfiel und mich frei zurückließ. Obwohl ich mich vollkommen übermüdet und ausgelaugt von den letzten Tagen fühlte, spürte ich nun ein Gefühl von Leichtigkeit in meinem Herzen.

Auf dem Weg zurück zu Daphnes Van fiel mir eine Steintafel neben einer Brücke ins Auge, die ich zuvor noch nicht bemerkt hatte. Im Schein des Vollmonds waren die Worte darauf gut lesbar: *Hometown* von Kevin Faller.

Home. Zuhause. Etwas, das ich aktuell nicht hatte. Mein Heimatdorf Aldeia hatte ich verlassen, weil ich mehr von der Welt sehen wollte, und das ungeklärte Schicksal meines Vaters hatte mich nach Irland geführt. Würde ich irgendwann wieder ein Zuhause finden? Vielleicht sogar hier? *Too many years* stand dort am Ende des Gedichts. Was wäre, wenn ich nirgendwo so richtig ankam und nach Portugal zurückkehren würde. Wollte ich das eigentlich? Auf diese Fragen hatte ich keine Antwort. Aber eines wusste ich ganz sicher: In Aldeia war ich nicht zu Hause. Nicht mehr.

Am nächsten Morgen fand ich eine Projektanfrage in meinem Mailpostfach. Dies schien das Zeichen zu sein, auf das ich gehofft hatte. Für mich war es an der Zeit zu gehen. Während Daphne noch seelenruhig schlief, Eyeliner und Mascara verwischt und mit einem leichten Lächeln im Gesicht, suchte ich im nächsten Café im Internet nach einer Unterkunft außerhalb von Galway. Eigentlich widerstrebte es mir, in Richtung Connemara zurückzukehren, doch fand ich am Eingang des Nationalparks ein Dorf, das nur ein paar Fahrtminuten entfernt direkt an der Küste lag. So würde Daphne nicht allzu weit fahren müssen, um mich dort abzusetzen. Ich hatte kurz überlegt, gleich nach Kinsale weiterzufahren. Doch hatte ich gesehen, dass dies eine gut vierstündige Busfahrt bedeuten würde, und so hatte ich mich dagegen entschieden. Alles, was ich in diesem Moment wollte, war, Deegan hinter mir zu lassen, wieder zu mir zu kommen und an dem neuen Auftrag zu arbeiten.

„Ist nicht so dein Ding mit uns, oder?“ Verschlafen rieb Daphne sich die dunkel geschminkten Augen und fuhr sich mit der Hand durch die wilden Haare, als ich wieder in ihren Van stieg. „Sorry, dass wir nicht nach Kinsale gefahren sind. Ich hätte das schon für dich gemacht, aber …“

„Ist schon in Ordnung“, sagte ich schnell. „Du möchtest natürlich Zeit mit deinen Freunden verbringen und Spaß haben, ehe es vielleicht ernst wird und du deine Rolle bekommst. Ich habe gerade eine passende Unterkunft nicht weit von hier an der Küste gefunden.“ In dem Versuch, mich wegen meines Aufbruchs weniger verlegen zu fühlen, lächelte ich ihr beschwichtigend zu. Die Muskeln um meinen Mund schienen Lächeln allerdings verlernt zu haben.

„Und du möchtest am liebsten so schnell wie möglich dahin, oder?“, fragte Daphne. Sie hielt sich einen Spiegel vors Gesicht und begann, sich mit einem feuchten Taschentuch über die Augen zu wischen.

„Ja, eigentlich schon. Ich meine, es war echt toll von dir, dass du mich mitgenommen hast. Aber mit Deegan ... du hattest mich gewarnt und ich hab‘ es irgendwie nicht geschnallt.“

„Ist doch voll okay. Sei nicht so hart zu dir, Joana. Du hast dich auf einen Idioten eingelassen, der dich rumkriegen wollte. *So what*. Das passiert jedem, es ist kein Drama.“ Daphne ließ ihren Spiegel und das Taschentuch sinken, das nun fast gänzlich schwarz war. Mir fiel auf, dass ihre Wangen mit winzigen Sommersprossen übersäht waren, die sie wohl sonst überschminkt hatte. Ohne die schwarze Schminke traten ihre eisgrauen Augen viel deutlicher hervor, die sie eindringlich auf mich gerichtet hatte. „Sei gut zu dir, okay? Wir machen alle unsere Fehler. Fehler sind Erfahrungen. Und das ist wiederum ... Leben.“ Sie zuckte die Achseln, wandte den Blick ab und kramte in ihrer Tasche nach ihrem Make-up. Ich schwieg, während sie sich schminkte, und dachte über ihre Worte nach.

„Danke“, murmelte ich, als Daphne gerade den Van verlassen wollte, um eine Zigarette zu rauchen. „Das ist echt eine wichtige Erinnerung. Für mich da zu sein, ist glaube ich etwas, das ich noch mehr üben muss.“

Daphne lächelte. „Ich glaube, das müssten wir alle.“ Sie setzte sich ihre Sonnenbrille auf, ehe sie nach draußen trat.

Während ich vor dem nächsten Café auf sie wartete, weil sie sich drinnen ihren Kaffee holte, ohne den sie nach eigener Aussage unmöglich losfahren konnte, sah ich, wie an Deegans Van die Tür aufging. Mit einem Kloß im

Hals beobachtete ich, wie er hinausstieg und sich streckte. Doch hatte er offenbar allein geschlafen, denn ohne einen Blick zurück schloss er die Tür hinter sich und wandte seine Schritte zu dem Café, vor dem ich saß. *Verdammt.* Am liebsten wollte ich wortlos aufstehen und gehen, solange ich noch konnte. Aber Deegan hatte mich bereits gesehen – und eigentlich gab es keinen Grund, mich zu verstecken. Außer vielleicht die unangenehmen Gefühle, die gerade in meiner Brust tobten. Eine Mischung aus Wut und Scham brodelte in mir. Sein übliches Grinsen machte alles noch zehnmal schlimmer.

„Na?", sagte Deegan und ließ sich zu mir an den Tisch fallen, als wäre nie etwas zwischen uns gewesen.

„Hi", murmelte ich und konzentrierte meinen Blick auf die Möwe, die ich hinter ihm auf einem Dach sitzend erspäht hatte.

„Was `ne Nacht. Ist klasse hier, oder? Ich kann mich nicht erinnern, wann ich das letzte Mal so viel Spaß hatte, du vielleicht?" Er sprach, als ob es selbstverständlich war, obwohl er doch bemerkt haben musste, dass ich mich keineswegs amüsierte. Meine Wut kochte höher und schnürte mir den Hals zu, während ich weiterhin angestrengt die Möwe fixierte. Aus den Augenwinkeln bemerkte ich, wie er mir einen belustigten Blick zuwarf.

„Bist du so weit?" Daphne war mit ihrem Kaffee in der Hand zu uns an den Tisch getreten. Sie trug ihre Sonnenbrille und ein gut gelauntes Lächeln im Gesicht. „Oh, Morgen, Deegan."

„Wofür sollte ich so weit sein?", fragte Deegan argwöhnisch.

„Sie meinte mich." Endlich hatte ich mich überwunden, mein Schweigen zu brechen und den Mund zu öffnen. Meine Hände zitterten und mein Hals fühlte sich immer noch eng an, doch ich blickte Deegan offen in die tiefschwarzen Augen.

„Ach ja?"

„Ja. Ich gehe. Für mich ist das alles hier überhaupt nicht spaßig, weißt du. Mir reicht's."

Deegan machte eine wegwerfende Handbewegung und kicherte. „Ach, Joana." Er beugte sich vor, um mir über den Tisch den Arm zu tätscheln. Sofort zog ich ihn weg. Er sollte mich nicht mehr anfassen. Verdutzt sah Deegan mich an. „Was ist denn mit dir los? Stell dich doch nicht so an. Meine Güte, mit dir stimmt doch was nicht." Ohne ein weiteres Wort erhob er sich und ging davon ins Café.

Auch wenn ich gerade endlich für mich eingestanden war, hatte Deegan es irgendwie geschafft, dass ich mich noch schlechter fühlte als vorher. *Mit dir stimmt doch was nicht.* Schweigsam saß ich neben Daphne im Van, als wir die Innenstadt Galways hinter uns ließen und eine kleine Straße an der Küste entlangfuhren. Das Meer lag spiegelglatt da und teilte die dunkelgraue Farbe der Wolken am Himmel. Es war fast windstill, sodass ich den Eindruck hatte, auf eine dunkelgraue Leinwand zu schauen.

Aus den Lautsprechern drangen leise Klänge einer Gitarre, die mir einen Stich in die Brust versetzten. Es war eine Liveversion von *Free fallin'* von John Mayer. Aus den Tiefen meiner Erinnerung tauchte plötzlich Tom auf, wie er mit seinen strubbeligen, vom Meer salznassen Haaren vor seinem Van gesessen und eben dieses Lied auf seiner Gitarre gespielt und gesungen hatte. Die Augen hatte er geschlossen und ich saß zu seinen Füßen mit meinem Zeichenblock auf den Beinen. Es war Balsam für meine Seele, an diesen Moment am Strand von Aldeia zurückzudenken. Trotzdem kniff ich meine Augen zusammen und versuchte das Bild abzuschütteln. Es war keine gute Idee, mich jetzt in diesen sehnsuchtsvollen Bildern zu verlieren. Es ging mir ohnehin schon schlecht und solche melancholischen Erinnerungen würden nicht dabei helfen, mich wieder besser zu fühlen.

Mit quietschenden Reifen hielt Daphne wenig später vor der Unterkunft, die ich für die nächsten Tage gebucht hatte. Es war ein hübsches Cottage mit typisch irischem Strohdach, das fast bis zum Boden zu reichen schien. Die rot gestrichenen Holzrahmen der Tür und der kleinen Fenster schimmerten im Kontrast zu den weißen Wänden, an denen sich Kletterpflanzen allmählich ihren Weg nach oben bahnten. Vor dem Cottage erstreckte sich ein gepflegter Garten mit Rasenflächen und verschiedenen Rosensträuchern, die in Beeten unterhalb der Fenster wuchsen, aber bereits ohne Blüten waren. Im Sommer musste es sicher ein kleines Vermögen kosten, hier zu wohnen, doch da es bereits Ende Oktober war, hatte ich mein Zimmer im Angebot gefunden. Zögerlich zog ich meine Reisetasche auf meinen Schoß, um auszusteigen.

„Pass auf dich auf, Joana. Nimm dir nicht zu Herzen, was Deegan gesagt hat. Er ist echt ein Arsch zu Frauen, mit denen er was hatte. Sei gut zu dir, okay?“ Daphne trug nach wie vor ihre Sonnenbrille, doch stellte ich mir vor, wie ihre grauen Augen dahinter fürsorglich auf mich gerichtet waren.

„Danke, du auch. Und übrigens-“, ich zögerte, entschied mich aber dann, es einfach zu sagen, auch wenn es vielleicht komisch klang. „Ich finde, dass du ohne Make-up viel hübscher aussiehst. Vielleicht solltest du es für dein Casting ohne versuchen? Dann haben die anderen keine Chance.“

Daphne lächelte und drückte mich kurz an sich, ehe ich ausstieg. Sobald ich die Tür zugeschlagen hatte, wendete sie auf der Einfahrt und fuhr ohne einen Blick zurück wieder in Richtung Galway davon. Ich sah ihrem Van noch eine Weile nach, der auf der Küstenstraße immer kleiner wurde. Abgesehen von fernen Motorengeräuschen war es still. Am Horizont trafen sich Grau und Grau von oben und unten, als wäre ein Schleier vor die Farben gefallen. *Ein neuer Anfang. Wieder einmal.*

Teil II
Connemara

Regen
Tropfen für Tropfen
wäscht er rein meinen Verstand
von kreisenden Gedanken
und bringt mich zurück
mit den Füßen im Sand
zu dem, was wirklich zählt.

7. Kapitel

Ein Bellen erklang, als ich durch das rot gestrichene Gartentor meines neuen Zuhauses auf Zeit trat. Ein Border Collie rannte aus einer Ecke des Gartens auf mich zu. Unsicher blieb ich stehen. Eigentlich hatte ich keine Angst vor Hunden, aber womöglich war dieser darauf trainiert, den Hof zu beschützen.

„Na du, wer bist du denn?“, fragte ich ihn mit ruhiger Stimme und beugte mich ein wenig zu ihm herunter. Der Hund verlangsamte seinen Schritt und schnüffelte vorsichtig.

„He Hallo! Du musst Joana sein?“

Ein älterer Mann war aus dem Cottage in den Garten gekommen. Seine gelbe Krawatte auf blau kariertem Hemd stach mir ein wenig in den Augen und sein rundes Gesicht war von einem breiten Lächeln eingenommen.

„Ja, genau. Hallo, wie geht es Ihnen?“

„Gut danke, aber du musst mit mir keine Höflichkeitsfloskeln abspielen. Wer antwortet schon jemals ehrlich auf diese Frage? Ich bin Patrick. Nenn mich gerne Pat. Und das hier ist Pilot.“ Er streichelte den Kopf des Hundes, der sich wedelnd an sein Bein schmiegte.

Pat führte mich in einen winzigen Flur und weiter in ein Wohnzimmer mit knuddeligen Sesseln und einem Kamin. Die Wände wurden von mehreren gut gefüllten Bücherschränken gesäumt. Einen Fernseher gab es nicht. Über einem Sessel an der Wand hing ein Bild von einer gebückten Steinstatue mit langem Bart, die offenbar vor einem See posierte.

Darunter stand:

Connemara
Son of the Sea. Built in 1999. For no apparent reason

Obwohl mir gar nicht danach zumute war, musste ich lachen.

„Sehr schön, freut mich, dass es dir gefällt", sagte Pat und sah mich warmherzig an. „Hier kannst du es dir gerne abends gemütlich machen, musst allerdings damit rechnen, mich ebenfalls zu treffen." Er gluckste und ging durch eine Tür zur Linken in die Küche.

Das hellbraune Holz der Arbeitsflächen und Schränke strahlte makellos, obwohl das Licht von draußen sehr spärlich hereinfiel. Auf der Tapete über einem langen Holztisch, der bestimmt für zehn Leute Platz bot, tummelten sich bunte Schmetterlinge auf einer Blumenwiese.

„Wunderschön, nicht wahr? Diese Tapete hat es mir sofort angetan, als ich sie das erste Mal gesehen habe. Die Küche darfst du übrigens auch mitbenutzen. Ist eigentlich nicht üblich für B&Bs, aber ich habe schon lange aufgehört, morgens Frühstück zu machen, und finde es viel schöner, hier ab und zu mal zusammen zu kochen." Er ging weiter ins nächste Zimmer, das auf der hinteren Seite des Cottage lag. „Und das hier ist dein Zimmer für die nächsten Tage. Zwar kein Meerblick, aber dafür kein Straßenlärm und zumindest kannst du ins Grüne schauen."

Ich trat hinter ihm ins Zimmer, das mit einem cremeweißen Bett, Schreibtisch und Schrank hübsch eingerichtet war. Auch hier wurde eine Wand von den Schmetterlingen bevölkert. Auf der Fensterbank des großen Fensters, vor dem der Schreibtisch stand, lagen getrocknete Blätter in bunten Herbstfarben, ein Kürbis sowie ein paar Muscheln liebevoll drapiert. Über der Kopfseite des Bettes hing ein Bild, das ein einzelnes weißes Pferd inmitten einer bräunlichen Landschaft zeigte.

„Connemara ist einfach wunderschön. Warst du schonmal hier?", fragte Pat, der meinem Blick zum Bild gefolgt war.

„Kurz. Hab' aber nicht viel gesehen, weil ... weil ein Sturm mich überrascht hat."

„Na, dann solltest du auf jeden Fall nochmal wandern gehen, während du hier bist. Wir sind quasi am östlichen Eingang des Parks. Wobei eigentlich niemand so genau weiß, wo er beginnt." Er lachte schallend auf, wobei sich die Knöpfe seines karierten Hemds spannten. „Von hier gibt es Wanderwege und es fahren täglich mehrere Busse tiefer in den Park. Jedenfalls", er ging zurück zur Tür, „du bist derzeit der einzige Gast hier. Ich habe oben nochmal zwei Zimmer, aber es ist schon Ende Oktober und ich schließe demnächst. Du bist daher vermutlich auch mein letzter Gast dieses Jahr. Aber wir können uns gerne später bei einer Tasse Tee im Wohnzimmer unterhalten. Jetzt lasse ich dich erstmal ankommen."

Nachdem die Tür ins Schloss gefallen war, ließ ich mich langsam aufs Bett sinken, den Blick aus dem großen Fenster gerichtet, vor dem der graue Himmel allmählich dunkler wurde. Es hatte zu regnen begonnen und obwohl es erst früher Nachmittag war, hatte ich das Gefühl, mich bereits schlafen legen zu müssen. Die letzten Tage saßen mir wie Gewichte in den Knochen, die sich durch den ungesunden Cocktail aus wenig Schlaf, Alkohol, schlechtem Essen und fehlender Zeit für mich gebildet hatten. Vollständig angezogen legte ich mich unter die mit Blumen verzierte Bettdecke. *Mit dir stimmt doch was nicht.* Deegans ungebetene Stimme hallte in meinem Kopf nach, begleitete mich in die Tiefen meines Unterbewusstseins, während mein Körper langsam schwerer wurde.

Der Himmel war fast dunkel, als ich hochschreckte und mich verwirrt umsah. Nach ein paar Augenblicken erinnerte ich mich wieder, wo ich war. Mein Magen grummelte, aber ich hatte keine Lebensmittel eingekauft und nun war es sicher zu spät dafür. Vielleicht könnte ich irgendwo im Dorf etwas essen. Ich stand auf, auch wenn meine Glieder nach wie vor bleischwer waren, zog mir einen dicken Wollpulli über und ging in die Küche.

Auf dem Tisch lag ein Zettel neben einem Teller, auf dem sich Sandwiches stapelten.

Joana,

ich bin doch nochmal ausgegangen, um ein paar Freunde zu treffen. Du sahst hungrig und kaputt aus, deshalb habe ich dir ein paar Sandwiches und Tee gemacht.

Bis morgen!

Pat

Ich legte die Notiz beiseite und schraubte den Deckel der Thermoskanne auf. Sofort schlug mir der Duft von Lavendel entgegen und weckte vergangene Erinnerungen. Auch Toms Van war damals mit ebendiesem Duft erfüllt gewesen. Nur wir zwei hatten dort auf der Bank gesessen mit geöffneten Fenstern und Türen am Strand von Aldeia. Fast konnte ich in diesem Moment die Wellen hören, die vor der Tür brausten, und die Brise spüren, die die sandfarbenen Vorhänge tanzen ließ. Heiße Tränen begannen mir über die Wangen zu kullern und eine Wärme breitete sich in meinem Herzen aus. Zum ersten Mal seit Wochen fühlte ich mich wirklich willkommen. Vielleicht sogar zum ersten Mal, seitdem ich in Irland angekommen war.

Mein Blick fiel auf die Serviette, die neben dem Teller mit Sandwiches lag. Ein sorgsam aufgerichteter Haufen runder Steine war darauf abgebildet, der wohl gerade dabei war, zur Seite zu kippen. Solche Mühe hatte ich mir in den letzten Wochen gegeben, irgendwo dazuzugehören und meine Wurzeln hier in Irland zu finden. Vielleicht sollte ich einfach aufhören, es zu versuchen? Früher oder später fiel sowieso alles wieder in sich zusammen und ich wurde enttäuscht.

Auch wenn es bereits dunkel wurde, nahm ich den Tee und die Sandwiches mit in den Garten und setzte mich dort auf die Bank. Mit Blick auf das inzwischen schwarze Meer aß ich die Sandwiches. Erst jetzt bemerkte ich, wie hungrig ich gewesen war, denn sie schienen mir das Köstlichste, was ich jemals gegessen hatte. Eine feuchte Nase an meinem Handrücken ließ mich zusammenzucken. „Huch, ach, du bist es, Pilot."

Der Border Collie hatte sich herangeschlichen und saß nun zu meiner Linken in der Hoffnung auf ein Sandwich. Ich sammelte ein Stück Käse von einem der Brote und gab es ihm. Sofort legte er seinen Kopf auf mein Bein. „Wir verstehen uns, oder? Danke, dass ich bei dir zu Hause sein darf." Beim Anblick des Hundes, der sich nun vertrauensvoll an mein Bein kuschelte, huschte ein Lächeln über meine Lippen.

Am nächsten Tag stand ich früh auf, um mit dem neuen Auftrag zu beginnen. Pat schlief wohl noch, denn ich traf ihn nicht in der Küche, als ich mir einen Kaffee zubereitete. In eine Wolldecke eingehüllt, die ich im Schrank gefunden hatte, setzte ich mich an den Schreibtisch vor dem Fenster. Die Morgendämmerung war bereits angebrochen und hüllte die Wiesen und Büsche in gräuliches Licht.

Gestaltung eines Flyers für unsere Dating-Plattform. Die E-Mail mit der Auftragsbeschreibung las ich mit ungläubigem Blick. Es sollte tatsächlich um das Thema Liebe gehen – schlimmer noch, ich sollte einen Flyer gestalten, der glückliche Liebe versprach, die man durch die Anmeldung bei der Dating-Plattform finden könnte.

Seufzend lehnte ich mich auf dem Schreibtischstuhl zurück. Wie sollte ich das nur umsetzen? Wusste ich überhaupt, was Liebe war? Erinnerungsfetzen an Deegans schelmisches Grinsen waberten ungebeten in meinem Kopf. Seine gierigen Hände, die über meinen Körper fuhren, ihn unbedingt besitzen wollten. *Atmen.* Ich schüttelte den Kopf und sah wieder aus dem Fenster. Die Büsche, die zuvor nur schemenhaft erkennbar gewesen waren, hatten ihre dunkelgrüne und bräunliche Farbe wieder. Auf Blättern und Gräsern schimmerte der Tau in den Strahlen der aufgehenden Sonne. Über der Wiese lag eine zarte Decke aus Morgennebel, der sich im Licht der Sonne sicher bald auflösen würde.

Die Bilder von Deegan waren aus meinem Kopf verschwunden, doch das Gefühl von Scham, das sie ausgelöst hatten, war nicht so leicht abzuschütteln. Wie hatte ich mich nur auf ihn einlassen können? *Mit dir stimmt doch was nicht.* Meine Hände ballten sich wie von selbst zu Fäusten. Was für ein Recht hatte er, so über mich zu urteilen? Und wie sollte ich in dieser Verfassung etwas zeichnen, das für Liebe warb? Wenn ich auf meine Erfahrungen zurückblickte und auf das, was ich von anderen Paaren beobachtet hatte, dann bedeutete Liebe scheinbar, dass eine Frau sich zum Wohle eines Mannes aufgeben musste. Dass sie vergaß, wer sie war, nur um ihn glücklich zu machen. Dass sie sich selbst vernachlässigte, damit er sich gut fühlte.

Natürlich hatte Tom mich verglichen mit Deegan um Welten besser behandelt. Doch hatte ich auch vor ihm zeitweise versteckt, dass ich von Herzen gerne zeichnete und mehr aus meiner Leidenschaft machen wollte. Ich hatte es vor ihm verborgen – ohne, dass er jemals darum gebeten hätte. Vor dem Fenster schlich ein Fuchs unter einem der Büsche hervor und blickte sich aufmerksam um. Schnüffelnd nahm er offenbar eine Fährte auf und verschwand durch die hohen Gräser in Richtung der Baumgruppe am hinteren Rand der Wiese. Mit meiner inzwischen leeren Kaffeetasse saß ich da und starrte dorthin, wo der hellorange Fleck verschwunden war. Wie sollte ich bloß diesen Auftrag bewältigen?

Meine Zweifel ließen mich den Rest des Tages nicht los. In der Hoffnung, dass mich ein Geistesblitz treffen würde, machte ich es mir vor dem Fenster mit Tee und Keksen gemütlich, blickte hinaus und kritzelte auf meinem Zeichenblock herum. Nach dem sonnigen Morgen zogen bald Regenwolken auf. Als es noch ein wenig später zu regnen begann, schaute ich auf meinen Block hinab, konnte aber nach wie vor nichts Brauchbares darauf finden. Nachmittags kroch ich ins Bett zurück, um einen Mittagsschlaf zu machen, doch fühlte ich mich danach noch geräderter als zuvor. So beschloss ich, dass ich erst morgen wieder versuchen würde, Ideen für den Auftrag zu sammeln.

„Alles in Ordnung bei dir, Kindchen?“ Die Stimme von Camila klang eindeutig besorgt.

„Wieso?“

„Man kann das Gewicht, das du mit dir herumträgst, praktisch durchs Telefon hören.“

Auch in Camilas Stimme lag wieder etwas Ungewohntes, doch konnte ich es nicht in Worte fassen. Ich erzählte ihr kurz vom Roadtrip, ohne zu tief ins Detail zu gehen, und von meinem neuen Auftrag. „Und mir fällt einfach nichts dazu ein. Liebe vermarkten – wie soll das gehen?“

Camila schien einen Moment zu überlegen. „Vielleicht machst du es zu groß. Sieh es nicht als allgemeine Werbung für Liebe oder für alles, was du bisher mit ihr erlebt hast. Denk mal nur an die schönen Seiten. An die Schmetterlinge, das Gefühl zu schweben und nicht mehr allein zu sein.“

Ob Letzteres auch mein Hauptgrund gewesen ist, weshalb ich mich auf Deegan eingelassen habe? „Aber ist das wirklich die richtige Motivation, um einen Partner zu suchen, *avó?*“

„Wahrscheinlich nicht. Aber es ist menschlich, sich gebraucht und nicht allein fühlen zu wollen. Da solltest du nicht so hart zu dir sein, Kindchen.“

Ich schwieg. Wieder dieser Satz. *Bin ich etwa wirklich zu hart zu mir?*

„Außerdem ist es für deinen Auftrag ja auch egal, ob die Plattform zu guten oder schlechten Erfahrungen mit der Liebe führt. Es reicht doch, wenn du diese positiven Aspekte auf dem Flyer darstellst? So funktioniert Werbung eben.“

„Da hast du recht, *avó*. Was würde ich nur ohne dich machen? Morgen versuche ich mich daran. Aber ich muss zugeben ... auch wenn dieser Auftrag gut bezahlt ist, bin ich wenig motiviert. Ich zeichne gar nicht mehr, was mir gefällt. Gar nicht mehr die Natur. Es geht immer um irgendwelche Werbung, Marken und Produkte. Das nervt mich langsam." Die Worte kamen heraus, ohne dass ich vorher über sie nachgedacht hatte. Sofort wusste ich, dass ich die Wahrheit sagte. Als freie Künstlerin mein Geld zu verdienen, hatte ich mir anders vorgestellt, als ich noch zu Hause in Aldeia gewesen war.

„Das verstehe ich, Kindchen", sagte Camila. „Ich würde vorschlagen, dass du diesen Auftrag jetzt einfach abschließt und hinterher schaust, wie du weitermachen möchtest. Was meinst du?"

Mir fiel ein Stein vom Herzen. Eigentlich wusste ich, dass meine Oma verständnisvoll reagieren würde. Jedoch erinnerte ich mich gut, wie meine Mutter Marta sich verhalten hätte. Sofort hätte sich diese auf meine Klage gestürzt. *Das ist es doch, was du unbedingt wolltest? Dafür hast du doch alles aufgegeben! Wie kannst du jetzt nicht zufrieden sein?*

8. Kapitel

Bevor es zu dämmern anfing, ging ich rasch etwas einkaufen, um an diesem Abend mehr als ein paar Sandwiches essen zu können. Als ich gerade meine Einkäufe auspackte, trat Pat in die Küche.

„Hallo Joana, da bist du ja. Geht es dir gut? Habe dich den ganzen Tag nicht gesehen."

Ich war froh, mit den Einkäufen beschäftigt zu sein, sodass ich seinem Blick ausweichen konnte. „Ja, alles in Ordnung. Bin nur etwas kaputt von meiner Reise und fange gerade einen neuen Auftrag an."

„Ein Auftrag? Was machst du denn beruflich?"

„Ich bin freiberuflich als Künstlerin tätig. Also ich illustriere, zeichne, designe und so weiter, zum Beispiel Flyer, Logos und so. Am liebsten zeichne ich Buchillustrationen, aber das kommt leider eher selten vor." Ohne darüber nachzudenken, was ich eigentlich kochen wollte, begann ich, Zwiebeln und Möhren in kleine Stücke zu schneiden, während Pat mir Fragen zu meiner Arbeit stellte.

„Was kochst du da eigentlich?", fragte er nach einer Weile und sah zu, wie ich die Zwiebeln- und Möhrenstücke in einer Pfanne andünstete.

„Keine Ahnung, um ehrlich zu sein", gab ich zu und lachte, wie es mir vorkam, das erste Mal seit Wochen wirklich laut. Mit Pat und in dieser Küche, die an den Wänden von Schmetterlingen bevölkert war, fühlte ich mich einfach wohl.

„Lass uns *Shepherd's Pie* machen. Das ist ein traditionelles irisches Gericht. Los, ich zeig dir, wie's geht."

Im Nu hatten wir gemeinsam Kartoffeln geschält und diese zum Kochen aufgesetzt. Pat holte gehacktes Lammfleisch, das er von einem befreundeten Bauern gekauft hatte, aus seinen Vorräten, um es mit den Karotten und Zwiebeln in der Pfanne anzubraten. Dabei erzählte er mir ohne Umschweife seine Geschichte. Dass er einst verheiratet gewesen und eine Familie gegründet hatte. „Das scheint mir heute ewig her zu sein“, sagte er versonnen und lachte auf seine Art, die so ansteckend war. Als sein Sohn und seine Tochter ausgezogen waren und ihr eigenes Leben begonnen hatten, waren er und seine Frau ebenfalls bald getrennter Wege gegangen. „Für uns war unsere Aufgabe erfüllt. Wir hatten tolle Jahre, haben unseren Kindern unser Bestes gegeben. Aber irgendwie war uns beiden klar, dass das mit uns nicht für immer ist.“

Pat machte eine kurze Pause, um die gekochten Kartoffeln zu stampfen. Ich rührte wortlos in der Pfanne, in der das Hackfleisch inzwischen mit Karotten, Erbsen und Mais träge vor sich hin brutzelte. Ich fand es faszinierend, wie abgeklärt Pat davon erzählte, warum es zur Scheidung gekommen war. Er schien absolut damit im Reinen zu sein. Ich musste an Marta denken, die ihren Groll über den Weggang meines Vaters seit über 20 Jahren mit sich herumschleppte.

„Jedenfalls haben wir unser Haus in Dublin verkauft und zu gleichen Teilen aufgeteilt“, fuhr Pat fort und fügte dem Kartoffelbrei einiges an Käse und Gewürzen hinzu. „War ein hübsches Sümmchen, kann ich dir sagen, schließlich war es so ziemlich im Zentrum, fünf Minuten von der *Liffey* entfernt. Das hatten wir damals von ihren Verwandten zu einem erschwinglichen Preis bekommen. Ist echt ein Traum gewesen.“ Wir füllten den Fleisch- und

Gemüsemix, der inzwischen eine dicke Paste war, in eine Auflaufform und Pat löffelte den Kartoffelbrei darauf.

„Aber war das für eure Kinder nicht ein Schock?", fragte ich ihn. „Meine Eltern haben sich getrennt, als ich vier Jahre alt war. So kann ich mich wenigstens kaum daran erinnern. Aber eure Kinder waren ja schon älter, oder? Und dass ihr das Haus ihrer Kindheit verkauft habt ..."

„Tja, sie waren schon Anfang 20, weißt du? Klar war es erstmal seltsam für sie. Aber sie sind bereits ihrer Wege gegangen und haben es nachvollziehen können. Grace ist heute 28 und wohnt in London, Luke ist 31 und hat sich hier ganz in der Nähe niedergelassen mit seiner Frau und inzwischen zwei Kindern. Vielleicht triffst du sie noch, sie wollen zum Essen kommen, ehe ich mein Cottage hier zum Winter schließe und nach Bantry zurückgehe."

Während der *Shepherd's Pie* im Ofen war, setzten wir uns mit einer Tasse Tee ins Wohnzimmer, wo Pat ein Feuer im Kamin entfachte. Ich machte es mir auf einem der Sessel bequem und bemerkte, wie entspannt ich mich fühlte. Als hätte das gemeinsame Kochen eine Verbindung zwischen uns geknüpft, obwohl wir uns kaum kannten.

„Deine Eltern haben sich also früher getrennt, hm?", fragte mich Pat, nachdem er sich in den Sessel neben mich gesetzt hatte, und blickte mich aufmerksam über seine Teetasse hinweg an. Die tanzenden Flammen des Feuers waren auch auf seiner Krawatte zu sehen, die heute wieder von leuchtend gelber Farbe war. Ich erzählte ihm von meinem alten Leben in Aldeia do Chaparro, das mir allmählich schon deutlich länger in der Vergangenheit zu liegen schien als bloß ein gutes halbes Jahr. Pat war ein aufmerksamer Zuhörer und ich fühlte mich derart behaglich, dass ich sogar Tom erwähnte, wie er mir geholfen hatte, meinem Traum der freien Künstlerin zu folgen, und dass mich vor allem das Geheimnis um meinen verschwundenen Vater nach Irland geführt hatte.

Über dem köstlich duftenden *Shepherd's Pie* setzten wir unser Gespräch bis spät in den Abend fort. Pat erzählte, wie er nach der Trennung von seiner Frau Mary dieses Cottage gekauft und ein paar Jahre später ein weiteres in Bantry gefunden hatte. „Dort bin ich die meiste Zeit des Jahres und freue mich schon, wieder zurückzukehren. Also, sobald du weiterziehst, natürlich." Er zwinkerte mir zu. „Jamie kann es kaum erwarten, dass ich wiederkomme. Mein Partner", erklärte er auf meinen fragenden Blick hin. „Er arbeitet nämlich in Bantry und ist deshalb dort gebunden. Ich habe ihn kennengelernt, kurz nachdem ich mein Cottage dort gekauft habe."

Ich versuchte, nicht allzu erstaunt auszusehen. Dass jemand zwei Kinder großzog und dann Ende 50 noch einmal derart neu anfing, beeindruckte mich. Neuanfänge hörten wohl niemals auf. Immer wieder hatte man die Möglichkeit, sein Leben neu zu gestalten, wenn das alte nicht mehr passte. Pat und seine Frau hatten ein Haus aufgegeben, das einmal ihr Traum gewesen war und um das sie sicher viele beneidet hatten. Doch sie waren den Schritt gegangen, weil sie gemerkt hatten, dass sie eine Veränderung brauchten. In ihrem Fall eine ziemlich große. Bestimmt waren sie auf viel Unverständnis von Familie und Freunden gestoßen, doch sie hatten es trotzdem getan.

An diesem Abend beschloss ich, nicht so hart zu mir zu sein, dass ich mit meiner derzeitigen Arbeit nicht zufrieden war. Es war in Ordnung, diese Entscheidung zu überdenken und eine neue Richtung einschlagen zu wollen, auch wenn ich vielleicht in den Augen anderer bereits einen Traum lebte. Mit gut gefülltem Bauch ging ich recht spät ins Bett, den Kopf voller Gedanken, die Pats Geschichte ausgelöst hatte. Manche Lebensträume fühlten sich anscheinend nicht für immer richtig an. Manchmal taten sie es eben nur für eine Weile, manchmal für ein paar Jahre und dann war es an der Zeit, weiterzuziehen und Neues zu entdecken.

Den nächsten Morgen schlief ich aus und startete langsam in den Tag. Mit meinem Kaffee machte ich es mir an meinem Schreibtisch vor dem großen Fenster gemütlich. Ich holte mein Notizbuch hervor und schrieb alle Gedanken und Emotionen hinein, die mich in den letzten Tagen beschäftigt hatten. Seit einigen Wochen hatte ich das nicht mehr getan und ich spürte wieder, wie gut es mir tat. Auch wenn ich wusste, dass meine heutigen Gedanken in ein paar Wochen schon wieder an Wichtigkeit verloren haben würden. Jetzt waren sie da, jetzt beschäftigten sie mich und es tat gut, mich mit ihnen auseinanderzusetzen. *Mit dir stimmt doch was nicht.* All die zweifelnden Gedanken an mir selbst, all die sorgenvollen Stimmen, ob mit mir wirklich etwas nicht in Ordnung wäre, bekamen auf dem Papier Platz. Sie flossen aus mir heraus mit dem Strom blauer Tinte auf das weiße Blatt, nahmen dort Buchstabe für Buchstabe ihre Form an, wurden deutlich sichtbar. Gleichzeitig wurden sie weiter aus meinem Innersten entfernt, denn ich hatte nun die Distanz, sie infrage zu stellen.

Kaum war ich fertig und meine Kaffeetasse leer, sah ich, wie die Wiese vor dem Fenster in mattes Gold getaucht wurde. Der Himmel war klar und trug nur vereinzelte Wolken. Die Sonnenstrahlen, die durch die Wolken blinzelten, lockten mich nach draußen. Ich hatte genug hier im Haus gesessen. Außerdem wusste man in Irland nie, wie lange so eine Sonnenphase andauern würde. Spontan beschloss ich, einen Spaziergang im Dorf zu unternehmen, und mummelte mich in einen dicken Wollpulli, Schal und Jacke.

„Guten Morgen, Pilot“, begrüßte ich den Border Collie, der sofort aus seiner Hundehütte zu mir gelaufen kam, als ich nach draußen trat. Er schmiegte seinen Kopf an meine Beine und ich kraulte ihm die Ohren. Dann verließ ich den Garten und stellte sicher, dass das Tor auch wirklich verschlossen war.

Die Luft war kühl und kündigte bereits den kommenden Winter an. Das Meer lag in lieblichem Hellblau da und wurde hin und wieder von einer frischen Brise gekräuselt. Ich atmete den Salzgeruch in tiefen Zügen ein und begann meinen Weg entlang der schmalen Hauptstraße, die direkt am Meer entlangführte. Wo ich hinwollte, wusste ich nicht. Doch lief ich einfach weiter und freute mich, dass kaum Autos unterwegs waren, die die wohltuende Stille durchbrachen. Alle paar Schritte blieb ich stehen und lehnte mich über die niedrige Steinmauer, die Land von Wasser trennte, um hinab auf die sanft schwappenden Massen zu schauen.

Ich kam an einem steinernen Pier vorbei, der sich wie ein Arm ins Meer in Richtung Horizont streckte. Ein paar Boote waren hier mit dicken Seilen festgemacht und schaukelten in der Brise, als würden sie zu einer Melodie tanzen, die auch die Möwen zu hören schienen, die über ihnen hin und her flogen. Bunte Bojen hingen an den Seiten der Boote herab und erinnerten mich an Pats grelle Krawatten, sodass ich lächeln musste. Mein Albtraum in

Galway war zuende. Langsam hatte ich das Gefühl, wieder zu mir zu kommen. Es war richtig gewesen, so für mich einzustehen, anstatt weiter mitzumachen, obwohl es sich für mich falsch anfühlte.

Richtig und falsch. Gibt es so etwas überhaupt? Der eine fand etwas richtig, der andere falsch. Selbst etwas, das einmal richtig war, konnte nach einer Zeit nicht mehr richtig sein. So wie für Pat die Ehe mit Mary richtig gewesen war – und nun lebte er mit seinem Freund zusammen und hatte sich ein ganz neues Leben aufgebaut. Nichts war für immer, alles ging zuende und fing neu an. *Was ist für mich als Nächstes richtig?* Mein altes Leben in Aldeia hatte ich beendet und hinter mir gelassen, doch hatte ich immer noch nicht das Gefühl, dass ich hier ein neues gefunden hatte, das für mich wirklich richtig war. Viel eher fühlte ich mich wie eine Feder im Wind, die mal hierhin, mal dorthin geweht wurde. Eigentlich war ich nach Irland gekommen, um herauszufinden, was mit meinem Vater geschehen war. Der nächste Schritt für diese Suche wäre, nach Kinsale zu fahren. Jedoch bemerkte ich ein flaues Gefühl im Magen, als ich mir vorstellte, in ein paar Tagen dort zu sein. Was, wenn Ryans Spur dort endete? Was, wenn er wirklich weggelaufen war, um ein neues Leben zu beginnen? Oder was, wenn ich herausfand, dass er nicht mehr am Leben war?

Mit jedem Schritt, den ich die Küstenstraße weiter entlangschlenderte, schienen neue Szenarien in meinem Kopf zu wirbeln und wieder zu verblassen. Wie Delfine, die kurz an die Oberfläche des Meeres kamen, um dann wieder hinabzutauchen in die unergründlichen Tiefen. Mit glasigem Blick schaute ich dabei aufs Meer und auf die dunklen Schemen hoher Klippen und Hügelketten einer weiteren Landzunge, die sich am Horizont abzeichnete. Nach meinen Erkundungen des heruntergekommenen *Sunrise Cottage* in Dugort war es schwer, mir eine positive Entdeckung vorzustellen. Jegliche Neugier, diesen unbekannten Teil meiner Familie kennenzulernen, war offenbar durch Sorgen ersetzt worden, dass es ihn möglicherweise nicht mehr gab. Meine Füße trugen mich weiter die Straße entlang, bis ich zu meiner Rechten eine Gruppe von Häusern bemerkte, die alle in den buntesten Farben gestrichen waren. Mit ihrem Knallgelb, strahlendem Pink und Marineblau erinnerten sie mich an die Postkarte meines Vaters aus Kinsale. Sie lag nach wie vor am Boden meiner Reisetasche vergraben, zusammen mit den anderen Briefen, die ich in Dugort gefunden hatte.

Den erneuten Stich in meiner Magengegend ignorierend, ging ich auf die Häuschen zu, die in zwei Reihen dicht nebeneinanderstanden, als würden sie sich an den Händen halten. In ihrer Mitte war ein gepflasterter Platz, auf dem ebenfalls bunt gestrichene Bänke standen. Die farbenfrohen Girlanden, die zwischen den Häuschen quer über den Platz gespannt waren, tanzten in der Meeresbrise. Auf einem Schild las ich *Ceardlann an Spidéil. Spiddal Craft Village & Café.* Nur wenige Menschen tummelten sich hier auf dem Platz, saßen auf den Bänken oder standen vor einem der Häuschen, um durch die kleinen Fenster zu begutachten, was drinnen ausgestellt war. Manche der Häuser waren verziert mit Worten in einer Sprache, die wohl Irisch sein musste. Neugierig betrat ich eines, das in dunklem Lila gestrichen war und Blumenkästen in den Fenstern stehen hatte.

Die Wände des kleinen Ladens waren über und über mit gerahmten Bildern behängt. Es gab zwei voll bepackte Kartenständer in den Ecken und auf weißen Kommoden standen Kästen, die ebenfalls mit unzähligen Bildern gefüllt waren. Ich bewegte mich so vorsichtig, als hätte ich soeben eine Kirche betreten, und schlich mucksmäuschenstill auf eine der Wände mit gerahmten Bildern zu.

Auf einem war ein kleines Cottage zu sehen, das am Ende einer gewundenen Straße in einer Bucht lag. Die grünen Wiesen drumherum waren durch eine Steinmauer von der engen Straße abgetrennt und am Horizont waren dunkle Schemen von Hügeln zu erkennen. Das Bild daneben war in orangebraunen Farbtönen gemalt worden und zeigte lediglich ein Tor, das aus den Angeln hing, sowie die Umrisse von ein paar Häusern im Hintergrund. Mein Blick wurde von einem anderen Bild angezogen, das ein paar Meter weiter an der Wand hing. Es war gänzlich in Blautönen gehalten, Wolken und Meer trugen dieselben Farben. Am Horizont drängte sich eine fast schwarze Hügelkette. *Night at Sea* stand als Titel unter dem Bild. Ich trat näher heran, um mir die vielen kleinen Details im Blau des Meeres und des Himmels genauer anzusehen.

„Kann ich dir weiterhelfen, Liebes?“

Ich zuckte zusammen und wäre beinahe mit meiner Nase an das Bild gestoßen.

Eine ältere Frau mit kurzen braunen Haaren und dick umrahmter Brille saß hinten in der Ecke an einem Tisch, wo sie offenbar gerade ein neues Bild mit Acryllfarben malte. Ihre Augen wurden durch ihre Brille stark vergrößert, sodass sie etwas angsteinflößend wirkte, doch ihre Lippen trugen ein warmes Lächeln.

„Ach nein, ich … entschuldigen Sie bitte die Störung. Ich finde Ihre Bilder wunderschön.“ Zögerlich ging ich zu ihr herüber.

„Du störst doch nicht, Liebes. Ich bin Molly. Molly O’Sullivan. Willkommen in meiner kleinen Kunststätte.

Ein offenes Atelier und Shop, deshalb bist du natürlich mehr als willkommen. Und wer bist du?“

„Joana Silveira. Aus Portugal. Und sie ist sehr beeindruckend. Deine Kunst, meine ich.“

Molly lächelte noch etwas breiter. „Danke dir, Liebes. Mein ganzes Leben widme ich schon meiner Kunst. Und doch entwickelt sie sich immer weiter. Vor nicht allzu langer Zeit habe ich noch mehr mit Porzellan und selbstgemachtem Papier gearbeitet. Du findest ein paar Werke von der Zeit da drüben.“ Sie deutete auf eine der Kommoden. „Doch in den letzten Jahren bin ich in Richtung Acryllmalerei gegangen. Ich kann es gar nicht beschreiben, es war einfach plötzlich dieser Wunsch da. Und wenn ich etwas von meinem kreativen Weg gelernt habe, dann ist es, diesen Wünschen zu folgen.“ Ihre vergrößerten Augen musterten mich prüfend. „Du siehst aber nicht so aus, als würdest du aus dem Süden kommen mit deiner hellen Haut, wenn ich mal so vorlaut sein darf.“

Nun musste auch ich lächeln, weil ich dies schon so oft gehört hatte. „Ja, mein Vater ist Ire. Also bin ich wohl nur zur Hälfte Portugiesin. Ich bin zum ersten Mal in Irland.“

„Na dann habe ich das ja richtig beobachtet. Auch dunkelblaue Augen sind doch eher untypisch für den Süden, nicht wahr? Und was bringt dich hier ins *Craft Village*, Joana?“

„Es war eher ein Zufall, dass ich hier gelandet bin. Ich bin für ein paar Tage im Dorf untergekommen, um an einem Auftrag zu arbeiten. Der geht aber eher schleppend voran, deshalb wollte ich mir ein wenig die Füße vertreten und bin hier vorbeigekommen.“

Molly überlegte kurz, dann sagte sie geradeheraus: „Meiner Ansicht nach gibt es keine Zufälle. Was für ein Auftrag ist das denn?“

„Ein Flyer für eine Dating-Plattform. Ich bin auch freie Künstlerin – also, ich meine …“, verlegen brach ich ab. Es fühlte sich seltsam an, sich als Künstlerin zu bezeichnen, wenn ich doch nur solche Aufträge machte, die ich nicht mochte und die sich absolut nicht kreativ anfühlten. Vor allem in Gegenwart einer Künstlerin, die sich seit Jahren derart frei und hingebungsvoll ihrer Kunst gewidmet hatte.

Doch Molly bemerkte meine Verlegenheit scheinbar nicht. „Ach, das ist ja schön! Eine Künstlerin also. Zu gerne würde ich mal etwas von dir sehen.“

Wir unterhielten uns noch eine Weile über das kreative Schaffen und ich fühlte mich zunehmend sicherer, meine Arbeit ebenfalls als Kunst zu bezeichnen. Auch Molly hatte offenbar vor über 40 Jahren sehr klein angefangen und war verunsichert gewesen, welchen Weg sie als Künstlerin einschlagen sollte. „Doch das gibt sich mit der Zeit, Liebes. Du vertraust deinem Gefühl immer mehr. Das macht das Kreativsein so viel leichter.“

Schließlich schauten wir uns noch ein paar ihrer neueren Bilder mit Acryllfarben an, die irische Landschaften zeigten. Mir fiel auf, dass Molly oft mit einer zentralen Farbe malte und diese in vielen Details abstufte und mischte, genau wie auf dem Bild, das ich zu Anfang genauer betrachtet hatte. Es inspirierte mich zu hören, dass sie bereits seit über 40 Jahren als Künstlerin tätig war und sich seitdem immer wieder neu erfunden hatte, nach wie vor Neues ausprobierte und dabei einfach ihrer Neugier folgte. Bevor ich ihren Laden verließ, musste ich ihr versprechen, dass ich wiederkommen würde, um ihr ein paar von meinen Bildern zu zeigen, ehe ich weiterzog.

Ganz beseelt von unserem Gespräch holte ich mir draußen auf dem Platz einen Cappuccino und setzte mich auf eine der bunten Bänke mit Blick aufs Meer. Es war auch für meine Kunst an der Zeit, sich weiterzuentwickeln. Offensichtlich war es für mich nicht richtig, Aufträge wie den aktuellen zu übernehmen. Wenn ich ganz ehrlich war, hatte ich mich nie als Grafikdesignerin gesehen, doch war ich irgendwie in diese Richtung gerutscht, weil ich Aufträge brauchte, damit Geld reinkam. Die Zeit war reif, das zu verändern.

Wie genau das aussehen sollte, wusste ich nicht. Doch in diesem Moment reichte mir die bewusste Entscheidung, dass ich etwas verändern wollte. Durch das Treffen mit Molly, die ihr ganzes Leben frei ihrer Inspiration gefolgt war, hatte ich auf einmal das Gefühl, dass ich dies auch könnte. Alles, was es dafür brauchte, war meine klare Entscheidung und der Wille, mich Schritt für Schritt darauf einzulassen. Es würde immer eine Reise bleiben, die niemals ganz abgeschlossen war.

Den Rest des Nachmittags verbrachte ich an meinem Schreibtisch und skizzierte einen ersten Entwurf für den Flyer der Dating-Plattform. Ich achtete nicht darauf, dass es mir wenig Freude bereitete, sondern konzentrierte mich auf meinen Glauben daran, dass dies der letzte Auftrag dieser Art sein und es danach anders weitergehen würde. So war ich abends halbwegs zufrieden mit meinem ersten Ergebnis, mit dem ich am nächsten Tag weiterarbeiten würde. Pat und ich verbrachten den Abend wieder an seinem knisternden Kamin. Dieses Mal tranken wir einen Whiskey aus Connemara, den er überschwänglich lobte, der mir aber etwas zu stark war.

„Connemara“, sagte Pat nachdenklich und hielt sein Glas gegen das Licht des Feuers, als wollte er nachschauen, ob etwas in sein Getränk gefallen war. „Das ist nicht nur eine Gegend, musst du wissen. Es ist auch ein Lebensgefühl. Torfig, rau und doch lieblich und vertraut.“ Er kicherte und nahm einen tiefen Schluck mit geschlossenen Augen. „Und natürlich“, fuhr er dröhnend fort, „am Meer. *Mara* kommt vom Irischen *muir*, was Meer bedeutet.“

„Sprichst du Irisch?“, fragte ich schläfrig und hatte das Gefühl, kaum noch meine Augen aufhalten zu können.

„*Go nádúrtha.*“ Pat murmelte ein paar unverständliche Worte und lachte dann, als er mich halb schlafend im Sessel sah. „Nur nicht so viel Begeisterung. Wir sind hier in einem so genannten *Gaeltacht*. Das bedeutet, dass Irisch nach wie vor die erste Sprache ist, die gesprochen wird, und Englisch nur die zweite. Hier in der Gegend gibt es auch eine Schule, die Sommerkurse anbietet, bei denen nur Irisch gesprochen werden darf. Viele Schüler aus allen Teilen des Landes machen das, weil sie ansonsten kaum noch einen Bezug zur Sprache aufbauen können. Alles ist inzwischen auf Englisch, Irisch ist weniger wichtig geworden. Aber es ist nun mal auch ein Teil unserer Kultur und daher schützenswert. Wie unsere Wurzeln.“

Wurzeln, überlegte ich träge. Das war es, was mir derzeit besonders fehlte und nach dem ich auf der Suche war. Ein Anker, den ich spüren konnte, wohin ich auch ging. Jeglicher Halt, den ich bisher gefunden hatte, schien nur temporär zu sein und früher oder später wegzubrechen.

Kurz darauf gab ich meiner Müdigkeit nach und verabschiedete mich, um ins Bett zu gehen. Das Kaminfeuer und der Whiskey hatten mich einfach zu schläfrig gemacht, als dass ich noch ein zusammenhängendes Gespräch hätte führen können. In meinem Zimmer wollte ich gerade den Wecker am Handy stellen, als ich eine ungelesene Nachricht sah:

Liebe Joana,

ich habe lange hin und her überlegt, ob ich dir schreiben soll. Du bist bestimmt böse auf mich oder möchtest zumindest nichts mehr mit mir zu tun haben. Aber ich möchte es versuchen: Ich bin jetzt in Irland. Ich bin hergefahren in der Hoffnung, dass du deinen Plan wahrgemacht hast und ebenfalls hier bist. Und ich würde dich sehr gerne treffen. Möchtest du das auch? Ich würde mich freuen.

Tom

Auf einen Schlag war ich hellwach. *Tom? In Irland? Meinetwegen?* Mein Kopf hatte Schwierigkeiten, diese Informationen zu verarbeiten. *Ich würde dich sehr gerne treffen.* Wollte ich das denn auch? Mein Herz schlug schneller bei dem Gedanken. *Vor Freude? Bestimmt.* Ja, ich wollte ihn unbedingt sehen. Unsere Vertrautheit wieder spüren, genau wie in Aldeia. Schon begann ich, eine Antwort zu tippen – hielt jedoch erneut inne. Natürlich würde ich mich freuen, ihn zu sehen. Endlich wäre ich nicht mehr allein. Doch was dann? Ich starrte auf meinen Handybildschirm. *Ja, ich möchte dich unglaublich gerne sehen.* Wollte ich wieder sofort Ja sagen, ohne wirklich abzuwägen, was gut für mich wäre? Wieder eine Abzweigung nehmen, die sich auftat, ohne wirklich darüber nachzudenken? Auch wenn ich mich nun hellwach fühlte, legte ich mein Handy zurück auf den Nachttisch, stieg ins Bett und löschte das Licht.

Ich bin jetzt in Irland. Wie gerne würde ich ihn treffen, in seine vertrauten Arme fallen. Nicht mehr allein sein und seine aufmunternden Worte hören, wenn ich nicht weiterwusste. So war es in Aldeia gewesen, als wir uns kennengelernt hatten. Tom war mein Rettungsring gewesen, meine Leitung in ein neues Kapitel meines Lebens. Doch dann war er verschwunden, hatte mich sang und klanglos stehen lassen, weil er seinen eigenen Weg weitergehen wollte. Anstatt seiner Gitarrenmusik waren am Strand nur noch die Möwen zu hören gewesen, die kreischend nach ihm riefen. Und die Wellen des Meeres, die weiterhin brachen, ohne dass er dort war, um sie zu surfen.

Fast eine Stunde drehte ich mich in meinem Bett von der einen auf die andere Seite und warf den Gedanken an ein Treffen in meinem Kopf hin und her. Schließlich gab ich auf und nahm mein Handy wieder zur Hand:

Hi Tom,

du irrst dich, ich bin nicht wütend auf dich und ich würde mich sehr freuen, dich zu sehen. Ich habe mir meinen Traum erfüllt und bin tatsächlich in Irland! Allerdings denke ich nicht, dass ein Treffen so eine gute Idee wäre. Wo würde uns das hinführen? Vielleicht lassen wir es lieber. Ich hoffe, dir geht's gut.

Joana

9. Kapitel

Den nächsten Tag verbrachte ich fast ausschließlich am Schreibtisch, um den Entwurf des Flyers weiter auszuarbeiten. Die Arbeit nahm den ganzen Tag in Anspruch, weil ich mich beim Zeichnen normalerweise eher auf Naturobjekte fokussierte und nicht auf Menschen, sodass es nur schleppend voranging. Nur zum Essen verließ ich mein Zimmer und spielte hinterher mit Pilot im Garten. Die Arbeit half mir dabei, meine Gedanken von Tom fernzuhalten, wann immer sie sich dahin verirrten. Dass ich für meinen Auftrag ein Liebespaar zeichnen und ihre Gefühle einfangen musste, war natürlich keine große Hilfe. Doch konzentrierte ich mich darauf, dass ich, je schneller ich den Flyer fertigstellen würde, einen neuen Weg mit meiner Kunst einschlagen könnte. So ließ ich nicht zu, dass Erinnerungsfetzen an salzige Lippen oder an tanzende Flammen, die seine erdbraunen Augen in ihr Licht tauchten, mich vom Zeichnen abhielten.

Die Sonne stand bereits tief über dem Meer, als Pat durch das Gartentor kam und mich auf der Bank vor dem Cottage sitzend mit einer dampfenden Tasse Tee und eingehüllt in meinen dicksten Wollcardigan fand. Heute trug er eine giftgrüne Krawatte und ein orangekariertes Hemd. Trotz der inzwischen sehr kühlen Temperaturen schien er keine Jacke zu brauchen. „Hallo Joana, da bist du ja. Wollte schon Pit in dein Zimmer schicken, um nach dir zu sehen.“ Er lachte dröhnend auf und setzte sich neben mich. Gemeinsam schauten wir schweigend der im Meer versinkenden Sonne zu.

Erst als es dämmrig wurde und die Wolken in ein leichtes Rosa getaucht waren, setzten wir unser Gespräch fort. „Mein Sohn Luke kommt heute zum Abendessen mit seiner Frau Holly und den Kindern. Hast du Lust, mit uns zu essen? Wäre doch auch ein schöner Abschied für dich."

Überrascht riss ich die Augen auf. Ich hatte völlig vergessen, dass meine Zeit hier schon zuende ging. Morgen würde ich weiterziehen müssen, schließlich wollte auch Pat nach Bantry zurück. *Aber wo soll ich hin?* Nun, da sich die Möglichkeit bot, fühlte mich noch nicht bereit, nach Kinsale zu fahren. Vielleicht, weil es im Moment schöner war, noch einen Lichtblick, einen Fingerzeig zu haben, dem ich folgen konnte, um das Rätsel meines Vaters zu lösen. Womöglich stieß ich in Kinsale auf eine Sackgasse oder gar auf das Ende meiner Suche. Wie würde ich dann weitermachen? Und würde ich in Irland bleiben? Mein Herz sank mir irgendwo in die Magengegend. „Ach ja", stammelte ich und bemerkte, dass meine Stimme heiser war, nachdem ich die letzten Stunden kaum gesprochen hatte. „Das habe ich tatsächlich vergessen. Wie schade", rutschte es mir heraus.

Pat blickte mich wohlwollend an. „Mach dir keinen Stress, Joana. Weißt du, wenn du magst, kannst du gerne noch zwei, drei Nächte mehr bleiben. Dann kannst du in Ruhe deinen Auftrag abschließen und dir überlegen, wo du als Nächstes hinwillst. Ich hatte sowieso geplant, erst am Montag loszufahren, weil Jamie gerade viel in seinem Pub arbeitet und kaum Zeit hätte, wenn ich vorher auftauche."

Erleichtert erwiderte ich sein Lächeln. „Das wäre wunderbar, tausend Dank, Pat! Und sehr gerne würde ich trotzdem heute Abend mit euch essen. Also wenn das Angebot noch steht, auch wenn es nicht mein letzter Abend ist."

Mit immer gut gefüllten Pintgläsern, um die Pat sich vorbildlich kümmerte, wurde es ein feuchtfröhlicher Abend. Mehrmals musste ich mich daran erinnern, dass Luke und Holly beide ungefähr in meinem Alter waren. Ihr Leben wirkte auf mich wie das Gegenteil von meinem, da sie derart angekommen waren und ihren Platz gefunden zu haben schienen. Außerhalb von Galway hatten sie vor vier Jahren ein Haus gekauft, in dem sie mit ihren beiden Söhnen wohnten, und Luke pendelte unter der Woche in die Stadt, wo er in einer Anwaltskanzlei arbeitete. Holly liebte es zu stricken und hatte neben dem Haushalt einen kleinen Onlineshop gestartet, der zunehmend besser lief.

„Es ist natürlich nur eine Kleinigkeit, aber es macht mir unglaublich viel Spaß", erzählte sie mit leuchtenden Augen, während sie ihrem jüngeren Sohn ein Stück Hähnchen kleinschnitt.

„Mach es nicht kleiner als es ist, Liebling", wandte Luke ein und strich liebevoll über ihren Arm. „Sie ist gerade im Gespräch mit ein paar anderen Nachbarinnen, mit denen sie einen Shop aufmachen möchte", erklärte er mir und in jeder Silbe konnte ich seinen Stolz hören.

„Wir überlegen das, ja, und haben auch schon einen möglichen Raum gefunden. Jetzt geht es darum zu schauen, wie wir die Miete verteilen und wer wann dort sein kann. Die anderen Frauen stricken, häkeln und nähen auch, weißt du. Und es ist viel leichter, so etwas gemeinsam aufzuziehen, als alles allein zu machen.“ Zufrieden lächelnd nahm Holly einen tiefen Schluck aus ihrem Glas.

Nach dem Abendessen saßen wir gemeinsam im Wohnzimmer, wo Pat ein Feuer im Kamin entfacht hatte, dieses Mal mit getrocknetem Torf aus Connemara. Der erdige Geruch erfüllte den Raum, der durch das Feuer in ein sanftes Licht getaucht wurde. Pat schenkte allen seinen Whiskey ein und vertiefte sich in ein Gespräch mit Luke über seine Arbeit in der Kanzlei. Die Jungs kuschelten sich auf dem Sofa an ihre Eltern und waren bald eingeschlafen.

Holly und ich schwiegen eine Weile, während sie mit liebevollem Blick die Gesichter ihrer Kinder betrachtete. Ich trank meinen Whiskey schneller, als ich es eigentlich getan hätte. Erneut wurde mir bewusst, wie anders mein Leben im Vergleich zu Hollys war. Eine eigene Familie zu gründen, war für mich bisher nie ein Wunsch gewesen, selbst als ich noch in Aldeia zu Hause war. Meine Mutter hatte das natürlich nie verstanden, denn schließlich war es vollkommen normal, dass meine ehemaligen Mitschülerinnen bereits mehrfach Mutter oder zumindest verheiratet waren. *Mit dir stimmt doch was nicht.* Ungebeten schlich sich Deegans Stimme wieder in meinen Kopf. Ich schloss die Augen in der Hoffnung, seine Worte mögen verschwinden. Der Abend war zu schön, um sich davon die Laune verderben zu lassen. Und außerdem: Warum sollte Deegan eigentlich bestimmen, was normal war und was nicht? Aus meiner Sicht waren seine Spielereien mit Frauen ebenso alarmierend wie die Tatsache, dass er von einem Moment auf den anderen sein Verhalten derart verändern konnte.

„Weißt du schon, wo du als Nächstes hinwillst?“, unterbrach Holly plötzlich meine Gedanken.

Ich zuckte zusammen und öffnete meine Augen. „Oh, noch gar keine Ahnung leider. Aber Pat hat mir erlaubt, noch übers Wochenende zu bleiben."

„Ich habe darum gebeten", fuhr Pat dazwischen, der auf der anderen Seite des Kamins im Sessel saß, und prostete uns zu. „Ich freue mich natürlich über eine so liebenswerte Mieterin, ehe ich mein B&B für den Winter schließe."

„Also er hat mich gebeten", wiederholte ich und grinste, als ich mich wieder Holly zuwandte.

„Ist sicher aufregend dein Leben, oder? Ich weiß nicht, ob ich das könnte. Ständig woanders sein, nicht wissen, wo ich morgen bin ..." Nachdenklich schaute Holly mich an.

„Ich habe das auch nicht immer so gemacht", gab ich zu, denn ich wollte nicht die furchtlose Abenteurerin spielen. „Bin erst vor ein paar Monaten aus Portugal losgezogen. Das ist auch mein erster Versuch."

„Und wie gefällt es dir bisher? Bist du glücklich?"

Ich musste eine Weile überlegen. „Zwischendurch schon. Aber nirgendwo so richtig dazuzugehören, ist schon einsam manchmal. Immer wieder die Entscheidung zu treffen, ob man geht oder bleibt. Oft frage ich mich, ob ich mich richtig entscheide", gab ich zu und bemerkte, dass mir diese Offenheit im Gespräch inzwischen viel weniger ausmachte, als es noch in Portugal der Fall gewesen war. Da war ich ständig in meinem Kopf damit beschäftigt gewesen, abzuwägen, ob ich etwas Ehrliches sagen sollte oder lieber nicht. Nun kamen mir die Worte wie von selbst über die Lippen. Vielleicht lag das auch daran, dass ich mich in Pats Wohnzimmer, eingelullt vom Whiskey und der Wärme des Torffeuers und gemeinsam mit Holly so wohlfühlte.

Holly lächelte verständnisvoll. „Das kenne ich auch sehr gut, diese Frage hat mich gerade bei der Erziehung unserer Jungs immer wieder heimgesucht. Aber weißt du, mit ihnen habe ich eines gelernt: Es geht gar nicht darum, alles richtig zu machen. Sondern darum, für jedes Problem, das du unterwegs antriffst, eine Lösung zu finden. Und es gibt keineswegs nur eine einzige richtige Lösung, sondern viele und du darfst die nehmen, die für dich gerade am besten passt."

Sie strich ihrem Sohn Eric, der sich im Schlaf an sie schmiegte, die Haare aus der Stirn, ehe sie fortfuhr: „Du kannst es dir vielleicht nach heute Abend nicht vorstellen, weil Eric derart ruhig war. Vermutlich, weil er sich hier noch nicht so wohlfühlt und jemand Unbekanntes dabei ist. Aber zu Hause kann er ein richtiger Wirbelwind sein und hat meine Nerven schon sehr oft auf die Probe gestellt, kann ich dir sagen. Das musste ich erstmal akzeptieren lernen. Annehmen, dass ich nicht alles kontrollieren kann, was passiert. Kaum etwas eigentlich." Sie lachte und sah mich eindringlich an. „Deshalb möchte ich dir den Tipp geben, nicht mehr alles richtig machen zu wollen, sondern einfach zu machen. Und zu schauen, was passiert."

Sofort wusste ich, dass sie recht hatte. *Richtig und falsch.* Da war es wieder. „Ja, und wer bestimmt eigentlich, was richtig oder falsch ist? Das ist ja immer etwas anderes, was sich über die Zeit auch verändert", fügte ich hinzu und lehnte mich noch ein wenig entspannter in meinem Sessel zurück. In diesem Moment wurde mir bewusst, dass es nicht nur das Rätsel um meinen Vater war, das mich nach Irland geführt hatte. Es war auch der Wunsch gewesen, den für mich richtigen Platz zu finden, einen Ort, an dem ich mich zu Hause fühlte. Denn in Aldeia hatte ich das schon lange nicht mehr getan. Ich hoffte inständig, dass ich in Irland fündig werden würde, doch konnte ich nur Schritt für Schritt gehen und schauen, wohin der Weg ging.

Es war schon fast Mitternacht, als Luke und Holly sich verabschiedeten. Beide mit je einem ihrer Kinder auf dem Arm liefen sie den dunklen Gartenweg entlang, doch nicht ohne zuvor zu versprechen, dass sie an unserem letzten Abend noch einmal zum Essen vorbeikommen würden.

10. Kapitel

Am nächsten Tag war es endlich so weit: Ich schloss die erste Version des Flyers für die Dating-Plattform ab und schickte sie, ohne groß zu überlegen, an den Auftraggeber. Mit meiner Darstellung des Liebespaares war ich nur halbwegs zufrieden, doch reichte mir das, da ich nur selten Menschen zeichnete. Mit einem Mal fiel mir ein, dass es Toms Gesicht gewesen war, das ich zuletzt gezeichnet hatte. Schnell verdrängte ich diese Erinnerung wieder. Leichte Kopfschmerzen hatten mich seit dem Aufstehen begleitet, aber ansonsten war ich sehr glücklich über den vergangenen Abend. Vor meinem Fenster schien die Sonne von einem blauen, fast wolkenlosen Himmel und war so verlockend wie eine heiße Schokolade an einem kalten Dezemberabend. Ich wollte unbedingt raus und den abgeschlossenen Entwurf mit einer Wanderung in Connemaras Natur feiern. Pat hatte mir die vergangenen Abende bereits in den Ohren gelegen, dass ich das unbedingt noch machen müsste, ehe ich weiterzog. Und definitiv wollte ich das Erlebnis mit Deegan nicht zu meiner einzigen Erinnerung an den Nationalpark werden lassen.

Ausgestattet mit dicken, windfesten Klamotten und Wanderschuhen sowie mit Sandwiches, einem Apfel und einer Thermosflasche Tee saß ich kurz darauf im Bus, der mich nach *Maam Cross* bringen sollte.

„*An Teach Dóite*“, hatte Pat geseufzt, als er großzügig Butter auf meinen Sandwiches verteilte, und sein Blick war einen Moment glasig geworden. „Der Knotenpunkt Connemaras und daher auch der perfekte Ort für Wanderer. Vor ein paar Jahren bin ich regelmäßig dort gewesen, um mit meinem Wanderclub im *Maam Valley* zu wandern. Gibt unzählige Wege dort über die Berge. Du bleibst aber am besten auf dem Rundweg, den ich dir erklärt habe, denn es wird früh dunkel. Da sollten acht Kilometer genug sein."

Vor dem Fenster zog die grünbraune Landschaft Connemaras vorbei, in der hie und da auch ein aufgeschichteter Haufen Torf zu sehen war. Nicht selten überholte der Bus freilaufende Schafe, die seelenruhig am Straßenrand kauten und deren lange Wolle im Wind wehte. An einer Kreuzung stieg ich aus, nicht ohne mich noch bei dem Fahrer zu bedanken, denn das hatte ich bei den anderen Fahrgästen beobachtet. Als der Bus davongefahren war, schulterte ich meinen Rucksack, der mich auch schon nach Dugort begleitet hatte, und schaute mich um. Die Kreuzung *Maam Cross* war mit wenigen Häusern gesäumt, ehe die Straßen sich in der Landschaft verloren. Vor mir breitete sich der angrenzende See *Lough Shindilla* aus, der von Hügelketten umgeben war.

Mein Herz klopfte aufgeregt in der Brust, als ich den Blick über das friedliche Gewässer schweifen ließ, auf dem die Sonne funkelte. Ein Lächeln breitete sich automatisch auf meinem Gesicht aus, als eine kühle Brise mir durch die gewellten Haare strich. So glücklich und frei hatte ich mich das letzte Mal auf der Wanderung nach Dugort gefühlt. Voller Zuversicht ging ich los und fand nach ein paar Versuchen den Start der Rundwanderung, die Pat mir beschrieben hatte.

Nach kurzer Strecke entlang des Sees schlängelte sich der Weg allmählich einen der Hügel hinauf, die ich zuvor nur aus der Ferne gesehen hatte. Schon bald war ich außer Atem. Seit gefühlten Ewigkeiten war ich nicht mehr bergauf gewandert. Dennoch genoss ich jeden Schritt, kletterte über teils rutschige Felsen und ließ mir den zunehmenden kalten Wind ins Gesicht wehen, während die Sonnenstrahlen mich angenehm wärmten. Hin und wieder drehte ich mich um und schaute auf *Maam Cross* und den in der Sonne funkelnden See, bis beides hinter einer Biegung verschwand.

Vor mir breiteten sich weitere Hügelketten aus, die scheinbar bis zum Horizont reichten. An ihren Hängen waren vereinzelte Farmen oder Gruppen von Schafen zu erkennen. Ansonsten gab es weit und breit nichts als Grün und Stille. Zufrieden grinsend trottete ich durch die Landschaft, musste allerdings aufpassen, nicht zu sehr in ihrem Anblick zu versinken. Mehr als einmal übersah ich die recht unscheinbare Markierung des Wanderweges, sodass ich zur letzten zurückgehen musste, um meinen Weg wiederzufinden.

Nach einer Weile hatte sich ein leichter Wolkenschleier über die Sonne gelegt wie eine samtig weiche Decke. Ich stand erneut an einer Abzweigung und suchte vergeblich nach einem Hinweis. So beschloss ich, eine Pause einzulegen, auch wenn es spürbar kühler geworden war. Unter die Windjacke zog ich mir einen weiteren Pulli und klammerte mich an meine warme Teetasse, um meine kalten Finger wieder zu spüren. Der Wind sauste durch die Gräser und ließ die Binsen und Ginsterbüsche raschelnd tanzen. Ansonsten war nichts zu hören.

Ich habe keine Ahnung, wo ich hingehe. Ich habe keine Ahnung, was kommen wird. Aber irgendwie habe ich trotzdem das Gefühl, mich gerade gefunden zu haben. Verrückt, wie das Gefühl manchmal komplett dem Verstand widerspricht.

Die Tinte meiner Worte strahlte mir aus meinem Notizbuch entgegen. So verworren diese Sätze auch klangen, ich wusste, dass sie wahr waren. Mit dem Taschenmesser meines Vaters entkernte ich einen Apfel und aß eines von Pats Sandwiches, ehe ich weiterging. Weil ich auch nach meiner Pause keine Markierung finden konnte, entschied ich mich kurzerhand, einfach links abzubiegen, weil ich vermutete, dass in dieser Richtung *Maam Cross* lag. Irgendwann würde ich schon wieder dort ankommen.

Eine halbe Stunde verging und ich hatte immer noch keine Schilder oder Markierungen gefunden. Der Wind fühlte sich inzwischen wie ein erbarmungsloses Peitschen in meinem Gesicht an, sodass meine Wangen langsam taub wurden. Die Wolken am Himmel verdichteten sich und auch das Licht war merklich schwächer geworden. Alles sah nach beginnender Abenddämmerung aus. *Mist.* Mit jedem Schritt wuchs nun meine Nervosität. *Wo bin ich bloß? Was soll ich tun, wenn es dunkel wird?* Dennoch lief ich weiter, setzte einen Fuß vor den anderen, weil weitergehen die einzig sinnvolle Möglichkeit war, um wirklich irgendwann an mein Ziel zu kommen.

Ein Blick auf mein Handy verriet mir, dass es bis zum Sonnenuntergang nur noch eine halbe Stunde war und dass ich keinen Empfang hatte. Sofort wuchs meine Nervosität zu einer nagenden Angst heran. Pat konnte ich also nicht anrufen, um ihn zumindest zu informieren, dass ich mich verlaufen hatte. Vor meinem geistigen Auge sah ich ihn mit seiner quietschgelben Krawatte begleitet von einem mit Taschenlampen bewaffneten Suchtrupp und einem bellenden Pilot durch die stürmische Nacht laufen. Ich erschauderte. Die Minuten wurden in die Länge gezogen und vergingen zugleich im Flug. Nachdem ich eine gefühlte Ewigkeit über die moorigen Wiesen voller Heidekraut gestapft war, sank mein Herz immer tiefer, versank im rutschigen Morast unter meinen Füßen. So ausgesetzt und vollkommen verlassen hatte ich mich noch nie gefühlt.

Ich beschleunigte meine Schritte, auch wenn ich keine Ahnung hatte, wo ich eigentlich hinlief, und sah mich immer wieder panisch nach einem Hinweis um. Der Himmel war bereits dunkler geworden, als mir eine besonders starke Bö die Kapuze vom Kopf blies. Meine Haare peitschten im Wind wie wütende Wellen auf dem stürmischen Meer. *Das kann doch jetzt nicht wahr sein*, dachte ich, als kalte Regentropfen munter auf mich niederzuprasseln begannen.

„Ach Mist!", schrie ich durch die Dämmerung, als mein Fuß in einem besonders schlammigen Stück Boden stecken blieb, das noch dazu mit Schafshinterlassenschaften angereichert war. Ich spürte, wie Wut in mir hochkochte und sich gleichzeitig Tränen in meinen Augen sammelten. Wie hatte ich nur so weit vom Weg abkommen können? Warum hatte ich Portugal eigentlich unbedingt verlassen müssen, mich hier in Situationen bringen müssen, denen ich offensichtlich nicht gewachsen war? Jetzt war ich hier, mitten im Nirgendwo, mutterseelenallein im Regen, umzingelt von der hereinbrechenden Dunkelheit und begleitet von einer Kälte, die mir langsam durch die Jacke und in die Schuhe kroch. Anrufen konnte ich niemanden und meine Mutter sprach nicht mehr mit mir. Auf der Suche nach mehr hatte ich meine Wurzeln verloren.

Ich schluchzte und zog mit einem Schmatzen meinen Fuß aus dem Schlamm, um mich auf einem moosbewachsenen Stein zu retten. Dort stand ich, wie gefangen auf einer klitzekleinen Insel mitten in einem ausgewachsenen irischen Sturm, während in mir die Panik Wellen schlug. Ich spürte, wie mir heiße Tränen über die Wangen rannen und mein Herz so heftig klopfte, als wollte es diesem Ort so schnell wie möglich entkommen. Hektisch sah ich mich um. Ich wollte einfach losrennen, doch wusste ich nicht, wo ich hinlaufen sollte. Die Dunkelheit war nun gänzlich hereingebrochen und versperrte mir die Sicht. *Vom Weg abgekommen. Allein. Verloren.*

Der Regen war zum wasserfallartigen Schauer geworden, sodass er wie in Sturzbächen an meinem Körper herunterlief. Panisch entschied ich, einfach in eine Richtung loszugehen, von der ich glaubte, dass ich von dort gekommen war. *Theoretisch müsste ich doch irgendwann wieder in Maam Cross ankommen*, überlegte ich und ignorierte, dass das noch Stunden dauern könnte. Ich begann zu rennen. Um mich herum spritzte der Schlamm empor, ich stolperte über Steine und rutschte über den immer nasser werdenden Pfad, der allmählich einem kleinen Flussbett glich. Doch irgendwie schaffte ich es, die Balance zu halten, und lief einfach weiter.

Ich hatte jegliches Zeitgefühl verloren. Vielleicht waren nur ein paar Minuten, vielleicht ein paar Stunden vergangen, als ich vor mir auf einmal Lichter sah. Nicht weit von mir flackerten sie auf wie Sterne in einer rabenschwarzen Nacht. Erleichtert seufzte ich auf und ohne groß darüber nachzudenken, rannte ich Hals über Kopf in Richtung der Lichtquellen, bis ich unter meinen Füßen plötzlich Asphalt spürte. Ich hatte eine Straße erreicht und obwohl ich durchnässt war, fror und keine Ahnung hatte, wo diese hinführte, war ich erleichtert. Lichter und Asphalt bedeuteten Menschen. Ich lief die Straße entlang und schaute mich unablässig nach Scheinwerfern um, damit ich früh genug auf mich aufmerksam machen konnte. Lange Zeit jedoch kam niemand. Dafür entdeckte ich ein Schild, auf dem stand, dass *Maam Cross* 3,5km entfernt war. Ich könnte hinlaufen, mir dort ein Zimmer nehmen und am nächsten Tag mit dem Bus zurückfahren. Und Pat anrufen, um ihm zu sagen, dass alles in Ordnung war.

Dieser Gedanke machte mir Beine, sodass ich beinahe die Lichter hinter mir nicht bemerkt hätte. Ich schnellte herum und blinzelte ihnen entgegen, starr wie ein erschrecktes Reh. Ein weißer Camper strahlte mir geisterhaft entgegen. Er wurde langsamer, bis er schließlich neben mir zum Stehen kam. Am Steuer saß ein Mann mit verstrubbelten blonden Haaren, der mich ebenso ungläubig anstarrte wie ich ihn.

Kurze Zeit später saß ich in eine Wolldecke eingehüllt und mit einer dampfenden Tasse Tee auf dem Sofa. Der Wind rüttelte heulend am Van wie ein wütendes Raubtier. Tom warf mir immer wieder Blicke zu, während er meine triefend nassen und schlammbespritzten Klamotten in seinem kleinen Badezimmer aufhängte. Offenbar wussten wir beide nicht recht, was wir sagen sollten.

„Du bist also auch in Connemara", sagte Tom schließlich und ließ sich mir gegenüber auf die Bank fallen. Sein schiefes Grinsen war mir so vertraut, als hätte ich es erst gestern das letzte Mal gesehen.

Ich konnte sein Lächeln kaum erwidern, weil sich mein Gesicht nach wie vor gefroren anfühlte. Zudem hatte es mir die Sprache verschlagen. Die Panik, die ich zuvor empfunden hatte, verebbte langsam und ich hatte Schwierigkeiten, zu verstehen, was gerade geschehen war.

„Bist du okay?“ Toms erdbraune Augen studierten sorgenvoll mein Gesicht. „Das war ja echt allerhöchste Zeit. Hat dich der Sturm überrascht?“

„Ja.“ Meine Stimme klang brüchig und ich nahm einen weiteren Schluck des Tees. Lavendel mit einem Schuss Honig. So wie früher.

„Soweit ich weiß, sollte der auch erst morgen kommen“, fuhr Tom fort, da ich nicht weitersprach. „Und mit ihm ein richtig dicker Swell an der Westküste.“

„Stimmt, was machst du eigentlich hier so weit entfernt von den Wellen, *Surferboy?*“, fragte ich in dem Versuch, die Atmosphäre etwas aufzulockern. Da waren seine Grübchen wieder, gleich unter den Augen. Mein Herzschlag beschleunigte sich bei ihrem Anblick und ich mummelte mich tiefer in seinen viel zu großen Pulli ein, als wollte ich darin verschwinden.

„Mir ist in letzter Zeit nicht mehr so danach gewesen. Ich habe viel nachgedacht in den letzten Wochen. Seit Monaten eigentlich. Habe mich gefragt, ob Surfen wirklich alles ist, was ich bin. Irgendwie kam es mir zunehmend inhaltsleer vor. Nicht, weil ich es nicht mehr mag; ich liebe es. Aber ist das wirklich der Faktor, der mein Leben bestimmen soll? Ist das wirklich alles, was mir wichtig ist? Das kommt mir zunehmend verrückter vor.“

Überrascht sah ich ihn an. Der lässige Surfer, den ich in Aldeia am Strand kennengelernt hatte und den nichts mehr interessiert hatte als der nächste Swell, saß nun mit hängenden Schultern vor mir. Tom war es damals gewesen, der mir geraten hatte zu tun, was ich liebte. Genauso wie er mit seiner ewigen Jagd nach der nächsten Welle, die er mit seiner Arbeit auf dem Kreuzfahrtschiff im Sommer finanziert hatte. Wo war sein abenteuerliches Glimmen in den Augen geblieben?

Während der Regen zunehmend auf das Dach einprasselte, kam auch unser Gespräch in den Fluss. Der Tee erwärmte allmählich meinen Körper und eingekuschelt in Toms Pulli fühlte ich mich fast so wie damals in Aldeia. Als wäre keine Zeit vergangen. Als wären wir immer noch ein Wir. Zu Hause. Tom erzählte mir, wie sich während der letzten Saison auf dem Schiff zunehmend eine Leere in ihm bemerkbar gemacht hatte. Eine Leere, die sich weiter auszubreiten schien, je schneller er ihr zu entkommen versucht hatte. Egal mit welchen Begegnungen, Abenteuern in fremden Ländern oder lärmenden Partys er sich abgelenkt hatte. Das klaffende Loch war größer geworden, hatte ihn immer weniger schlafen lassen und tagsüber so energielos gemacht, dass er kaum seinen Job erledigen konnte. Und doch hatte er nicht aufhören können, hatte sich angetrieben und weiter nach mehr gesucht.

„Als ich dann vom Schiff gegangen bin, ist alles in sich zusammengefallen“, murmelte Tom. Sein Blick ging aus dem Fenster, auch wenn dort alles dunkel war und man nur die Regentropfen über die Scheibe kriechen sah. „Plötzlich war ich allein, saß in meinem Camper und bemerkte, dass ich mich absolut gar nicht auf meine Reisemonate freute. Das hat mir richtig Angst gemacht, denn eigentlich war die offene Straße für mich immer mit das Aufregendste gewesen. Keine Pläne, keine Verpflichtungen. Das Ziel, auf das ich mein ganzes Leben ausgerichtet habe. Ich war so ... allein plötzlich. Und fragte mich, ob ich das nicht immer schon gewesen war.“

Nachdenklich wanderte sein Blick über mein Gesicht und blieb an meinen dunkelblauen Augen hängen. Obwohl die Traurigkeit von jeder seiner Silben tropfte, schlich sich ein Lächeln über seine Lippen. „Und dann musste ich an dich denken. Wieder einmal. Denn das habe ich auch auf dem Schiff ständig, doch da konnte ich mich gut ablenken. Auf einmal war da keine Ablenkung mehr. Nur das Wissen, dass es so nicht für mich weitergehen konnte und dass ich dich wiedersehen wollte." Tom schwieg einen Moment, wandte seine Augen allerdings nicht von den meinen ab.

Ich spürte, wie die Wärme in meine Wangen kroch. „Und wie soll es jetzt für dich weitergehen?", fragte ich schnell und schaute in meine Teetasse, als wäre seine Antwort dort zu finden.

„Das weiß ich auch nicht, um ehrlich zu sein, Joana. Du hast ein Treffen abgelehnt, aber ich war schon in Irland und wollte mir diese Frage in den nächsten Monaten beantworten."

Als er meinen Namen aussprach, tat mein Herz einen Hüpfer. Ich sah zu ihm auf. Seine Augen waren nach wie vor unverwandt auf meine gerichtet und dieses Mal wich ich ihm nicht aus.

Als der Regen wenig später eine Pause einlegte, entschied ich, dass es an der Zeit war, zu Pat zurückzukehren, damit er sich keine Sorgen machte. Schweigend fuhren wir die holprige Straße entlang, ehe wir im schummrig beleuchteten *Maam Cross* ankamen. Während Tom den Van Richtung Süden lenkte, rief ich schnell Pat an, um ihm zu sagen, dass ich unterwegs wäre.

„Gott sei Dank, Joana!", rief er ins Telefon, bevor ich mich überhaupt melden konnte. „Wo bist du? Ich habe schon die Garda angerufen."

„Entschuldige, Pat, ich hatte erst jetzt wieder Empfang. Hab mich verlaufen, aber habe Hilfe gefunden. Dieser verfluchte Sturm hat mir die Orientierung genommen."

Eine halbe Stunde später trat ich mit Tom durchs Gartentor und Pilot lief bellend auf uns zu.

„Alles gut, Pit. Das ist Tom." Ich streichelte seinen Kopf und er begann interessiert an Toms Beinen zu schnüffeln.

„Rein mit euch beiden. Fängt bestimmt jeden Moment wieder an zu regnen", begrüßte uns Pat und schloss mich fest in die Arme. „Habe mir echt Sorgen gemacht und die Garda meinte nur, ich solle noch etwas abwarten. Dieser Sturm war eigentlich erst für morgen angekündigt, deshalb habe ich dich fahren lassen. Ich hätte es besser wissen sollen."

Gerührt von Pats Fürsorge sah ich mich nach Tom um, der unsicher in der Tür stehengeblieben war. „Das ist Tom, Pat. Ein Freund, den ich noch aus Portugal kenne. Und mein Retter in der Not."

Ich musste lächeln, als Pat ohne Vorwarnung auch Tom um den Hals fiel. „Tausend Dank! Welch ein Glück, dass du sie gefunden hast."

„Sie hat eher mich gefunden." Tom grinste schief, freute sich aber offenbar über die herzliche Begrüßung.

„Du musst unbedingt zum Abendessen kommen. Als Dankeschön", sagte Pat und sah uns beide an. „Übermorgen kommt mein Sohn mit seiner Frau an unserem letzten Abend. Hättest du auch Lust?"

„Oh, gerne!" Toms Augen suchten die meinen. „Ich hatte eh überlegt, mich mit meinem Van hier in die Nähe zu stellen. Dann könnten wir uns morgen wiedersehen. Also, wenn das okay für dich ist, Joana."

11. Kapitel

Am nächsten Morgen wanderte mein Blick als Erstes zu meinem Handy, auf dem eine Nachricht aufleuchtete:

> Lust auf Kaffee in meinem Camper? Ich habe eine Idee für einen Ausflug heute. Aber dieses Mal ohne Sturm, versprochen.

Lächelnd schob ich die Vorhänge beiseite und stellte fest, dass der Regen sich verzogen hatte. Die ganze Nacht hatte er wie mit Fäusten gegen mein Fenster getrommelt, als wollte er mich noch einmal erwischen. Jetzt lachte die Sonne unschuldig vom Himmel. Bevor ich einwilligte, schaute ich in mein E-Mail-Postfach. Der Auftraggeber hatte noch nicht auf meinen Flyer reagiert, was hieß, dass ich den Rest des Tages frei hatte. Schnell schlüpfte ich aus dem Bett und in eine gefütterte Leggins und einen Wollpullover. Im Spiegel schaute mir mein blasses Gesicht entgegen, aus dem meine blauen Augen hervorstrahlten, als wäre über dem Meer soeben die Sonne aufgegangen.

„Mach's nicht so spannend, wo fahren wir hin?", frag-teich Tom, als er den Motor startete und den Van auf die Küstenstraße lenkte. Ich war nervös. Diese Ungewissheit erinnerte mich zu sehr daran, wie ich mit Deegan im Van gefahren und ihm ausgeliefert gewesen war. Den Gedanken versuchte ich allerdings zu vertreiben, immerhin saß ich hier neben Tom. Uns verband eine Geschichte, ein unsichtbares Band, das in Aldeia geknüpft worden war.

Tom lachte. „Na gut, na gut. Ich dachte mir, dass deine Wanderung gestern vielleicht kein so schönes Erlebnis im Nationalpark war, deshalb möchte ich mit dir heute wieder reinfahren. Ich habe Wanderwege bei Clifden und Cleggan herausgesucht. Möchtest du noch mehr wissen oder reicht das?“ Er lächelte mir zu.

Innerlich atmete ich auf. *Das ist Tom, alles ist gut. Reiß dich zusammen, Joana.* Ich strahlte zurück. „Klingt fantastisch!“

Tom hatte sich wirklich Gedanken gemacht, denn die Rundwege, die er herausgesucht hatte, passten zeitlich perfekt und führten uns in Küstennähe durch die wildromantischen Landschaften Connemaras. Bei Cleggan kamen wir an zotteligen Pferden und Kühen vorbei, die uns allesamt anstarrten, als hätten sie hier noch nie einen Menschen gesehen. Ich beneidete sie um ihr dickes Fell, denn trotz des Sonnenscheins pfiff uns der Wind beißend kalt um die Ohren. Seite an Seite gingen wir meist über kleine Asphaltstraßen, die sich durch die Weiden mit wild wachsenden, bräunlichen Gräsern schlängelten. Hier und da waren vereinzelte Bäume zu sehen. Ansonsten dekorierten Binsen, Büsche, moosbewachsene Felsbrocken und Überbleibsel gelber Ginsterblüten die umzäunten Wiesen. Dahinter lag das blassblaue Meer in seiner stillen Schönheit. Wir kamen an Ruinen verlassener Cottages vorbei, die mich an das Cottage meiner Familie in Dugort denken ließen. Doch erzählte ich Tom nicht davon, sondern berichtete von meinen vergangenen Aufträgen und wie ich seit seinem Abschied in Aldeia tatsächlich mein Geld als Künstlerin verdient hatte. Auch sprach ich viel über meine bisherigen Erlebnisse in Irland, wobei ich Deegan großzügig ausließ.

„Joana, die auf einen Roadtrip mit unbekannten Leuten geht und ihre Aufträge über soziale Medien findet. Hätte dir das damals jemand in Aldeia vorgeschlagen, hättest du ihn für verrückt erklärt, oder?“ Tom schenkte mir ein breites Lächeln und drückte mich im Gehen kurz an sich.

Mein Puls beschleunigte sich. Ich hatte Mühe, ihn nicht unentwegt beim Erzählen anzustarren, sondern auch die Landschaft um uns herum wahrzunehmen. „Das stimmt. Allerdings ... naja, es ist nicht wirklich das, was ich weitermachen möchte. So habe ich mir meine Arbeit als Künstlerin nicht vorgestellt. Vielleicht ist es unrealistisch und vielleicht sind wir Menschen irgendwie niemals zufrieden, aber ich möchte etwas verändern.“ Wir verbrachten den Rest des Weges damit, die buntesten Bilder zu malen, wie ich stattdessen von meiner Kunst leben könnte. Allein darüber zu sprechen und all die Möglichkeiten zu bemerken, gab mir ein gutes Gefühl. Ich würde meinen Weg schon finden, auch wenn ich noch nicht wusste, wie der genau aussah. Das Wichtigste war, dass ich in die für mich richtige Richtung weiterging.

Bevor wir unsere Wanderung bei Clifden begannen, hielten wir an einem Café, das an einer engen Landstraße in einer Bucht lag. Hier waren die Wände in dunklem Pink gestrichen und abgesehen von unserem waren die vielen kleinen Tische mit Blumendeckchen unbesetzt. Auf einem Tisch an der Wand stand ein altmodisches Radio, aus dem melancholische Geigenmusik drang.

„Lass uns unbedingt Scones bestellen. Die hatte ich jetzt schon eine ganze Weile nicht“, sagte ich und spürte, wie mir schon beim Gedanken daran das Wasser im Mund zusammenlief.

Wir bestellten einen *Afternoon Tea*, der neben den Scones mit Butter und Marmelade auch ein paar Sandwiches und eine große Kanne Tee für zwei enthielt. „Wo kam dein Vater eigentlich genau her? Du hattest ja mal erzählt, dass er Ire war“, sagte Tom, sobald die Bedienung unseren Tisch wieder verlassen hatte.

„Ja, das ist auch ein Grund, weshalb ich so neugierig war, hierher zu kommen. Er war ja immer ein Fragezeichen in meinem Leben. Eine Leerstelle, über die ich nicht sprechen durfte, wenn es nach Marta ging.“ Nachdenklich ließ ich meinen Blick über die gerahmten Bilder an den Wänden gleiten, die wie die in Pats Wohnzimmer die Landschaften Connemaras zeigten. Hier war man stolz auf seine Heimat. „Meine Oma Camila hat mir erzählt, dass sie noch Briefkontakt mit meinem Vater gehabt hat, nachdem er uns verlassen hatte. Der brach aber plötzlich ab. Keiner weiß, warum.“

Die Bedienung kam mit einer dampfenden Kanne Tee zurück und Tom schenkte uns beiden ein. „Und du möchtest natürlich wissen, was mit ihm passiert ist“, stellte er fest und reichte mir meine Tasse.

„Irgendwie schon. Ich dachte immer, es wäre okay für mich, einfach zu akzeptieren, dass er uns verlassen hat und ich mich kaum an ihn erinnern kann. Aber wenn ich ehrlich bin ... ich weiß auch nicht, irgendwie fehlte mir etwas in Portugal. Ich fühlte mich dort nicht mehr zu Hause. Vielleicht erhoffe ich mir ein bisschen, das hier zu finden, indem ich herausfinde, was mit ihm geschehen ist.“ Ich umklammerte meine Tasse mit beiden Händen und pustete hinein.

„Und hast du schon etwas herausgefunden?“

„Naja, mehr oder weniger. Ich war eine Weile auf Achill Island, weil von dort der letzte Brief an meine Oma ging.

Da hab‘ ich das verfallene Cottage seiner Eltern entdeckt. Die sind aber auch nicht mehr da. Vermutlich bereits verstorben, schätze ich. Und da habe ich eine Postkarte gefunden, die er an seine Eltern geschickt hat. Aus Kinsale, wo er einen Job auf einem Fischerboot bekommen hat."

„Das heißt, als Nächstes geht es für dich nach Kinsale." Es war keine Frage, sondern eine Feststellung. Tom rührte in seiner Teetasse und blickte mich aufmerksam an.

Sein verständnisvoller Blick tat gut, ließ meinen Puls aber gleichzeitig zu doppelter Geschwindigkeit anschwellen. Wie konnte ich ihm erklären, dass sich etwas in mir noch dagegen sträubte, nach Kinsale zu fahren, weil ich Angst davor hatte, was ich dort herausfinden würde? „Möglich", erwiderte ich schnell. „Aber genug von mir. Ich möchte wissen, was bei dir los war die letzten Monate, Tom."

„Oder auch Theodor", korrigierte mich Tom zögerlich und lächelte angesichts meiner perplexen Miene. „Tom ist mein Spitzname. Hab ihn irgendwann einfach benutzt und mich so vorgestellt, weil er sich cooler anhörte. Stell dir vor, wie alle in der Schule immer geschaut haben, wenn ich mich als Theodor vorgestellt habe. So ein altbackener Name. Aber so heiße ich eigentlich wirklich."

Bevor ich darauf etwas sagen konnte, kam die Bedienung erneut an unseren Tisch. Auf einer Etagere waren auf drei Ebenen unsere Sandwiches, Scones und die Schüsselchen Butter und Marmelade drapiert. Hungrig stürzten wir uns beide darauf.

„Also soll ich dich ab jetzt lieber Theodor nennen?", fragte ich, während ich einen großen Bissen Scone mit Marmelade kaute.

„Ach Quatsch, Tom ist schon okay. Ich wollte meinen Namen nur nicht mehr verstecken, weißt du? Ich habe das

Gefühl, dass ich einen Teil von mir die letzten Jahre immer irgendwie unter den Teppich gekehrt habe. Der, der nicht der coole Draufgänger war und nur Wellen und Reisen im Kopf hatte. Das war mir nie wirklich klar, bis ... naja, bis wir uns über den Weg gelaufen sind." Tom grinste mich schief an und nahm sich ein weiteres Sandwich.

Ich spürte, wie Hitze in meine Wangen kroch und konzentrierte mich schnell darauf, meinen Scone mit mehr Marmelade zu bestreichen. Weil Tom allerdings nicht weitersprach, sah ich widerwillig zu ihm auf. „Wie meinst du das?", fragte ich mit brüchiger Stimme.

„Naja, du hast irgendetwas in mir angestoßen, ohne dass ich das bemerkt habe, als ich noch in Aldeia war. Vielleicht war es dieser lang verschollene Teil, an den ich mich plötzlich erinnert habe. Ich weiß es nicht, aber seit ich Aldeia verlassen habe, fehlte mir immer etwas. Und dieses Loch wurde größer, je mehr ich versucht habe, wieder zu meinem üblichen Reiseleben zurückzukehren."

Frisch gestärkt wanderten wir wenig später auf einem schmalen Weg bei Clifden, der oberhalb der Bucht einen Hügel hinaufführte. Tom erzählte mir, was ihn in den vergangenen Wochen allein im Camper beschäftigt hatte. Zwar war er in unserer Zeit in Portugal schon offen zu mir gewesen, doch hatte ich ihn da nur als den lässigen Surfer erlebt, der immer eine Lebensweisheit in petto hatte. Nun hatte er diesen Vorhang fallengelassen und zeigte sich mit Schichten, die darunter verborgen gewesen waren.

„Mir ist klar geworden, dass ich immer, wenn es kompliziert oder unangenehm wurde, die Flucht ergriffen habe, seitdem ich auf Dauerreise war. Oder wenn es irgendwie verbindlich wurde. Ich wollte lieber frei sein und Neues erleben, auf einem konstanten Hoch sozusagen. Nie wieder wollte ich diese Eintönigkeit, die ich in meinem Bürojob erlebt hatte. Auf gar keinen Fall wollte ich dorthin zurück und so habe ich alles getan, um dem auszuweichen. Neue Wellen, neue Gäste auf dem Schiff, neue Länder, neue Bekanntschaften unterwegs mit dem Van oder ab und zu mal ein Treffen mit Reisefreunden. Nur, wenn es zufällig passte natürlich, denn keiner wollte sich festlegen."

Wir hatten die Spitze des Hügels erreicht und schauten hinunter auf die Bucht, in der Clifden lag. Schimmernd wie ein ausgebreitetes Stück Stoff glitzerte das Meer unter uns. „Ich erinnere mich noch, was du in Aldeia zu mir gesagt hast: Von Beziehungen, die erst wunderbar entflammen, bleibt doch früher oder später eh nur noch Asche zurück. Daran habe ich oft gedacht in den letzten Monaten", sagte ich und beobachtete, wie die Sonnenstrahlen seine blonden Haare schimmern ließen.

Tom sah zu mir herab. „Heute tut es mir leid, was ich damals zu dir gesagt habe. Ich hatte einfach Angst, schätze ich. Angst, mich festzulegen und nicht zu wissen, wie es sich entwickeln wird. Ich konnte mir einfach nicht vorstellen, dass es immer so leicht und wunderbar mit uns bleibt."

Bei seinen Worten beschleunigte sich mein Puls. Dennoch erwiderte ich: „Aber vielleicht ist das Leben nicht immer nur gleiten auf einer Welle, nicht immer nur pure Erfüllung, aufregend und cool. Vielleicht ist es auch mal beängstigend, niederschmetternd und unangenehm. Und ja, hin und wieder auch mal eintönig."

Tom lächelte. „Da hast du wohl Recht. Und ich habe das Gefühl, je mehr ich versuche, dem auszuweichen, desto leerer fühlt sich das Hoch an."

Einen Moment schwiegen wir und schauten hinunter in die Bucht. Tom war kaum wiederzuerkennen und doch fühlte ich mich vertraut mit ihm. Noch näher als in Aldeia. Es tat gut, Tom so zu erleben. Er zeigte sich verletzlicher. Echter. Zögerlich ergriff ich seine Hand. Tom zuckte zusammen und sah auf unsere verschränkten Hände hinab. Nach einer Weile sagte er: „Ich habe keine Ahnung, was ich mir davon versprochen habe, dich zu suchen, Joana. Irgendwas in mir hat gesagt, dass das jetzt das Richtige ist, und es war schön, ein Ziel auf meiner Reise zu haben, anstatt einfach ziellos umherzufahren wie sonst.“ Seine Augen fanden die meinen: Braun traf auf Meeresblau.

„Vielleicht finden wir das ja noch heraus“, murmelte ich. Mein Herz schlug Wellen bis zum Hals, doch brachte ich es nicht über mich, unseren Blick zu unterbrechen.

Auf dem Rückweg zum Van hingen wir jeder unseren eigenen Gedanken nach. Die Sonne näherte sich bereits dem Horizont, als wir in Clifden ankamen und uns dort auf eine Bank setzten. Schweigend sahen wir zu, wie sie im Meer versank. Ihr Licht schimmerte auf dem rauen Meer wie ein goldener Teppich, der uns in Richtung Horizont locken wollte. Doch dieses Mal wollte keiner von uns beiden dem Ruf folgen. Ich konnte nicht aufhören zu lächeln. Es war alles genauso wie in Aldeia. Nur eigentlich noch besser. Ich ließ meinen Kopf auf Toms Schulter sinken und er legte seinen Arm um mich, um mich näher an sich heranzuziehen.

„Alles habe ich hinter mir gelassen die letzten Jahre“, murmelte Tom, als das letzte orange leuchtende Stückchen Sonne verschwunden war. „Meine Freunde, meine Familie. Ich wollte nur weg. Heute frage ich mich irgendwie, wieso.“

Ich spürte einen Kloß im Hals, doch wusste sofort, was ich sagen wollte: „Vielleicht war es nötig für dich zu gehen. Wegzugehen vom Bekannten, um dich selbst zu finden. Ich weiß, es klingt etwas klischeehaft, aber …"

„Aber es ist eben auch was Wahres dran", vervollständigte Tom meinen Satz und nahm meine Hand in seine. „Mit meiner Familie habe ich in den letzten Jahren wieder den Kontakt aufbauen können. Mehr oder weniger zumindest. Aber meine Freunde von damals führen inzwischen ein so anderes Leben als ich. Ich weiß nicht, was ich zu ihnen sagen oder ihnen schreiben sollte."

Ich dachte an Marta, mit der ich nicht mehr gesprochen hatte, seitdem ich Aldeia verlassen hatte, um vorerst bei Camila unterzukommen. „Es ja nicht zu spät, du kannst den Kontakt zu deinen Freunden wieder aufbauen, wenn du so weit bist und wenn du das möchtest. Vielleicht findet ihr wieder zusammen."

„Ja, vielleicht."

Wir lauschten dem Atem des anderen und sahen zu, wie sich die Wölkchen am Himmel erst pfirsichfarben, dann feurig orange und schließlich tiefrot verfärbten, ehe sie grau wurden. Als die Straßenlaternen aufleuchteten, machten wir uns auf den Weg zu Toms Van.

Der Duft von brennendem Torf stieg mir sofort in die Nase, als ich die Tür zu Pats Cottage öffnete. Pat saß auf seinem üblichen Sessel und sah von einem Buch auf. „Na, wie war euer Ausflug?" Er goss mir einen Schluck seines Connemara Whiskeys ein, der neben ihm stand.

„Richtig schön." Ich ließ mich auf dem anderen Sessel nieder und spürte erst jetzt die Müdigkeit in meinen Beinen.

„Und wo hast du Tom gelassen? Ich hoffe, er hat sich nicht unterwegs verlaufen." Pat lachte laut auf und reichte mir mein Glas.

„Er ist wieder in seinem Van, den hat er in der nächsten Seitenstraße neben der Wiese geparkt. Irgendwie war ich mir nicht sicher, ob ich ihn mitbringen sollte." Ich nahm einen tiefen Schluck und spürte den Whiskey sofort in meinen Kopf steigen, da ich noch nichts zu Abend gegessen hatte. „Wir waren schon einmal zusammen. Also wenn man das so nennen kann, es war eher eine Urlaubsbeziehung für ihn. Und jetzt bin ich unsicher, ob ich mich wieder einlassen möchte", sprudelte es weiter aus mir heraus, als hätte der Whiskey meine Zunge gelöst.

Nachdenklich betrachtete Pat mich einen Moment. „Nichts ist für immer, Joana. Ich kenne Tom nicht, habe aber ein gutes Gefühl mit dem Burschen und muss sagen, dass du nach diesem Tag wahnsinnig glücklich aussiehst. Die Frage ist nur, was du willst. Willst du ihm eine Chance geben und sehen, was daraus wird?"

12. Kapitel

Am nächsten Morgen fand ich eine E-Mail der Dating-Plattform in meinem Postfach, in der sie mir gewünschte Änderungen an meinem Flyer mitteilten, die baldmöglichst eingearbeitet werden sollten. Die Verbesserungen nahm ich allesamt mit neutraler Miene an. Sie taten mir nicht weh, denn schließlich war dies ein Projekt, bei dem ich kaum mit dem Herzen dabei war und das ich einfach nur abschließen wollte, um nach vorne zu schauen. Ich verschob die Überarbeitung allerdings auf den Nachmittag, zog mich an und beschloss, erstmal Tom zu besuchen. Nach einer Nacht erholsamen Schlafs fühlte mein Kopf sich klarer an. Pat hatte Recht. Ich sollte Tom eine neue Chance geben, denn genau das wünschte ich mir. Außerdem kam mir unsere Situation nicht wie das letzte Mal vor. Wir schienen beide gleichermaßen an einem Punkt zu stehen, an dem wir neu beginnen wollten, aber noch nicht wussten, wie das aussehen sollte. *Vielleicht können wir uns dieses Mal gegenseitig helfen – und sogar einen Weg gemeinsam finden?*

„Guten Morgen", begrüßte mich Tom mit einem breiten Lächeln.

„Guten Morgen." Ich lächelte zurück und spürte sofort eine Art Fallgefühl im Magen.

Tom schenkte uns zwei Tassen Kaffee ein, dessen Duft bereits in der Luft waberte. „Weißt du schon, was du heute unternehmen möchtest?", fragte ich und ließ mich auf seine Bank fallen.

„Das wollte ich dich auch gerade fragen. Ich habe keine Pläne. Nur heute Abend bin ich zu einem Abendessen nebenan eingeladen worden." Er zwinkerte mir zu und reichte mir eine dampfende Tasse Kaffee.

„Hast du Lust, mich ins *Craft Village* hier im Dorf zu begleiten? Dort gibt es eine Künstlerin, die mich gebeten hat, ihr ein paar meiner Bilder zu zeigen, ehe ich gehe. Und da es morgen schon so weit ist ..." Ich spürte ein Ziehen im Magen bei dem Gedanken. *Wird es wieder so sein wie in Aldeia? Werden wir wieder getrennter Wege gehen?*

„Gerne." Tom ließ sich neben mich auf die Bank fallen und zog mich in seine Arme. „Und wegen morgen", murmelte er mir ins Ohr. „Ich dachte, wir können erstmal gemeinsam in meinem Van weiterreisen. Zum Beispiel nach Kinsale. Was hältst du davon?"

Ich spürte, wie meine Schultern sich entspannten. Langsam löste sich Tom, um mir in die Augen zu sehen. Unsere Gesichter waren nur Zentimeter voneinander entfernt. „Das fände ich schön", hauchte ich.

Sanft strich er mir über die Wange, nahm eine meiner gewellten Haarsträhnen und ließ sie durch seine Finger gleiten. Dann lehnte er sich nach vorne. Seine Lippen berührten meine Schläfe, wanderten zu meiner Wange, fühlten sich zart an wie Schmetterlingsflügel. Ich schloss die Augen und spürte, wie mir die Gänsehaut den Rücken herunterkrabbelte. Seine Lippen hatten meine Lippen erreicht, liebkosten sie vorsichtig. Wir versanken im Nichts.

Kurze Zeit später gingen wir die Küstenstraße hinunter und bogen auf den Platz des *Craft Village* ein. Die bunten Fähnchen, die zwischen den Häusern gespannt waren, flatterten wie flinke Vögel im Wind, der heute peitschend vom Meer blies und uns die Haare zerzauste. Ich erzählte Tom von dem Auftrag, den ich überarbeiten wollte, sobald wir zurück waren. „Und danach ist Schluss mit solchen Aufträgen. Kein Werbematerial mehr. Ich möchte nicht mehr zeichnen müssen, was mir eigentlich keinen Spaß macht."

Tom fing eine Haarsträhne auf, bevor sie mir ins Auge geweht wurde, und schob sie hinter mein Ohr. „Das verstehe ich und ich bin sicher, du findest deinen Weg. Vielleicht wäre eine Art Brotberuf dann eine gute Idee."

Wir betraten das Atelier und sobald Molly mich erkannte, stand sie von ihrem Tisch in der Ecke auf. „Hallo Joana! Wie schön, dass du es geschafft hast."

„Hi Molly. Das hier ist Theodor." Kurz fuhr ich Tom über den Rücken und er schüttelte Mollys Hand.

„Dann zeig mal deine Bilder, ich bin schon sehr gespannt. Kunst aus Portugal und Irland in einem, das ist eine interessante Mischung."

Ich gab ihr meine Mappe, in der ich vor allem meine privaten Zeichnungen gesammelt hatte sowie diese, die ich für Buchillustrationen angefertigt hatte. Es waren all diejenigen, bei denen ich ein gutes Gefühl hatte und die nicht nur aus Geldnot heraus für Werbematerial entstanden waren.

Molly blätterte meine Zeichnungen durch und verweilte bei jedem Bild. Manchmal stellte sie Fragen, manchmal ließ sie es einfach wirken. Unsicher warf ich ihr Blicke von der Seite zu, doch ihre durch die Brille vergrößerten Augen waren tief in meine Zeichnungen versunken und ließen nicht erahnen, was sie dachte. Tom ging derweil schweigend im Shop herum und sah sich ein paar von den dort hängenden Bildern an.

Als sie am Ende der Mappe angekommen war, hob Molly den Kopf und erleichtert sah ich, dass sie lächelte. „Wunderbar, Joana. Ganz ganz großartig, so detailreiche Naturbilder, so aufmerksam erstellt. Du bist auf deinem Weg, das kann ich sagen. Hör nicht auf, bleib weiter so neugierig und probiere dich ruhig aus. Vielleicht mal Wasserfarben oder Acryll? Ich wäre sehr gespannt, was sich bei dir noch entwickelt. Lass uns doch gerne im Austausch bleiben."

Ich spürte eine altbekannte Röte in meinen Wangen aufsteigen. Damit hatte ich nicht gerechnet. „Wow, danke Molly, das ist wirklich nett von dir. Sehr gerne."

„Es ist nicht nur nett gemeint, glaub mir. Es ist, was ich denke." Sie lächelte und reichte mir meine Mappe zurück. Dann holte sie eine ihrer Visitenkarten. „Schreib mir eine Mail, damit ich deine Adresse auch habe. Vielleicht ergibt sich ja mal was in Zukunft."

Als Tom und ich wieder nach draußen auf den Platz traten, konnte ich es kaum glauben. Ohne darüber nachzudenken, schlang ich den Arm um den nächsten Laternenpfahl, um mich einmal im Kreis darum zu drehen. Den Gedanken daran, wer mich dabei wohl sehen würde, schüttelte ich ab. Von Ohr zu Ohr grinsend, ließ ich mich auf eine Bank in der Sonne fallen, die eben zwischen den Wolken hervorblinzelte.

Tom setzte sich neben mich und schloss mich in die Arme. „Du bist süß. Ich bin echt stolz auf dich, Joana. Wollen wir hier was zum Mittag essen? Ich lade dich ein."

Als ich am Abend meine Mail mit dem fertig überarbeiteten Flyer abschickte, fiel mir ein Stein vom Herzen.

Seufzend klappte ich den Laptop zu. Das war's. Ich hatte keine Ahnung, wie es weitergehen würde, doch diese Hürde hatte ich genommen. Vor dem Fenster war es bereits stockdunkel geworden und ein Klappern drang aus der Küche. Rasch verließ ich mein Zimmer, um Pat bei den Vorbereitungen fürs Abendessen zu helfen.

Eine Stunde später stand der dampfende Eintopf aus Lamm, Kartoffeln und Karotten auf dem vollbesetzten Tisch, zusammen mit frisch gebackenem Brot, gesalzener Butter und einer Zwiebelsuppe als Vorspeise. Tom kam schnell mit Luke und Holly ins Gespräch, die ihn mit Fragen zu seinen vergangenen Reisen im Van und auf den Kreuzfahrtschiffen löcherten, und Pat öffnete mehrere Flaschen *Guinness*, damit wir nicht auf dem Trockenen blieben. Heute trug er eine dunkelgrüne Krawatte, die über und über mit Kleeblättern bedruckt war, sowie sein übliches einnehmendes Lächeln.

„Sehr schade, dass die Zeit hier zu Ende geht", sagte Pat in die Runde, als er mir noch einen Schlag Eintopf und Tom großzügig Bier nachschenkte. „Ich liebe dieses Cottage und die Touristensaison, in der ich immer wieder neue Menschen aus aller Welt kennenlerne, die mir von ihren Reisen erzählen. Ist quasi wie Reisen im Kopf."

„Das kann sehr bereichernd sein, stimmt. Es erweitert den eigenen Horizont." Tom nahm einen Schluck aus seinem Pint. „Aber auf Dauer ist es auch anstrengend, immer unterwegs zu sein."

„Oh ja. Ich wüsste nicht, was ich ohne meinen Jamie und unser Haus in Bantry machen würde. Dort komme ich zur Ruhe und tanke wieder auf. Vielleicht solltest du dir das auch mal überlegen, Tom", scherzte Pat. Sein flüchtiger Blick in meine Richtung entging mir nicht.

„Auch Schiffe brauchen einen Hafen“, stimmte Luke zu. „Ich kann es gar nicht in Worte fassen, wie schön es sich anfühlt, nach der Arbeit in Galway oder einer Dienstreise zu Holly und den Kindern nach Hause zu kommen.“ Er schenkte Holly ein Lächeln und legte seine Hand auf ihre.

Als Tom darauf nur schweigend nickte, fragte mich Pat, wie denn das Treffen mit Molly O’Sullivan gelaufen wäre. Glücklich erzählte ich, was sie zu meiner Mappe gesagt hatte.

„Wunderbar! Sie ist ein super Kontakt, eine echte Größe in der lokalen Kunst.“ Stolz prostete er mir über den Tisch hinweg zu.

Auf meiner anderen Seite hatte Holly angefangen, Tom von ihren Plänen mit dem Laden in ihrer Nachbarschaft zu erzählen.

„Wow, das klingt echt toll. Noch so eine Kreative.“ Er lächelte mir zu und legte unter dem Tisch seine Hand auf meinen Oberschenkel. Ich grinste zurück, während mein Herzschlag sich beschleunigte.

Unbeirrt fuhr Tom fort: „Ich würde auch so gerne etwas Kreativeres machen. Habe von der Saisonarbeit auf den Kreuzfahrtschiffen langsam die Nase voll, muss ich zugeben. Gab zwar ganz gutes Geld und sehr gutes Trinkgeld, aber die Arbeit ist doch sehr stressig und man ist eben immer unterwegs. Das brauche ich langsam nicht mehr.“

„Du wünschst dir jetzt also einen festen Wohnort?“, warf Pat mit fast hoffnungsvollem Blick ein.

„Das wäre sehr schön, zur Abwechslung mal“, antwortete Tom und drehte nachdenklich sein Pintglas in der Hand. „Aber was ich dort genau arbeiten will, weiß ich nicht.“

„Machst du denn etwas Kreatives?“, wollte Holly wissen und schob sich ihren letzten Löffel Eintopf in den Mund.

„Naja ... eigentlich nicht.“

„Doch natürlich!“, fuhr ich dazwischen. „Tom spielt sehr gut Gitarre.“

„Ja okay, stimmt. Aber damit mein Geld verdienen, ich weiß ja nicht. Könnte etwas schwierig werden.“ Tom zuckte die Achseln und trank noch einen Schluck *Guinness.*

Als alle aufgegessen hatten, tischte Holly einen Apfelkuchen auf, den sie frisch gebacken hatte.

„Also lass es mich nochmal zusammenfassen“, fuhr Pat fort, als hätte es keine Unterbrechung gegeben. „Du und auch Joana möchtet erstmal hierbleiben und euch irgendwo niederlassen.“ Er machte eine Kunstpause, in der er einen Schluck seines Biers nahm. „Was würdet ihr sagen, wenn ich euch anbieten würde, bis zum Mai – oder kürzer, wenn euch das lieber ist – in einem kleinen Studio zu wohnen, das an Jamies und meinem Cottage angebaut ist? Wir würden unseren Garten teilen, ansonsten hättet ihr eure Privatsphäre, einen eigenen Eingang und alles. Und ich würde euch einen guten Preis für die Miete machen. Wir vermieten das Studio über den Sommer, aber im Winter steht es sowieso oft leer.“

Einen Moment wurde es still am Tisch, nur mein Herz hämmerte so laut, als wollte es spontan einen kleinen Tanz aufführen.

„Ja!“, rief ich, ohne zu überlegen. Schnell sah ich zu Tom hinüber. „Das wäre doch toll, oder?“

Tom grinste und ich bildete mir ein, dass es weniger schief war als sonst. Er nahm seine Hand von meinem Oberschenkel und legte sie auf den Tisch auf meine. „Ja, das wäre toll.“

Teil III
Bantry

Wir sind hier,
wo unsere Füße den Boden berühren.
Wir sind jetzt,
wenn wir dem Rauschen des Windes zuhören.

Hier und jetzt
Jetzt und hier,
doch auch mir
fällt das manchmal schwer
an Tagen, an denen
ich mich fühle so leer.

Dann erst recht genau hinzuschauen,
aufzuwachen aus dem Traum,
den unser Verstand erschaffen hat.
Der fällt so Stück für Stück von uns ab.
Und was bleibt,
ist hier und jetzt.
Ein Spiel der Formen hier,
dazu gehören jetzt auch wir.

13. Kapitel

Die Tür des Buchladens zog ich hinter mir zu und ging schnellen Schrittes nach links die Straße hinunter. Ich konnte es kaum erwarten, Tom von dem zu erzählen, was ich eben im Gespräch mit meinem Chef erfahren hatte. Endlich würde Tom aus seiner Lethargie herausfinden. Zumindest hoffte ich, dass es so sein würde. Die kühle Luft des Nachmittags blies mir vom Meer ins Gesicht und hinterließ salzige Tröpfchen in meinen Haaren und Wimpern. Mein Herz schlug mir bis zum Hals, während ich den Hügel zu unserem Studio hinaufrannte, bis schließlich das Gartentor in Sicht kam. Tom hockte mit dem Rücken zum Tor im Garten und bereitete die Beete für den bevorstehenden Frühling vor. In den nächsten Wochen würden wir die ersten Pflänzchen in die Erde setzen können, die in Pats und Jamies Wintergarten in kleinen Töpfen darauf warteten.

Die Arbeit im Garten hatte Tom in den letzten Wochen gutgetan. Sie füllte seine Tage und gab ihm eine Aufgabe, die ihn von der drängenden Frage ablenkte, wie es beruflich mit ihm weitergehen sollte. Diese Frage hatte seine Stimmung zunehmend belastet, seitdem wir nach Bantry gezogen waren. „Ich habe keine Lust auf einen Vollzeitjob", hatte er nur gesagt, wenn ich ihn motivieren wollte, sich mal die Stellenanzeigen anzuschauen.

„Aber es gibt doch auch etwas zwischen Saisonarbeit und Vollzeitjob", hatte ich dann geantwortet und es war mir schwergefallen, meine zunehmende Ungeduld über diesen immer gleichen Wortwechsel zu zügeln. In diesen

Momenten vermisste ich fast den unbeschwerten Surfer, dem nichts wichtiger war als seine nächste Welle.

Mit der Gartenarbeit ab Februar war es besser geworden und während Tom begann, unter Jamies Anleitung die vielen Obstbäume, die um das Haus standen, zu beschneiden, hatte ich Pat im Flüsterton gedankt. Der hatte Toms Frustration anscheinend am Rande mitbekommen, wenn wir an manchen Winterabenden gemeinsam im beheizten Wintergarten gesessen und über die Lichter der Bucht geschaut hatten. Zwar sprach Tom mit ihm nicht in der Tiefe über seine Probleme, ließ aber den ein oder anderen Spruch fallen, der seine Unzufriedenheit ausdrückte. „Nun ja, mein Geld der letzten Saison hält leider auch nicht ewig. Irgendwas muss ich unternehmen. Schließlich kann Joana nicht alles allein zahlen mit ihren paar Stunden im Buchladen."

Ich war am Gartentor stehengeblieben und sah eine Weile zu, wie Tom im großen Beet hockte und abgestorbene Wurzeln und andere Pflanzenreste aus der Erde sammelte, um sie in einen großen Eimer zu werfen, der neben ihm stand. Ein Lächeln breitete sich wie von selbst auf meinem Gesicht aus. Ja, die Frage nach der beruflichen Zukunft hatte Tom zugesetzt. Doch abgesehen davon waren wir so glücklich wie nie zuvor.

In Bantry hatten wir uns schnell heimisch gefühlt. Wir hatten die Bucht auch außerhalb des Städtchens auf Wanderungen erkundet, nachts am Ufer gesessen und in den Sternenhimmel geschaut und abends hin und wieder einen der Pubs besucht, in denen es immer freundliche Menschen zu treffen gab. An einem trockenen Nachmittag im Januar hatten wir Jamie geholfen, sein kleines Boot in hellem Blau frisch anzustreichen. Jamie verlor im Gegensatz zu Pat nicht viele Worte. Meistens trug er dunkelgraue Kleidung, die ihn vor einem wolkenverhangenen Himmel fast unsichtbar zu machen schien. Doch schenkte er uns für unsere Hilfe sein seltenes Lächeln und nahm uns ein paar Tage später auf seinem Boot mit zur Insel *Whiddy Island* , die unmittelbar in der Bucht Bantrys lag.

Tom schien sehr vertieft in seine Arbeit und so ging ich mit vorsichtigen Schritten näher an ihn heran. „Tom?"

Er zuckte zusammen und sah sich um. „Oh, hi Süße." Tom grinste so breit, dass sich Grübchen unter seinen Augen bildeten, und zog mich zu sich hinunter auf die Erde, um mich in seine Arme zu schließen. Als er sich löste, gab er mir einen zarten Kuss auf die Nase. „Was gibt's Neues? War viel los im Buchladen?"

„Nein, es war ziemlich ruhig heute. Du wirst es nicht glauben, Tom. In Jamies Pub findet am Wochenende eine Jamsession statt. Die Anmeldung ist anscheinend für alle Musiker und Musikerinnen geöffnet, die Lust haben. Was hältst du davon, wenn du Jamie fragst, ob du mitmachen kannst?" Ich sah ihm eindringlich in die Augen, in denen ich sofort leise Zweifel sehen konnte.

„Oh ... ach, ich weiß nicht. Wir waren doch bisher noch nicht in seinem Pub. Und ich bin noch nie so richtig aufgetreten, weißt du? Und dann gleich in einer Gruppe ... nachher vermassele ich es."

Nun war es an mir zu lächeln. „Das verstehe ich. Aber weißt du, mir hat mal jemand sehr Weises gesagt: Finde etwas, das du liebst, und dann höre nicht damit auf." Ich zwinkerte ihm zu. „Du liebst es, Gitarre zu spielen. Ich finde, du solltest das machen, wer weiß, was daraus wird. Schau dir an, wie es mit meinen Zeichnungen weitergegangen ist, seitdem du mir das gesagt hast."

Aufmunternd strich ich ihm eine Strähne aus dem Gesicht und wischte einen Erdkrümel von seiner Wange. „Heute haben wieder ein paar Kunden im Buchladen meine Postkarten gekauft und ich habe eine SMS von Sean aus dem Café bekommen, dass einer der Gäste sehr an meinem Bild des Storchs an der portugiesischen Küste interessiert ist." Ich konnte förmlich spüren, wie meine Augen aufleuchteten. Es war die richtige Entscheidung für mich gewesen, wieder feste Stunden zu arbeiten und keinen weiteren Auftrag mehr als Grafikdesignerin zu suchen. Endlich malte ich wieder, was und wann ich wollte, und hatte nicht mehr den Druck, eine bestimmte Summe damit verdienen zu müssen. So war jeder Interessent und jeder Verkauf schon ein Gewinn für mich, der mich glücklich machte.

Tom überlegte, doch es schien ihm kein Argument einzufallen. Er zuckte die Schultern. „Na gut, ich mach's. Wird bestimmt eine gute Erfahrung."

Ich lachte und schloss ihn wieder in die Arme. „Bloß nicht so positiv."

Jamies Pub *The Cosy Cabin* war nur ein paar Nebenstraßen von dem Buchladen entfernt, in dem ich arbeitete. Doch hatten wir es bisher vermieden, dort abends hinzugehen, weil wir vermuteten, dass er zu Jamies wortkarger Art passen würde. So staunten wir nicht schlecht, als uns das Gebäude im schrillen Pink durch die Dunkelheit entgegenstrahlte.

„Die Farbe hat bestimmt Pat ausgesucht." Ich kicherte, griff nach Toms freier Hand und öffnete ohne viel Federlesen die Tür. Toms andere Hand, die die Gitarre hielt, zitterte leicht und er war unterwegs mit jedem Schritt einsilbiger geworden. Er blieb direkt im Türrahmen stehen, den Blick auf die Sitzecke am anderen Ende des Pubs geheftet, wo ein Schild auf einem noch freien Tisch stand: *Für die Musiker.*

„Weißt du“, flüsterte er mit belegter Stimme. „Es ist echt was anderes, wenn du etwas tust, das du wirklich liebst. Als Arbeit meine ich. Und dich vor anderen damit zu zeigen. Ich habe in Portugal echt groß darüber geredet, als es um deinen Künstlertraum ging, aber eigentlich hatte ich keine Ahnung, was das wirklich bedeutet.“ Er schluckte und sah zu mir hinunter.

„Du schaffst das“, sagte ich sofort und hielt seinem Blick eisern stand. „Weißt du noch, wie unsicher ich damals in Aldeia war? Wie ich mich und meine Bilder versteckt habe? Das ist völlig normal. Gehe diesen Schritt, nur diesen einen. Es wird leichter, glaub mir. Wurde es bei mir auch.“

Wir holten uns zwei Pints an der Bar und setzten uns in eine Ecke, um in Ruhe den Pub in Augenschein zu nehmen. Ein schummriges Licht beleuchtete den kleinen Raum, in dem überraschend viele Tische Platz fanden. Auf jedem stand eine Kerze in einer leeren Weinflasche und die meisten waren bereits mit Gästen besetzt. Jamie war noch nicht da und es bedienten ein älterer Mann und seine Tochter, die einen knallroten Lippenstift trug und hochtoupierte weißblond gefärbte Haare hatte. Jeden Mann im Pub musterte sie aufmerksam und mit einem Lächeln auf den Lippen. Sie hatte Tom mit großen Augen angesehen, als sie mir die Pints gereicht hatte, doch Toms Blick war starr auf die Ecke für die Musiker geheftet gewesen.

Nachdem wir angestoßen hatten, leerte Tom sein Pint schnell und war bereits fertig, als Jamie wenig später an unseren Tisch trat.

„Hi, ihr zwei. Bist du bereit, Tom?“, fragte er. „Die Musiker sind jetzt alle da und spielen gleich in der Sitzecke da drüben.“

Toms Gesicht war aschfahl, nachdem Jamie in Richtung Bar verschwunden war. „Kann ich noch einen Schluck von deinem Pint haben?“, fragte er und hatte mein Glas schon an die Lippen gesetzt.

„Hey“, sagte ich und fasste seine beiden Hände. Er stellte das Pint unter meiner Leitung ab und sah mir widerwillig in die Augen. „Du kannst das. Du spielst einfach. Genauso, wie du in Aldeia am Strand gespielt hast. Mit geschlossenen Augen. Lass dich mitreißen von der Musik. Du musst niemandem etwas beweisen, hörst du?“ Ich gab ihm einen sanften Kuss auf die Lippen, während es um uns herum unruhig wurde, weil Männer und Frauen mit ihren Instrumenten zur Sitzecke gingen. Aufmunternd nickte ich Tom zu und er erhob sich ebenfalls.

Erst als er in Richtung Bühne davonging, bemerkte ich, wie sehr mein Herz hämmerte, als wäre es Toms. Als wären wir durch denselben Herzschlag miteinander verbunden. Ich atmete tief durch und nahm einen Schluck meines Ciders. *Lächeln. Er schafft das.*

Ein Flötenspieler startete eine Melodie und es wurde auf einen Schlag totenstill im Pub. Die übrigen Musiker setzten nach und nach mit Querflöte, Akkordeon, Geigen und Gitarren ebenfalls ein. Auch Tom, der nach wie vor aschfahl war, spielte mit, während er konzentriert zu Boden schaute, als hätte er vergessen, dass auch Zuschauer im Raum waren. Die Melodie war fröhlich und leicht und wiederholte sich in neuen Variationen, wobei der Flötenspieler die Führung behielt. Vereinzelt begannen die Gäste, im Takt auf die Tische zu klopfen, und manche johlten begeistert auf. Toms Gesicht jedoch blieb angespannt. Ich sah, wie sein Kiefer mehr und mehr verkrampfte, als seine Hand untätig über den Saiten verweilte und er versuchte, wieder in die Melodie zurückzufinden. Durch die übrigen Instrumente schien dies aber sonst niemandem aufzufallen. Die anderen Musiker hatten teilweise die Augen geschlossen, wippten im Takt mit dem Kopf oder stampften mit den Füßen. Jeder schien in seiner eigenen Welt zu sein und gleichzeitig wurden sie durch ihre gemeinsame Melodie vereint.

Nach fast zehn Minuten verkündete ein langer Flötenton das Ende des Lieds. Die Musiker setzten die Instrumente ab und sofort erschien das Mädchen von der Bar mit einem Tablett voller Pints, die sie mit klimpernden Wimpern vor ihnen auf den Tisch stellte. Nach ein paar Schlucken und ein paar Worten legte ein Gitarrist gleich wieder los und gab eine neue Melodie vor. Doch so sehr sich Tom auch bemühte, immer wieder schien er kurz aussetzen zu müssen, um zurück in die Melodie zu finden. Auf seiner Stirn bildeten sich Schweißperlen und sein Blick blieb unverwand zu Boden gerichtet.

Als endlich eine längere Pause gemacht wurde, erhob sich Tom von seinem Stuhl und lief schnellen Schrittes geradewegs in meine Richtung. „Können wir kurz raus bitte?“

Ich folgte ihm zur Tür hinaus. „So aufregend, dass du hier mit waschechten Iren zusammenspielen kannst“, sagte ich sofort, ehe Tom den Mund aufmachen konnte.

„Ja. Aber ich komme nicht richtig rein. Das liegt mir einfach nicht, dieses Jammen. Und es ist mir unangenehm, dass ich die anderen Musiker dadurch störe.“

„Tust du nicht, glaub mir. Die sehen alle super glücklich und vertieft aus."

In diesem Moment legte sich eine Hand auf meine Schulter und ich sah hinauf in Pats grinsendes Gesicht. Seine Krawatte war heute so pink wie die Außenwände des *Cozy Cabin*. „Davon bin ich überzeugt", stimmte er mir sofort zu. „Geht wieder rein. Ich bin sicher, es läuft besser als du denkst, Tom."

Wie auf Zuruf öffnete sich in diesem Moment die Tür zum Pub und Jamie kam heraus. „Hallo *Darling*." Er gab Pat einen flüchtigen Kuss und wandte sich dann zu Tom. „Alles in Ordnung? Läuft ja ganz gut fürs erste Mal."

Aufmunternd drückte ich Toms Hand. Er sah von Pat zu mir und nickte schließlich, wobei er gleichzeitig mit den Schultern zuckte.

Der Abend verfloss in einem Meer aus Musik, ein paar Pints und ausgelassenen Gesprächen. Im Flüsterton erzählte mir Pat Geschichten über die verschiedenen Leute aus Bantry, die sich im Pub versammelt hatten, wobei seine Wangen sich zunehmend röteten.

„Sei vorsichtig mit der", murmelte er und zwinkerte mir scherzhaft zu, nachdem das Mädchen von der Bar uns zwei weitere Pints gebracht hatte. „Sie ist ziemlich interessiert daran, Männer kennenzulernen. Eigentlich jeden. Anfang 20 eben." Er lachte dröhnend und prostete mir zu.

Tom hatte inzwischen seine Gesichtsfarbe wieder und gab sein Bestes, in der Melodie der anderen zu bleiben. Seine Ausfälle wurden weniger und hin und wieder sah ich ihn sogar mit dem Kopf wippen. Auch ich entspannte mich augenblicklich und war heilfroh, hier gemeinsam mit Pat zu sitzen. Ich kicherte ausgelassen über seine Scherze und prostete zwischen den Liedern Tom zu, der zu mir herüberlächelte.

Nach dem Ende der Jamsession gesellte er sich zu uns an den Tisch, lachte ausgelassen über Pats Kommentare und war so entspannt, als hätte es seine Aussetzer zuvor nie gegeben. Als wenig später Jamie dazukam, legte er seinen Arm um meine Taille, um mich näher an sich zu ziehen. „Ich bin sehr glücklich, weißt du?“, flüsterte er, während Jamie sich einen Stuhl heranzog. „Danke, dass du mich dazu überredet hast.“

Ich drückte meine Wange an seine Schulter und gab ihm einen Kuss an den Hals. „Na klar. Ich wusste, dass du es eigentlich wolltest und großartig sein würdest. Außerdem war ich ja sozusagen dran, nachdem du mich in Aldeia zu diesem Zeichenwettbewerb gedrängt hast.“ Tom grinste und ich sah das Glück in seinen Augen aufleuchten.

„Hey, ihr zwei Turteltauben“, kam Pats Stimme auf einmal von der anderen Seite des Tisches und wir blickten zu ihm herüber. „Wie sieht’s aus, Tom. Könntest du dir vorstellen, hier mal einen Abend allein mit deiner Gitarre aufzutreten? Wir“, er legte seine Hand auf Jamies, „glauben, dass das sehr gut zu dir passen würde, und Joana hat mir erzählt, dass du auch gut singen kannst.“

Tom nahm einen tiefen Schluck von seinem *Guinness* und grinste erleichtert. „Ja, sehr gerne sogar. Es wäre mir eine Ehre.“

Ohne dass er es zu diesem Zeitpunkt ahnen konnte, begann an diesem Abend für Tom, ein neues Kapitel. Sein Auftritt im *Cozy Cabin* ein paar Wochen später bildete den Anfangspunkt einer ganzen Serie. Immer wieder waren andere Pubbesitzer oder deren Freunde und Familie im Publikum und sprachen ihn hinterher an, um zu fragen, ob er nicht auch einmal bei ihnen spielen wollte. So verbrachten wir die folgenden Wochen viele Abende in Pubs in Bantry und auch in den umliegenden Dörfern. Tom verzauberte alle mit seiner gefühlvollen Stimme und wurde mit jedem Auftritt sicherer. Er lernte zu Hause immer neue Songs und sammelte auch Wünsche von den Pubgästen. Mein Herz schäumte über, wenn ich sah, wie leicht und erfüllt Tom war. Genauso wie früher, wenn er am Strand von Aldeia über seine Vanreisen oder das Surfen gesprochen hatte. Zwar brachten diese Abende nicht viel Geld ein, doch reichte es für uns beide, zusammen mit meinen Stunden im Buchladen sowie den gelegentlichen Verkäufen meiner Bilder und Postkarten.

Die übrigen, wärmer werdenden Abende verbrachten wir meistens irgendwo entlang der Bucht Bantrys am Meer, wo wir uns kurz vor Sonnenuntergang ein Plätzchen suchten, um ein Lagerfeuer zu machen, Muscheln und Steine zu sammeln oder uns einfach in eine Decke einzukuscheln und dem Sonnenuntergang zuzuschauen. Dort saßen wir dann mit dampfenden Tassen Tee, während am dunkler werdenden Himmelszelt ein Stern nach dem anderen aufzuleuchten begann und der Mond aufging. Neben dem knisternden Lagerfeuer träumten wir gemeinsam, wie wohl unsere Zukunft aussehen mochte, und erzählten uns Geschichten aus unserer Kindheit.

„Früher waren wir unzertrennlich, Markus und ich. Wir waren stundenlang im Wald unterwegs. Er spielte immer einen hochrangigen Wissenschaftler und ich einen abenteuerlustigen Draufgänger, die nur widerwillig gemeinsam an einem Projekt arbeiten und sich ständig in den Haaren haben.“ Tom lachte und stocherte mit einem

Stock in den glimmenden Holzscheiten, um das Feuer wieder anzufachen, während ich ein weiteres Stück Holz darauflegte.

„Wir waren immer schon sehr unterschiedlich. Deshalb haben wir uns mit der Zeit auseinandergelebt. Eigentlich seit der Grundschule, als wir nicht mehr in einer Klasse waren. Wir kamen zwar beide auf dasselbe Gymnasium, aber Markus hatte bald andere Freunde, die sich auch so für Zahlen und gute Noten begeistern konnten wie er. Und ich fand mich irgendwann zu cool, als dass ich mit denen viel zu tun haben wollte."

Ich sah die Flammen in seinen Augen tanzen und lächelte zu ihm auf. „Oje, ich war schon in der Schule eine stille Außenseiterin. Mit mir hättest du dann sicher auch nichts zu tun haben wollen."

Tom gab mir einen Kuss auf die Wange. „Ich war damals auch ein kleiner Idiot, dem es am allerwichtigsten war, zu den coolen Kids zu gehören. Ich bezweifle, dass du mich überhaupt interessant gefunden hättest."

Nachdenklich nahm ich einen Schluck Tee. „Wie hat dein Bruder denn reagiert, als du damals losgezogen bist, um auf dem Kreuzfahrtschiff zu arbeiten? War er auch dagegen wie deine Eltern?"

„Natürlich, wenn nicht sogar noch mehr. Wir hatten schon länger wenig Kontakt gehabt, weil er ganz mit seiner Karriere in der Bank beschäftigt war. Aber trotzdem hatte er einiges zu meiner Lebensentscheidung zu sagen, ohne dass ich ihn je um seine Meinung gebeten hätte." Tom lachte freudlos auf. „Es war verrückt, als ich meinen Bürojob damals verloren hatte, schienen alle plötzlich für mich da sein zu wollen. Meine Eltern und mein Bruder riefen mich öfter an und versuchten, mir ihre Tipps zu geben, was ich jetzt tun sollte. Klar war das nett gemeint, aber es gab mir auch das Gefühl, irgendwie versagt zu haben und es allein nicht hinzubekommen. Sobald ich dann meine eigene Lösung mit dem Kreuzfahrtschiff gefunden hatte, waren alle empört. In ihren Augen war das absolut falsch, immerhin hatte ich studiert und war deshalb viel zu überqualifiziert. Sie konnten nicht verstehen, dass mir das ziemlich egal war. Mit Markus habe ich die ersten Jahre gar keinen Kontakt gehabt. Das ist erst im letzten Jahr wieder regelmäßiger geworden. Mit meinen Eltern hielt die Funkstille nur ein paar Monate an, denn sie wollten wissen, ob es mir gut geht."

Schweigend beobachtete ich die knisternden Flammen des Feuers. Meine Gedanken wanderten zu Marta, die ebenfalls gegen meinen Künstlertraum gewesen war. Unser letzter Kontakt war ein Brief gewesen, den ich ihr vom Haus meiner Oma geschrieben und ihr damit endlich meine Gefühle offenbart hatte, die sie mit ihrem Verhalten in den letzten Jahren verursacht hat. Außerdem hatte ich sie darin informiert, dass ich nach Irland reisen wollte, um herauszufinden, was mit meinem Vater geschehen war. Eine Reaktion hatte ich darauf nie erhalten, doch hatte ich auch keine erwartet. Ich wusste, dass ich diejenige sein musste, die als Nächstes das Gespräch suchte, denn meine Mutter hatte noch nie nach langem Schweigen das Wort ergriffen, um einen Konflikt zu lösen. Vor allem nicht in so einem Fall wie unserem, wo sich der Konflikt über Jahre aufgebaut hatte.

„Die Gespräche mit meinen Eltern sind natürlich sehr oberflächlich geblieben, aber immerhin haben wir wieder miteinander geredet. Die letzte Zeit auf dem Schiff habe ich dann auch Markus hin und wieder Bilder geschickt. Aber wirklich mit mir sprechen tut er erst wieder, seitdem er weiß, dass wir hier ein neues Leben aufbauen.

Vielleicht weil das endlich eine Entscheidung ist, die er nachvollziehen kann." Tom kicherte und zog mich näher an sich heran.

„Du hast ihnen also von mir erzählt?", murmelte ich und schmiegte mich an seinen dicken Wollpulli.

„Na klar! Also ich meine natürlich nicht jedes Detail. Aber sie wissen, dass ich hier mit einer Joana aus Portugal wohne, die ich auf Reisen kennengelernt habe."

Ich grinste. „Und was macht Markus heute? Ist der immer noch bei der Bank?"

„Oh ja, und inzwischen ein ganz hohes Tier natürlich. Hat sich in seinen Zwanzigern schon ein Haus in Frankfurt gekauft, was natürlich extrem teuer war, und wohnt dort mit seiner Frau und zwei Kindern. In den Augen meiner Eltern hat er es geschafft. Also das, was man im Leben schaffen sollte."

Ich überlegte einen Moment und drückte ihn dann an mich. „Weißt du was? Wir haben es auch geschafft. Zumindest meiner Ansicht nach. Ich meine, schau dich nur um." Schweigend blickten wir eng aneinander gekuschelt in die Unendlichkeit des Sternenhimmels.

„Ich würde dir gerne etwas vorspielen", sagte Tom an einem anderen, schon milderen Frühlingsabend zögerlich, nachdem er ein paar Coversongs auf seiner Gitarre gespielt und gesungen hatte. Ich blickte von den tanzenden Flammen unseres Lagerfeuers zu ihm auf, überrascht von der Unsicherheit in seiner Stimme.

„Na klar, gerne."

Tom heftete seinen Blick an meine Augen und begann zu spielen. Die Melodie war mir unbekannt, doch sie war sanft und ruhig. Sofort spürte ich, wie sich eine Wärme von meinem Herzen im gesamten Körper ausbreitete. Als Tom zu singen begann, verzogen sich meine Lippen zu einem Lächeln. Ich wusste, dass dies Toms erster eigener Song sein musste. Der erste, den er selbst geschrieben und komponiert hatte. Allein dieses Wissen trieb mir Tränen in die Augen. Sein Song entführte mich zurück nach Aldeia, zurück ins kühle Meer, wo wir gemeinsam in den wogenden Wellen gestanden hatten. Nachdem Tom geendet hatte, öffnete ich wieder die Augen. „Das sind wir, oder?"

Tom nickte, nun ebenfalls lächelnd.

14. Kapitel

Ich hätte ewig so weitermachen können, fühlte mich so wohl in unserem perfekten kleinen Leben, das wir uns in Bantry aufgebaut hatten. Doch wussten wir bereits von Anfang an, dass unser Zuhause dort nur auf Zeit sein würde, weil wir es im Mai verlassen mussten. Im Gegensatz zu damals in Aldeia machte ich mir dieses Mal keine Sorgen deswegen. Ich wusste, dass Tom und ich gemeinsam den nächsten Schritt gehen würden, da unsere Beziehung dieses Mal kein unmittelbares Ablaufdatum hatte.

Unsere kleine Idylle bekam ihren ersten Riss, als ich eines frühen Morgens Anfang April einen Anruf meiner Mutter bekam. Ich konnte es kaum glauben, als ich *Marta* auf meinem Handydisplay las, und sofort wusste ich, dass dies nichts Gutes bedeuten konnte. „*Estou?*", meldete ich mich und die beiden Kunden im Buchladen schauten neugierig zu mir hinüber.

„Joana, hier ist deine Mutter", ertönte Martas ruppige Stimme am anderen Ende. Ich gab meiner Kollegin ein Zeichen und ging nach hinten ins Lager.

„Das ist ja eine Überraschung", sagte ich und setzte mich auf einen Karton, der mit neu angekommenen Büchern gefüllt war.

„Es geht um Camila", fuhr Marta unbeirrt fort. „Eine Nachbarin hat sie gestern wohl zum Tee treffen wollen. Als sie weder erschienen ist noch auf ihre Anrufe reagiert hat, ist sie bei ihrem Haus vorbeigefahren. Sie hat sie in ihrem Bett liegend gefunden. Sieht so aus, als hätte ihr Herz einfach aufgehört zu schlagen."

Es war, als hätte sich der Boden unter meinen Füßen aufgetan. Ich fiel mit einem stummen Schrei, der aber nicht aus meinem Mund kam, sondern aus meinem Herzen.

Auch nach dem Ende unseres Gesprächs blieb ich lange Zeit regungslos sitzen. In mir gab es nur ein dumpfes Gefühl, ein großes leeres Loch, das sich von meiner Magengegend weiter auszubreiten schien. *Einfach aufgehört zu schlagen. Eingeschlafen.* Irgendwie hatte ich es bereits geahnt. War es mir nicht aufgefallen, dass Camilas Stimme sich am Telefon anders anhörte? Aber gesagt hatte ich nichts. Das letzte Mal hatten wir vor einigen Wochen telefoniert, als Tom und ich gerade in Bantry angekommen waren.

„Also geht es erstmal nicht nach Kinsale?“, hatte Camila gefragt und ich wusste genau, dass sie traurig darüber war.

„Wir kommen Kinsale immerhin näher“, hatte ich sie zu beschwichtigen versucht. „Aber wir können uns diese Möglichkeit hier nicht entgehen lassen, weißt du? In Bantry haben wir eine Bleibe, Pat ist eine echte Unterstützung und ich kann mir erstmal wieder einen festen Job suchen. Außerdem könnten wir ja einen Ausflug nach Kinsale machen, sobald sich hier alles beruhigt hat.“

Ich spürte einen Kloß im Hals, als ich an dieses letzte Gespräch zurückdachte. Meine Arbeit im Café und bald darauf im Buchladen, der Druck und Verkauf meiner Bilder, Toms Entwicklung als Musiker – all das hatte das Rätsel um meinen Vater in den letzten Monaten in meinen Hinterkopf verbannt. Hätte ich gewusst, dass dies mein letztes Gespräch mit Camila sein würde, hätte ich anders mit ihr gesprochen? Hätte ich die Enttäuschung in ihrer Stimme ernster genommen und sofort einen Ausflug nach Kinsale geplant, weil ich genau wusste, wie gerne meine Oma das Rätsel um meinen Vater gelöst hätte? Es dauerte eine Weile, bis meine Kollegin mich hinten fand, wie ich stumm und mit leerem Blick auf der Kiste saß. Sofort rief sie Tom an, der mich wenig später abholte.

Die folgenden Tage zogen dahin, als hätte sie jemand in einen grauen Schleier eingehüllt und in doppelter Geschwindigkeit abgespielt. Wie einzelne Bilder rauschten die Momente an mir vorbei, in denen ich Entscheidungen traf, von Pat und Tom nach Cork zum Flughafen gebracht wurde und schließlich in einem Flugzeug nach Lissabon saß. Jedoch war ich eher wie eine unbeteiligte Augenzeugin, die so schnell und still am Geschehen vorüberglitt, dass ich kaum Zeit hatte, wirklich da zu sein.

So fühlte es sich besonders unwirklich an, als ich in der Nähe von Porto Covo vor Camilas Häuschen stand. *Mein Ziegenstall* hatte Camila es immer genannt, da es einst einer gewesen war, bevor sie ihn gekauft und renoviert hatte. Wilder Klee und gelbe Blumen überwucherten den Weg, der durch den Vorgarten zu ihrer offenen Tür führte. Auch die Büsche waren lange nicht beschnitten worden und streckten hier und da ihre Zweige in den Weg. Die Sonne schien unerbittlich vom Himmel und die Luft war ungewohnt heiß und trocken. Ich fühlte mich, als wäre ich irgendwie aus dem Rahmen gefallen. Als hätte mich jemand gepackt, von einer gemütlichen Runde weggezogen und hier wieder ausgesetzt. Ich hatte Schwierigkeiten, dem Wandel hinterherzukommen.

Noch immer war ich mir nicht ganz sicher, ob dies alles wirklich geschah, als ich vor der offenen Holztür stand. *Realität ist was für Menschen, die Angst vor Einhörnern haben.* Das Schild neben der Tür jagte mir einen Stich ins Herz und ich spürte, wie Tränen über meine Wangen strömten. Endlich hatten sie ihren Weg gefunden, brachten Leben zurück in meinen Körper. Mit einem Mal war Camilas milde, wohltuende Art wieder spürbar, umschloss mein Herz in ihrer geballten Kraft. Und doch war sie fort. Für immer. Ich betrat den einzelnen Raum und bemerkte nur aus den Augenwinkeln das Chaos in der Küche und die wirbelnde Staubschicht an der großen Fensterfront vor mir, wo die Tür zum Garten ebenfalls offenstand.

Unter den Bäumen bei der Gartenbank hatten sich bereits einige Menschen versammelt, von denen ich niemanden kannte. Nur Marta konnte ich erkennen, die schwarz eingehüllt neben einem Pfarrer stand. Den Blick hatte sie zu Boden gerichtet. Die Beete, die bei meinem letzten Besuch noch gehegt und gepflegt gewesen waren, waren nun mit Unkraut, Wildblumen und grünem Klee bewachsen. Alte vertrocknete Pflanzenteile ließen kaum Platz für neue Triebe und Pflänzchen. Ich wusste nicht, wie viele dieser Stiche ich noch würde ertragen können und beschleunigte schluchzend meine Schritte. Ohne nachzudenken, schloss ich meine Mutter in die Arme. Wollte mich nur festhalten und nicht mehr allein mit meinem Schmerz sein.

Camilas Urne wurde unter ihrer Gartenbank vergraben, von der aus man das Meer sehen konnte, das 500 Meter weiter glitzernd dalag. So hatte sie es sich in ihrem Testament gewünscht, das Marta in ihren vielen Stößen Briefen und Notizen gefunden hatte. Als nach der Zeremonie alle Gäste gegangen waren, saßen Marta und ich stumm auf der Bank und blickten in Richtung des funkelnden Meeres, das das klare Blau des Himmels spiegelte. Vor ungefähr einem Jahr hatte ich genauso mit Camila hier gesessen, hatte ihr von meinem Künstlertraum erzählt und Unterstützung und Zuflucht bei ihr gefunden, nachdem ich Marta und Aldeia vorerst den Rücken gekehrt hatte. Es schien Ewigkeiten her zu sein.

Marta sah mich prüfend von der Seite an. „Du bist blass, Kind.“

Am liebsten hätte ich mit den Augen gerollt. Nach Monaten des Schweigens, nach allem, was unausgesprochen zwischen uns stand, war das das Erste, was sie mir zu sagen hatte? „Ja, in Irland scheint die Sonne eher seltener.“ Ich zuckte die Achseln. Wenn sie Smalltalk wollte, sollte sie Smalltalk haben.

„Und trotzdem möchtest du dortbleiben?“

Ich spürte, wie es in mir zu kochen begann. Wollte sie jetzt wirklich darüber diskutieren? „Ja, das möchte ich. Ich habe mich an das wechselhafte Wetter gewöhnt und mag es inzwischen sehr gerne. Außerdem habe ich mir dort ein Leben aufgebaut und ein Zuhause gefunden“, gab ich kurz angebunden zurück, ohne sie anzusehen.

„Aber dein Zuhause ist hier. Deine Mutter ist hier, Joana. Und ich werde auch älter.“

Ich konnte es nicht fassen, dass sie diese Karte spielte. Hatte sie gar nichts gelernt, seit ich fortgegangen war? Hatte sie nicht verstanden, dass es genau diese Art gewesen war, die mich fortgetrieben hatte? Ich schloss die Augen und atmete tief durch, doch ließ sich der Knoten in meinem Hals nicht lockern. Auf einmal sah ich Camila vor mir. Sie schaute mich durchdringend an – aufmerksam, doch nicht fordernd. Wie sie es immer getan hatte. *Ihr Herz ist gebrochen, Kindchen.* Ich schluckte und auch wenn es mich große Überwindung kostete, sah ich Marta an. Wortlos ergriff ich ihre Hand. „Ich verstehe, dass es nicht leicht für dich ist und du dich allein fühlst. Doch ich habe in Irland neu angefangen. Habe Arbeit in einem Buchladen gefunden, eine glückliche Beziehung und ich verkaufe sogar inzwischen meine Bilder."

Überrascht sah Marta zu mir auf. „Ist das so?" Eine Weile musterte sie meine Augen, die, wie ich wusste, dasselbe Dunkelblau wie die meines Vaters hatten.

„Du klingst überrascht", antwortete ich und versuchte ein Lächeln. Marta hatte nie an mein Zeichentalent geglaubt und hatte mir schon als Kind eingebläut, dass es sich nicht lohnen würde, da ich niemals davon leben könnte. Doch anstatt der üblichen Wut über ihre fehlende Unterstützung flammte plötzlich etwas anderes in mir auf: Stolz.

„Nein ich …", druckste Marta herum. „Das freut mich, Ana." Unverwandt sah sie mir in die Augen. „Sieht so aus, als hätte Ryan doch seine Spuren hinterlassen."

Es war das erste Mal seit Jahren, dass meine Mutter überhaupt den Namen meines Vaters in meiner Gegenwart aussprach. „Tja, es ist wohl einfach nicht möglich, vor der Vergangenheit davonzulaufen, *mum*. Er gehört nun mal zu meinem Leben dazu, auch wenn ich ihn nie so richtig kennengelernt habe", sagte ich schlicht und sah wieder in Richtung Meer.

Eine Weile schwiegen wir, auch wenn mir bewusst war, dass Marta mich nach wie vor von der Seite ansah. „Hast du … hast du herausgefunden, was mit ihm geschehen ist?"

Ich hörte, wie viel Überwindung sie diese Frage kostete. „Nein. Er ist verschwunden und ich …", ich brach ab und schluckte, als ich einen erneuten Stich in die Magengegend bekam, weil ich meine Suche nach Antworten in den letzten Monaten derart vernachlässigt hatte. „Ich versuche noch herauszufinden, was genau passiert ist."

„Wahrscheinlich ist er nur wieder-"

„Nein, er ist nicht wieder abgehauen", unterbrach ich Marta und sah sie wütend an. „Lass es doch einfach mal sein. Ja, es war furchtbar, dass er dich damals mit mir zurückgelassen hat. Aber rechtfertigt das einen ewigen Groll? Eine fortwährende Unzufriedenheit mit dem Verlauf des Lebens?" Ich hielt meine Aussage absichtlich allgemein, um Marta nicht zu nah zu treten, doch sah ich ihr unverwandt ins Gesicht.

Marta wich meinem Blick aus und ließ ihn über den überwucherten Garten gleiten. „Du weißt, dass das hier jetzt uns gehört, oder? Camila hat es uns ausdrücklich beiden hinterlassen."

„Ja, das habe ich schon gehört." Ein Lächeln stahl sich über mein Gesicht. Sofort war mir klar, dass dies ein sanfter Stupser Camilas war, mit dem sie mich dazu bringen wollte, mich wieder mit meiner Mutter zu versöhnen.

„Aber wenn du dein Leben jetzt in Irland hast, möchtest du bestimmt nicht hier wohnen", stellte Marta fest.

„Das ist richtig. Erstmal nicht. Und du, würdest du gerne hierherziehen?"

„Um vollkommen zu vereinsamen wie deine Großmutter? Nein danke, da bleibe ich lieber in Aldeia."

„Ich glaube nicht, dass sie einsam war. Du hast doch gesehen, wie viele Leute hier waren. Ich habe sie erlebt, als ich zu Besuch war. Sie war sehr glücklich." Ich spürte, wie sich meine Augen erneut mit Tränen füllten.

„Und wie geht es dir?“ Toms Stimme klang ruhig und mitfühlend wie eine Umarmung. Am liebsten hätte ich ihm durchs Telefon einen Kuss gegeben.

„Ganz okay. Es ist alles nach wie vor so unwirklich. Aber ich spreche wieder mit meiner Mutter. Es wurde echt Zeit. Schließlich haben wir seit fast einem Jahr keinen Kontakt mehr gehabt.“ Ich drehte mich auf Camilas Sofa auf die Seite, um in die warme Glut des Kamins zu schauen. Marta war bereits nach oben ins Schlafzimmer gegangen, nachdem wir vor dem lodernden Kamin darüber gesprochen hatten, dass wir das Häuschen fürs Erste vermieten wollten.

„Du weißt ja, wie es bei mir war. Sowas muss sich erstmal wiederfinden, wenn man so verschieden ist. Und es ist ja auch viel passiert zwischen euch.“

„Das stimmt. Jetzt bin ich aber froh, dass wir reden können, ohne dass es aus dem Ruder gerät. Und es macht mir überraschend wenig aus, dass sie nicht überschwänglich unterstützend ist, was mein neues Leben in Irland angeht.“ Ich hatte Marta von unserem Studio erzählt, von Bantrys malerischer Bucht, von Pat und Jamie und von Tom und dass er in den Pubs auftrat. Marta hatte wenig dazu gesagt, mich aber auch nicht unterbrochen oder wie üblich zu belehren versucht.

„Oh, du hast ihr also von mir erzählt?“

Beim Gedanken an Tom, wie er gerade an unserem kleinen Kamin saß, stahl sich ein Lächeln auf meine Lippen. Wie die Sonne, die zwischen grauen Wolken hervorbricht. „Natürlich nicht jedes Detail. Aber ja. Ich bin sehr glücklich. Egal, was meine Mutter von meinem Leben hält.“

„Ich auch. Ich kann es kaum erwarten, dass du wieder hier bist. Ich habe in den letzten Tagen einen richtigen

Flow gehabt und Songs geschrieben, die ich dir unbedingt vorspielen möchte."

Die folgenden Tage verbrachte ich mit Marta in Camilas Garten und Häuschen, um beides für die Vermietung vorzubereiten. Die Sonne strahlte unerbittlich vom Himmel und ich bemerkte, wie froh ich war, dass dies in Irland seltener der Fall war. Während ich schwitzend die Beete vom Unkraut und alten Pflanzenteilen befreite, dachte ich immer wieder daran zurück, wie der Garten bei meinem letzten Besuch ausgesehen und wie ich gemeinsam mit Camila darin gearbeitet hatte. Nie hätte ich mir vorstellen können, dass ich das nächste Mal mit Marta in den Beeten hocken würde und mich darum bemühte, wieder eine Ordnung im Garten herzustellen.

Die gemeinsame Arbeit tat uns gut. Zwar sprachen wir nicht über vergangene Streitigkeiten oder über den Brief, den ich Marta vor meiner Abreise nach Irland geschrieben hatte, doch zumindest redeten wir. Genauso wie bei unserer Arbeit im Garten ließen wir die abgestorbenen Teile unserer Beziehung hinter uns, entfernten, was nicht mehr zu retten war, und konzentrierten uns auf das, was noch Leben in sich trug. Auf das, was noch grün und nicht schon braun und holzig geworden war. Gemeinsame Erinnerungen mit Camila ließen wir zwischen den Beeten wieder aufleben und Marta stellte mir sogar die ein oder andere Frage zu meinem neuen Leben in Irland. Die Abende kochten wir gemeinsam und richteten auf einer Vermietungsplattform ein Profil ein. Kaum hatten wir es online gestellt, erhielten wir binnen weniger Stunden schon mehrere Anfragen. Da mein Rückflug nach Cork schon zwei Tage später gehen würde, einigten wir uns darauf, dass Marta für die Interviews noch bleiben und die Entscheidung über die Mieter allein treffen würde.

„Hier, Ana. Ich möchte, dass du das mit nach Irland nimmst."

Es war mein letzter Abend und wir saßen mit einem Glas Wein auf Camilas Gartenbank, die ich in den vergangenen Tagen in frischem Grün gestrichen und mit Blumen und Schmetterlingen verziert hatte. Zögernd nahm ich die hölzerne Schachtel aus Martas Händen und wusste sofort, was sie enthielt. Die vergilbten Fotos darin hatte ich bei meinem letzten Besuch gemeinsam mit Camila angesehen und das erste Mal seit Jahren Fragen über meinen Vater stellen dürfen. Auf manchen davon war Marta im Kindesalter am Strand von Aldeia zu sehen, auf anderen als junge Erwachsene und gemeinsam mit Ryan.

„Damit du nicht … damit du nicht vergisst, wo du herkommst." Martas Stimme klang halb erstickt und ich sah Tränen in ihren Augen glitzern.

„Wow, danke, *mum*." Ich legte ihr den Arm um die Schulter und zog sie an mich. Seit Ewigkeiten hatte ich sie nicht mehr umarmt und erst jetzt wurde mir bewusst, wie klein sie war. Sie fühlte sich fast zerbrechlich an – und das, obwohl auch ich eine sehr zierliche Statur hatte.

In diesem Moment strich Camilas Katze Stella durch meine Beine und schmiegte sich an die Martas. „Wirst du mir mal wieder schreiben?" Marta löste sich von mir, um Stella geistesabwesend zu streicheln.

„Natürlich, *mum*. Wir können auch gerne telefonieren und ... vielleicht möchtest du mich mal in Irland besuchen? Mein Leben da kennenlernen." Marta antwortete nicht, sondern streichelte weiterhin die Katze. „Möchtest du Stella eigentlich mit nach Aldeia nehmen? Sieht so aus, als wollte sie nicht hier allein bleiben." Über Stella hatten wir tatsächlich noch nicht nachgedacht, doch sofort schien es mir, als hätte Camila auch hier ihre Hände im Spiel. Als hätte sie Stella angewiesen, sich erst zurückzuziehen und sich dann an die Fersen meiner Mutter zu heften, damit sie nicht zurückblieb.

„Warum eigentlich nicht", murmelte Marta und hob die Katze vorsichtig auf ihren Schoss. „Deiner Oma hat sie viel bedeutet. Es wäre falsch, sie einfach mit Fremden hierzulassen."

Grinsend sah ich zu, wie Stella sich zufrieden auf Martas Schoss zusammenrollte. Dann begann ich, in der Schachtel mit den Fotos zu kramen. „Das kenne ich noch nicht." Ryan hatte den Arm um eine sehr viel jüngere Marta gelegt, die ein Baby in den Armen hielt. Beide trugen einen versteinerten Gesichtsausdruck. Und doch war es ein Portrait der einst vollständigen Familie, die ich einmal gehabt haben musste.

„Das war ein paar Tage nach deiner Geburt, als wir aus dem Krankenhaus entlassen worden waren. Camila wollte den Moment unbedingt festhalten. Wir waren beide nicht so von der Idee begeistert, weil wir so müde und gestresst waren." Sie lehnte sich zu mir, um das Foto genauer in Augenschein zu nehmen, während Stella munter weiterschnurrte. „Jetzt bin ich ganz froh, dass sie darauf bestanden hat. Übrigens hat deine Oma noch einen Haufen anderer Dokumente, Briefe und Notizen oben in ihrem Schlafzimmer gehabt, die ich erstmal alle in Kisten gepackt habe. Möchtest du sie heute Abend noch durchschauen und sehen, ob du davon etwas behalten willst?“

Geistesabwesend streckte ich die Hand aus und strich ebenfalls über Stellas Fell. Ich wusste, dass zwischen diesen Dokumenten auch Ryans Briefe an Camila sein mussten, die er ihr in den zwei Jahren vor seinem Verschwinden aus Irland geschrieben hatte. Auch wenn sie laut Camila keinerlei Hinweis auf den Grund für sein Verschwinden gaben, wollte ein Teil von mir unbedingt seine Worte lesen, die Camila bei meinem letzten Besuch als Balsam für ihre Seele bezeichnet hatte. Der andere Teil wusste jedoch, dass diese Briefe auch Ryans Traurigkeit darüber enthielten, dass Marta ihn nicht mehr zu mir lassen wollte. Ich sah auf in Martas Gesicht, die mich abwartend ansah, und bemerkte die tiefen Falten auf ihrer Stirn. Wir hatten gerade erst begonnen, uns wieder anzunähern. Das wollte ich nicht gleich wieder ins Wanken bringen, vor allem nicht, da ich morgen früh schon wieder abreisen würde. „Danke, dass du mich das fragst. Ich möchte sie sehr gerne durchgehen, aber mit mehr Zeit. Nimm du sie also erstmal mit nach Aldeia.“

15. Kapitel

Ein paar Tage später stand unser Familienportrait gerahmt auf meinem Schreibtisch am Fenster unseres Studios, von dem aus man einen Blick auf die Bucht Bantrys hatte. Ich bedachte es mit einem Lächeln, während ich meinen Laptop aufklappte. Immer wieder musste ich hinsehen und lächeln. Ja, es war keine perfekte Bilderbuchfamilie gewesen und sie würde es wohl auch niemals werden. Doch trotz allem war es eine Familie und das war alles, was zählte.

Ich stutzte, als ich in meinem Postfach eine neue E-Mail von Molly O'Sullivan sah, und mein Herz begann sofort, wie wild zu pochen.

Liebe Joana,

Danke dir für deine letzten Bilder und Erzählungen von deinen Postkarten in Bantry. Du konntest nicht ahnen, dass ich diese genutzt habe, um dich hier im Craft Village als Visiting Artist vorzuschlagen. Nun habe ich tolle Neuigkeiten: Du wurdest genommen!

Das bedeutet, dass du mit deinen aktuellen Irland-Bildern (und weiteren) hier ausgestellt wirst. Die Ausstellung läuft während der gesamten Sommersaison, das heißt von Mitte Juni bis September. Lass uns die Tage mal telefonieren deswegen.

Ich freue mich sehr für dich!
Molly

„Meine kleine Joana wird zur waschechten Irin", dröhnte Pat stolz und hob, offensichtlich gerührt, sein Glas, um mit Tom, Jamie und mir anzustoßen. Wir saßen an diesem Abend im *Cozy Cabin*, wo ich ihnen von meinen Neuigkeiten erzählt hatte. Den mit Einkäufen bepackten Tom hatte ich schon vorher damit überrascht, als ich die Straße hinunter auf ihn zu gerannt kam, gleich nachdem ich die Mail gelesen hatte.

„Es ist wirklich kaum zu glauben." Ich lächelte. In mir tobten Stolz und Unsicherheit um den Platz am Steuer. Ein Teil von mir wusste, dass die Ausstellung wunderbar werden würde und badete im Glanz von bereits beginnenden Tagträumen davon. Der andere Teil versuchte mich händeringend daran zu erinnern, dass ich kaum Künstlerin genug war, um im *Craft Village* zwischen all diesen erfahrenen Künstlern etwas auszustellen. Auch noch zur Hauptsaison, wenn Touristenströme das Dorf bevölkern würden, die allesamt meine Bilder sehen und kaufen konnten.

„Ach Quatsch, es war höchste Zeit." Pat nahm einen großen Schluck seines *Guinness* und klopfte mir auf die Schulter.

Tom nickte lächelnd und trank ebenfalls auf mein Wohl. Obwohl er in Jubelrufe ausgebrochen war, als er von meinen Neuigkeiten gehört hatte, fand ich sein Verhalten irgendwie seltsam. Er freute sich für mich – doch da war noch etwas anderes in seinem Blick, das ich nicht beziffern konnte. Auch jetzt sah ich ihn forschend an, doch er wich mir aus und fragte an Jamie gewandt: „Soll ich anfangen?"

Jamie schaute auf seine Uhr. „Ja, gute Idee. Los geht's."

Mit einem flüchtigen Wangenkuss für mich erhob sich Tom und rauschte mit seiner Gitarre an mir vorbei in

Richtung des vorne aufgebauten Stuhls, der für ihn mit einem Mikrofon ausgestattet worden war. Ich sah zu, wie er die ersten Akkorde seiner Gitarre anstimmte und sich kurz vorstellte. Wie immer klatschten alle Anwesenden, einige riefen gleich Wünsche für Songs, verstummten aber, als Tom loslegte.

Ich schloss die Augen, um mich von seiner sanften Stimme einhüllen zu lassen. Gänzlich versank ich in ihr, wie in der Nacht zuvor im Meer, als wir gemeinsam schwimmen gegangen waren. Das Wasser war eiskalt gewesen und hatte gefühlt sofort meinen ganzen Körper eingefroren. Nach einer Weile aber hatte es neues Leben durch jede Zelle geschickt, hatte jede Schwere aus mir herausgewaschen. Ich sah die dunkle, glatte Oberfläche vor mir, wie sie sanft schwappte, als ich ein paar Züge geschwommen war. So leicht und friedlich hatte ich mich gefühlt. Anschließend hatten wir uns an den letzten Flammen unseres Lagerfeuers wieder aufgewärmt, dicht aneinandergedrängt und die kalten Finger verschränkt. Ich verspürte einen Stich im Magen und öffnete meine Augen. Auch gestern Abend hatte ich dieses Etwas in Tom wahrgenommen. Wenn ich es mir genau überlegte, war es schon da gewesen, seitdem ich aus Portugal zurückgekehrt war.

Als das Lied zu Ende war, murmelte mir Pat ins Ohr: „Alles in Ordnung mit Tom?"

„Eigentlich schon", murmelte ich zurück. „Aber ich weiß, was du meinst. Er ist etwas zurückhaltend in den letzten Tagen."

„Achso, schon ein paar Tage. Ich dachte, er wäre erst mit deiner Nachricht so geworden." Pat gluckste und strich sich über seine pinke Krawatte, während er zu Tom hinübersah, der gerade ein neues Lied anstimmte.

Den Rest des Abends genoss ich mit Pat und Jamie und diskutierte mit ihnen neue Ideen für Bilder, die ich bis zur Ausstellung noch anfertigen könnte.

„Donegal. Donegal ist wundervoll. Da solltet ihr nochmal hinfahren, damit du ein paar Landschaften malen kannst", sagte Jamie und nahm einen Schluck aus seinem Pint.

Pat nickte. „Da hast du recht. Das County, das oft vergessen wird, weil es eingeklemmt neben Nordirland in der Ecke versteckt ist. Ihr könntet mit Toms Van hinfahren. Nein, ich mache das schon, *Darling*." Jamie setzte sich wieder und Pat sammelte unsere leeren Pints ein, um an der Bar Nachschub zu holen.

Nach seinem Auftritt saßen Tom und ich auf der Bank im Garten vor unserem Studio, von der aus man einen weiten Blick über die Bucht Bantrys hatte. Es war dunkel, weil Mond und Sterne von einer dicken Wolkendecke zugedeckt waren, doch unten glitzerten die Lichter des Städtchens, die von der pechschwarzen Meeresoberfläche reflektiert wurden.

„Deine Musik war wieder wunderschön heute. Perfekt, um meine guten Neuigkeiten zu feiern." Ich schmiegte mich noch enger an Tom, der seinen Arm um meine Schulter gelegt hatte. „Kaum zu glauben, dass du jetzt fast nur noch deine eigenen Lieder spielst. Vor zwei Monaten hast du hier angefangen zu spielen und jetzt wollen alle nur noch deine eigenen Songs hören, das ist echt toll."

„Hast recht. Waren es nur zwei Monate? Wow, das kommt mir schon länger vor. Weil so viel passiert ist, meine ich.“ Tom gab mir einen langen Kuss auf den Scheitel und streichelte mir über die Schulter.

„Was meinst du?“, fragte ich, weil ich meinte, wieder diesen seltsamen Ton in seiner Stimme wahrzunehmen.

„Naja, dein Job im Buchladen, deine Oma, du in Portugal und ...“ Er atmete hörbar tief ein. „Es gibt noch etwas, das ich dir bisher nicht erzählt habe.“

Ich richtete mich auf, um ihn in der Dunkelheit anzusehen. Tom nahm den Arm von meiner Schulter und fuhr sich mit der Hand durch die blonden Haare, die dadurch mehr abstanden. „Ich habe einen Anruf bekommen, als du in Portugal warst. Von einem ehemaligen Kollegen vom Schiff. Als er hörte, dass ich diese Saison nicht mit an Bord gehe, hat er mich daran erinnert, dass wir in diesem Jahr einen Surftrip nach Indonesien bekommen. Weil wir dann schon fünf Jahre am Stück dabei sind, verstehst du? Als *Goodie* sozusagen. Wenn ich in dieser Saison nicht mitkomme, entgeht mir das.“

Mein Magen verkrampfte sich schmerzhaft und meine Lippen fühlten sich mit einem Mal taub an. „Und du ... du überlegst jetzt mitzufahren?“ Ich hatte Schwierigkeiten diese Worte herauszubringen, konnte ihre Silben kaum richtig aussprechen. Wie vom Donner gerührt saß ich neben Tom und sah ihn an, konnte aber nur seine Umrisse in der Dunkelheit erkennen.

„Ich weiß nicht, Joana. Ja, vielleicht. Irgendwie bin ich mir das doch schuldig? Für all die harte Arbeit in den letzten Jahren. Ich habe Angst, dass ich es später mal bereuen würde, wenn ich diese Möglichkeit jetzt nicht nutze. Kannst du das verstehen?“

Die Nacht war stiller geworden. Kein Luftzug, kein Rascheln war zu hören. Ich saß nur da und starrte Tom an, dessen Augen ich kaum sehen konnte. „Wann würde der

Trip denn losgehen?", hörte ich mich fragen und wartete mein Urteil ab.

„In drei Wochen, noch Ende April. Quasi direkt, bevor es im Mai wieder aufs Schiff ginge."

Das Loch in meiner Magengegend wurde größer, saugte alles ein, was in den letzten Monaten gewesen war, und ließ nichts zurück. „Was ist denn mit unserem Leben hier? Mit uns?" Meine Stimme zitterte jetzt und sofort schloss Tom mich in seine Arme.

„Hey, Ana. Hier geht es doch nicht um die Frage, ob wir zusammenbleiben. Das ist für mich klar. Ich überlege einfach, ob ich diese Chance nicht nutzen möchte. Außerdem dachte ich, dass du vielleicht irgendwie mitkommen und auch auf dem Schiff arbeiten könntest. Mit Portugiesisch und Englisch wirst du sicher angenommen. Aber jetzt hast du ja deine Ausstellung im Juni, die kannst du unmöglich ausfallen lassen."

„Ja, das stimmt, das möchte ich nicht." Ich war überrascht, wie stark meine Stimme mit einem Mal klang, als ich mich an die Aussicht erinnerte, meine Bilder über Monate im *Craft Village* ausstellen zu können.

„Das würde ich auch nicht von dir verlangen", sagte Tom klar und schloss mich noch fester in die Arme.

„Aber das heißt ja, dass du monatelang fort wärst. Fünf, sechs Monate sogar." Schon während ich dies aussprach, schnürte sich mein Hals zu.

Tom sagte nichts, vergrub nur sein Gesicht in meinen Haaren und atmete tief durch. Ich hielt mich an seinen Armen fest und schloss die Augen. So blieben wir sitzen, verloren keine weiteren Worte. In meinem Kopf war es ohnehin merkwürdig leer.

Die folgenden Tage herrschte eine eigenartige Gehemmtheit zwischen uns. Mehrfach versuchten wir darüber zu sprechen, wie wir weitermachen sollten. Gleichzeitig bemühten wir uns darum, die Zeit zu genießen, die wir noch in Bantry hatten. Denn auch wenn Tom sich gegen den Surftrip und die Saison auf dem Schiff entscheiden sollte, würden wir unser Studio Anfang Mai verlassen müssen. Auch Pat würde wieder vermehrt in seinem anderen Cottage bei Galway sein, wenn die Saison begann.

Der Abschied rückte unaufhaltsam näher und erinnerte mich sehr an die Zeit, bevor ich Aldeia verlassen hatte. Als Tom einfach gefahren war, um weiterzureisen, und ich allein zurückgeblieben war. Doch würde es nicht dasselbe sein, daran versuchte ich mich immer wieder zu erinnern. Für ihn war dieses Mal klar, dass wir gemeinsam ein Leben aufbauen würden, ob er nun zurück aufs Schiff ging oder nicht. Doch würden wir das wirklich? In einem halben Jahr konnte so viel passieren, das wusste ich inzwischen. Und ich wusste auch, wie sehr mich diese Monate der Trennung mitnehmen und nicht zur Ruhe kommen lassen würden. Weil ich auf ihn warten würde. Immerzu warten. In der Hoffnung auf eine gemeinsame Zukunft, während ich selbst stillstand.

„Herrje, bald ist es schon so weit. Wie die Zeit verfliegt, Kinder. Wisst ihr eigentlich schon, wohin es für euch gehen wird?“, fragte Pat eines Abends, nachdem wir gemeinsam gekocht und gegessen hatten und noch bei einem Whiskey zusammensaßen.

Unsicher sah ich Tom an. Wir hatten ihnen nicht von Toms Idee erzählt. Ich konnte es einfach nicht über mich bringen, mich außerhalb meines Kopfes dieser möglichen Zukunft zu stellen, und Tom wollte sich vermutlich nicht ihren Fragen aussetzen, weil er sich mit seiner Entscheidung selbst noch nicht sicher war.

„Nicht so wirklich“, antwortete Tom und suchte meinen Blick. „Ich würde gerne nochmal mit Joana nach Donegal mit dem Van. Vielleicht nächste Woche? Du bist dann mit deiner Arbeit im Buchladen fertig und es ist unsere letzte Zeit. Hier in Bantry, meine ich. Dort könntest du Inspiration für deine Bilder sammeln.“

Ich spürte, wie meine Augen sich mit Tränen füllten. „Tolle Idee, gerne.“ Schnell nahm ich einen Schluck meines Whiskeys, um meinen Blick abwenden zu können.

Jamie schaute uns forschend an, sagte aber nichts.

„Wolltest du nicht nach Kinsale, Joana? Das hattest du, glaube ich, irgendwann in Connemara zu mir gesagt“, fragte Pat und schwenkte den letzten Schluck seines Whiskeys, ehe er ihn trank.

„Stimmt, ja.“ Die ferne Erinnerung an die Postkarte meines Vaters, die nach wie vor in meiner Reisetasche lag, flammte in mir auf. In diesem Moment kam sie mir fast wie ein Wegweiser vor. Ein kleines Flämmchen in einem ansonsten pechschwarzen Tunnel.

„Ich meine mich zu erinnern, dass der Besitzer des Buchladens, in dem du arbeitest, mit einem Buchhändler aus Kinsale befreundet ist. Oder ist es sein Neffe? Naja egal, vielleicht sprichst du mal mit ihm. Da könnte sich etwas ergeben“, sagte Pat eifrig und schenkte sich den Rest aus der Whiskeyflasche ein. „Huch, ich muss echt bald wieder los nach Connemara. Nachschub besorgen.“ Er gluckste und prostete uns zu. „Natürlich seid ihr auch jederzeit willkommen, mich dort wieder zu besuchen. Spätestens bei der Eröffnung deiner Ausstellung, Joana.“

16. Kapitel

Mein Kopf schlug sachte gegen die Scheibe. Ich musste eingeschlafen sein, denn als ich die Augen öffnete, war es vor dem Fenster bereits hell geworden.

„Guten Morgen, Süße", begrüßte mich Tom, der neben mir am Steuer seines Vans saß, streichelte mir über die Schulter und zog die Decke, die mir heruntergerutscht war, ein Stück höher.

„Wie lange fahren wir schon?", fragte ich mit heiserer Stimme und blickte auf die sattgrünen Wiesen, die an uns vorbeizogen.

„Schon sechs Stunden, sind gerade an der Stadt Donegal vorbei. Ich bin zwischendurch schon einmal angehalten, um Kaffee zu machen, aber wollte dich nicht wecken." Tom griff nach unten in seine Türseite und zog eine Thermosflasche heraus. „Möchtest du welchen?"

„Du bist wunderbar", sagte ich, während ich mir den dampfenden Kaffee eingoss. Der Duft gehörte wohl zu den schönsten Dingen, die man nach dem Aufwachen riechen konnte. „Unfassbar, dass du das so durchhältst, Tom. Wenn mich jemand um vier Uhr morgens hinter ein Steuer gesetzt hätte, würde ich nicht mal eben so sechs Stunden durchfahren."

Tom lachte, fuhr sich durch die verstrubbelten blonden Haare und sah mich liebevoll an. Wie konnten seine erdbraunen Augen nur trotz Müdigkeit so viel Wärme ausstrahlen? „Weil ich möchte, Joana. Ich möchte diesen Ausflug mit dir machen und wir haben einfach mehr Zeit in Donegal, wenn ich jetzt durchfahre. Außerdem kenne ich das natürlich von meinen vielen Roadtrips die letzten Jahre. Ich hab das öfter schon so gemacht.“

Mit den Händen umklammerte ich die warme Kaffeetasse und starrte nach draußen auf die grasenden Schafe. Mein Glück in diesem Moment konnte ich kaum fassen und doch hatte ich ein flaues Gefühl im Magen. Ein Teil von mir dachte schon ans Ende dieser Reise. Tom und ich würden gemeinsam nach Bantry zurückkehren – doch wie würde es dann weitergehen? Wie damals in Aldeia hatten wir bisher noch nicht weiter darüber gesprochen. In Wahrheit graute es mir davor, Toms Entscheidung zu hören, die, wie ich vermutete, auf den Surftrip und die Saison auf dem Schiff fallen würde. Was genau das für uns bedeutete, konnte ich mir kaum vorstellen. Nur, dass wir uns für etwa ein halbes Jahr nicht sehen würden. Ich schloss abermals die Augen und nahm einen Schluck Kaffee.

Wenig später kam das Meer am Horizont in Sicht. Der Himmel war wolkenverhangen, doch ließ hin und wieder Sonnenstrahlen hindurch, die auf die stahlgraue Oberfläche fielen. Wir schauten beide schweigend auf dieses Schauspiel, während der Van weiter die engen Straßen Richtung Norden entlangrollte. Über unzählige Schlaglöcher ruckelten wir an Farmen vorbei und sahen entlaufene Schafe am Straßenrand grasen. Auf einmal endete unsere Straße abrupt in einer Sackgasse. Vor uns waren noch ein paar Meter grasbewachsene Felsen, ehe die Küste steil abfiel. Tom stellte den Motor ab und wir stiegen aus. Es war so still, dass es sich anfühlte, als hätten wir das Ende der Welt erreicht. Nur das Rauschen und Gurgeln des Meeres war zu hören, das unter uns an die Klippen schlug.

„Wow, das kommt hier bestimmt auch fast nie vor, dass es an der Küste so windstill ist, was?“, sagte Tom und stieg hinten in seinen Camper. Mit jedem tiefen Atemzug sog ich den Anblick der wilden Küste ein. Ein feiner Nebel hatte sich draußen über dem Meer gebildet, der langsam in unsere Richtung waberte und nach und nach die im Wasser verstreuten Felsformationen einhüllte, an denen die Wellen brachen.

Tom kam mit einem Korb und einer Decke aus seinem Camper. „Wunderschöner Ort, oder? Ich habe ein Picknick für uns vorbereitet. Dachte, wir könnten erstmal ein Frühstück vertragen nach der langen Fahrt."

„Oh ja, vor allem du", sagte ich und gab ihm einen Kuss auf die Wange. Mein Herz war erfüllt von Dankbarkeit, dass er mit mir hierher gefahren war. Tom hatte sich offenbar viele Gedanken gemacht und wollte die Zeit für uns so schön wie möglich gestalten, egal was als Nächstes kommen würde.

Als ich hinter ihm an der Küste entlangstapfte auf der Suche nach einem geeigneten Ort zum Picknicken, erinnerte ich mich daran, wie anders es damals in Aldeia gewesen war. Ich war die einzige gewesen, die sich wegen unseres bevorstehenden Abschieds Gedanken gemacht hatte, war so oft wie möglich nach der Arbeit hinunter an den Strand zu seinem Camper gelaufen, um jede freie Minute mit ihm zu verbringen. In dieser Zeit war ich voller Angst und gleichzeitig voller Hoffnung gewesen. Angst, ihn zu verlieren. Angst, dass er mich schnell ersetzen könnte. Und Hoffnung, dass es vielleicht gar nicht dazu kommen würde. Dass wir irgendwie zusammenbleiben und gemeinsam weiterschauen würden. Doch für Tom war damals alles klar gewesen. Er hatte seinen Reiseplan gehabt und war eines Morgens gefahren, um auf dem Weg zurück nach Deutschland noch in Spanien und Frankreich zu surfen. Mit einem Abschiedsbrief in der Hand hatte er mich am Strand von Aldeia zurückgelassen. Jetzt aber lief er bepackt mit einem Picknickkorb vor mir her, nachdem er uns sieben Stunden quer durch Irland gefahren hatte, nur um an diesen atemberaubenden Ort zu kommen. Mein Herz quoll über vor Glück und raschen Schrittes schloss ich zu ihm auf, um seine freie Hand fest in die meine zu schließen.

Nur ein paar hundert Meter vom Camper entfernt fanden wir eine ebene Fläche, die groß genug war, um die Picknickdecke auszubreiten. „Ich glaube, der Nebel vom Meer breitet sich langsam in unsere Richtung aus", sagte ich und deutete auf die weiße Wand, die in den letzten Minuten bereits näher gerückt war.

„Wir sind ja nicht weit vom Camper. Selbst wenn der Nebel uns erreicht, finden wir den Weg leicht wieder zurück." Toms Lächeln beschleunigte meinen Herzschlag auf das Doppelte. Ganz dicht rückte ich auf der Decke an ihn heran, damit wir uns, gegen einen Felsen gelehnt, unter der Wolldecke einkuscheln konnten, die er mitgebracht hatte.

Bis zum Nachmittag aßen wir Brote mit verschiedenen Aufstrichen, eine Gemüsesuppe, die Tom vorgekocht und aufgewärmt hatte, und weitere Obstsnacks. Dabei sprachen wir über alles Mögliche, nur nicht über Toms Entscheidung, die noch in der Luft hing, oder über unsere ungewisse Zukunft. Ganz so, als wären wir nur gemeinsam in den Urlaub gefahren und würden hinterher nach Bantry in unseren Alltag zurückkehren.

Wir sprachen über die ersten Mieter von Camilas Häuschen in Porto Covo und dass ich von nun an jeden Monat an der Miete mitverdienen würde. Irgendwann landeten wir in Kinsale und der Tatsache, dass ich den Buchladenbesitzer Dank meines Chefs in Bantry erreicht hatte und dort tatsächlich im Mai anfangen könnte. „Und sie haben sogar eine kleine Wohnung. Naja, eher eine Kammer über dem Buchladen, das hat mir der Besitzer gestern per Mail geschrieben. Ist zwar ohne Garten oderso, aber immerhin nur eine Häuserreihe von der Bucht entfernt. Da könnte ich einziehen, wenn ich möchte."

Unser Gespräch verstummte. Es hatte nun doch die Abzweigung erreicht, an der wir uns möglicherweise trennen müssten. Inzwischen hatten wir uns eine zweite Schicht Jacken angezogen, weil der feuchte Nebel bis zu unserem Picknickplatz vorgedrungen war. Es war, als würde die Welt um uns langsam unsichtbar werden. Trotzdem hatte offenbar keiner von uns den Wunsch zurück zum Van zugehen. Es hatte etwas Unwirkliches, hier auf den Klippen zu sitzen, das Meer unten gegen die Felsen schlagen zu hören und doch nur den jeweils anderen zu sehen, da der Rest in ein dickes Nebelkleid gehüllt wurde.

„Das klingt ganz wundervoll für dich, Joana. Ich bin froh, dass du weißt, wie es für dich weitergehen wird." Tom biss von seinem Brot ab und schaute an mir vorbei ins Nebelmeer.

„Ja, aber wie ist das eigentlich mit uns?" Ich griff nach Toms Hand unter der Wolldecke und sah ihm eindringlich in die Augen. Ich wollte nicht mehr schweigen, sondern Antworten.

„Ich weiß nicht." Tom lächelte schief. „Ein Teil von mir hat irgendwie immer noch darauf gehofft, dass du einfach mitkommen würdest. Also eine Saison mit mir auf dem Schiff arbeiten und hinterher gemeinsam hierher zurückkehren. Aber eigentlich weiß ich, dass das Quatsch ist. Immerhin hast du deine Ausstellung im Sommer und jetzt auch einen Arbeitsplatz."

Ich schwieg und strich mit den Fingern über Toms Handrücken. In den vergangenen Tagen hatte ich mir vorzustellen versucht, wie es für mich wäre, wenn ich tatsächlich mitkommen würde. In einer Flut aus Schifftouristen hatte ich mich untergehen sehen, die allesamt nach Getränken verlangten und mich anschrien, dass ich mich beeilen sollte. Ein bisschen wie damals, als ich in Aldeia noch in einem Restaurant gearbeitet hatte, nur um ein Vielfaches schlimmer. Ich schüttelte den Kopf. „Selbst wenn ich keine Ausstellung hätte, Tom, das ist einfach nichts für mich. Du bist derjenige, der das machen möchte, also falls du es machen möchtest?“ Ich hielt den Atem an und wartete auf sein Urteil.

Tom strich mit seiner freien Hand über meine Wange, die vom Nebel feucht war. „Ich weiß nicht. Ja, irgendwie schon. Ich würde es bereuen, wenn ich so eine Chance nicht nutze. Wann werde ich mir als Musiker je so einen Trip leisten können? Aber ich frage mich, was das für uns bedeutet. Ich möchte nicht, dass es vorbei ist. Ich möchte hier zu dir zurückkehren. Es ist ja nur für eine Saison. Okay, es werden fast sechs lange Monate sein, aber ... ich möchte nicht, dass es mit uns vorbei ist“, wiederholte er.

Es war, als wäre unter mir die Klippe abgebrochen, als würde ich mit ihr gemeinsam fallen, immer weiter fallen und nicht wissen, wie ich im Meer aufkommen würde. Ich sah Tränen in Toms Augen glitzern und richtete mich schnell auf, um ihn liebevoll zu küssen und mich fest an ihn zu schmiegen. „Das will ich auch nicht“, hauchte ich erstickt. *Aber warum willst du dann gehen?*

Der Wind kam in der Nacht zurück und peitschte den einsetzenden Regen gegen die Wände des Campers. Sein Heulen wurde von den donnernden Wellen untermalt, die viele Meter unter uns gegen die Felsen schlugen. Wir hatten uns entschieden, die Nacht hier zu verbringen und erst am nächsten Tag weiterzufahren, und lagen ineinander verschlungen unter warmen Decken.

Immer wieder musste ich an unsere letzte Nacht in Aldeia denken. Doch dieses Mal hielten mich Toms Arme ebenso fest wie ich ihn. Trotzdem half mir das wenig, denn das Ergebnis würde dasselbe sein. Tom würde gehen und ich musste ein neues Kapitel allein verbringen. Tom, der offenbar ebenfalls noch wach war, zog mich näher an sich. Ich schmiegte mich an seine Brust und atmete seinen Geruch ein. Holzig süß wie brennender Torf, durch den eine Frühlingsbrise fegte.

Die folgenden Tage verbrachten wir im *Glenveagh* Nationalpark, der mich mit seinen bräunlich grünen Landschaften und den vielen Ginsterbüschen, die inzwischen gelb blühten, an Connemara erinnerte. Das Wetter blieb trocken, wenn auch meist bewölkt, und so verbrachten wir die meiste Zeit draußen, gingen wandern oder saßen einfach nur zusammen vor dem Camper. Ich mit meinem Zeichenblock und Tom mit seiner Gitarre, die die Stille erfüllte.

Das Zeichnen tat mir gut, denn es lenkte mich ein wenig von unserem bevorstehenden Abschied ab. Ich hatte mich entschlossen, viele kleine Eindrücke skizzenhaft einzufangen, die ich später, wenn wir zurück in Bantry waren, aus der Erinnerung weiter vertiefen und mit Wasserfarben zum Leben erwecken wollte. Bisher hatte ich diese für meine Bilder nie benutzt und war nur beim Bleistift oder

Buntstiften geblieben, doch hatte ich inspiriert von Molly beschlossen, mal etwas Neues auszuprobieren. Die kräftigen Farben Irlands schienen mich dazu einzuladen, zu Wasserfarben zu greifen, um diese wirklich einzufangen.

„Sie hat mich nie unterstützt, weißt du? Zumindest fühlte sich das für mich so an. Es gab immer eine Art Kampf zwischen uns. Ich wollte zeichnen und war froh, wenn ich für mich sein konnte. Sie wollte, dass ich etwas Praktisches arbeite und endlich einen Mann suche, um Kinder zu haben, wie all meine ehemaligen Mitschülerinnen." Gedankenverloren ließ ich den Blick über die Landschaft streifen, um nach Details zu schauen, die ich noch in meine Skizze einbauen konnte.

„Das klingt echt anstrengend. Ich hatte zwar nie viel gemeinsam mit meinen Eltern, aber zumindest haben sie mich machen lassen, auch wenn es ihnen nicht gefallen hat. Wie hat Marta eigentlich reagiert, als du dann aus Aldeia aufbrechen wolltest? Musstest du heimlich verschwinden oder dir den Weg freikämpfen?" Tom gluckste, strich mir aber gleichzeitig beschwichtigend über die Schulter.

„Tatsächlich habe ich nicht sofort beschlossen, auf unbestimmte Zeit wegzugehen. Davor hatte ich selbst viel zu viel Angst." Ich musste lächeln, als ich mich an die Zeit meines Aufbruchs zurückerinnerte. Es schien mir fast so, als würde ich mich an das Erlebnis einer anderen Person zurückerinnern. So Vieles war seitdem passiert und ich hatte mich sehr verändert. „Ich habe nur beschlossen, eine Woche Urlaub zu machen und zu Camila zu fahren. Erst als ich dort war, habe ich den Mut zusammengenommen, mich auf unbestimmte Zeit zu verabschieden. Und das auch nur per Brief an Marta und per Telefon an meinen damaligen Chef im Café."

Nachdenklich drehte ich meinen Bleistift zwischen den Fingern und schaute über die Schulter in Toms Van, wo meine Reisetasche auf der Bank lag. „Allerdings hat sie mir vor meiner Abreise die Reisetasche geschenkt. Hat sie einfach ohne Worte vor meiner Zimmertür abgelegt. Vielleicht hat sie so auf gewisse Weise ihre Unterstützung ausdrücken wollen. Naja, zumindest möchte ich das glauben. Wir sind einfach zu verschieden, schätze ich. Sie konnte es nie nachvollziehen, dass ich lieber Zeit allein am Meer verbringen wollte, anstatt mir den neusten Klatsch und Tratsch im Café anzuhören. Oder dass ich nicht den Wunsch hatte, selbst Mutter zu werden."

„Wolltest du denn nie Kinder haben?", fragte Tom und sah mich aufmerksam von der Seite an.

„Nein, irgendwie kam der Wunsch bei mir nie auf. Ich weiß nicht, ob es daran liegt, dass mein Vater so früh gegangen ist und ich einfach nicht mehr an diese Familienidee geglaubt habe. Jedenfalls wollte ich nie eine eigene gründen und das war absolut seltsam in Martas Augen, weil es in Aldeia üblich ist, in den Zwanzigern das erste Kind zu bekommen." Ich zuckte die Achseln und beugte mich wieder über meine Skizze.

Als Tom ein paar Akkorde auf seiner Gitarre anstimmte, richtete ich mich wieder auf. „Wie ist das denn bei dir, möchtest du mal Kinder?"

Tom schwieg eine Weile und zupfte an den Saiten seiner Gitarre, als wollte er sie stimmen. „Nein", antwortete er bestimmt. „Also Kinder sind toll und ich bewundere jeden, der sich auf dieses Abenteuer einlässt. Aber ich möchte das nicht." Wir tauschten ein Lächeln.

Nach dem Nationalpark fuhren wir wieder an die Küste Donegals, um die vielen naturbelassenen Strände zu erkunden, die mit Blauen Flaggen ausgezeichnet waren. Seit dem ersten Tag unserer Reise hatten wir unseren Abschied nicht mehr erwähnt. Doch nun, als ich am *Tramore Beach* einer Gruppe Surfer im Wasser dabei zusah, wie sie unablässig nach Wellen paddelten, sich wie wild um jede einzelne zu kabbeln schienen, konnte ich mich nicht mehr zurückhalten. „Ich dachte, das hätte sich nur noch sinnlos für dich angefühlt? Das hattest du doch gesagt, als wir uns wiedergetroffen haben. Wie kannst du dich jetzt trotzdem dafür entscheiden?“ Meine Stimme war schriller und viel anklagender, als ich es vorgehabt hatte.

Tom folgte meinem Blick zu den Surfern und fuhr sich durch die blonden Haare. Mit seinem schiefen Lächeln sah er in diesem Moment fast genauso aus wie damals, als ich ihn am Strand von Aldeia getroffen hatte. Damals war er mir mit dem Surfboard vor die Füße gerutscht, als er nach dem Surfen wieder an den Strand kam.

„Ja, das habe ich gesagt und auch so gemeint, Ana. Es ist nur ... ich bin es mir irgendwie schuldig nach den letzten Jahren auf dem Schiff. Und dieser Surftrip nach Indonesien ist ein echtes Abenteuer, das sich sicher Viele wünschen würden. Wie könnte ich das einfach so ausschlagen?“ Sein Blick war nun auf den Horizont gerichtet und er schien ganz woanders zu sein. „Wir wachen jeden Morgen älter auf. Irgendwann kann ich so etwas nicht mehr machen. Fürs Erste sowieso nicht, weil mir das Geld fehlen würde. Aber jetzt habe ich die Gelegenheit dazu. Ich muss es einfach tun. Es ist ja nur der Trip und diese eine Saison, danach sind wir wieder zusammen, versprochen.“

Eine Windböe blies mir die welligen Haare in die Augen und ich schaute wieder den Strand entlang, der sich lang und leer vor uns erstreckte. Mein Hals schien zugeschnürt und ich versuchte zu schlucken und mich auf etwas anderes zu konzentrieren. Am Ende des Strandes war eine Landzunge zu sehen. Weiße Häuschen waren dort auf grellem Grün verteilt und glänzten im Sonnenlicht, das hin und wieder durch die Wolken hervorblitzte. Wie kostbare Kristalle sahen sie aus. Orte, die jemand Zuhause nannte.

Schweigend liefen wir auf sie zu, bis Tom plötzlich anhielt und seinen Arm um meine Hüfte legte, um mich zu sich zu drehen. „Sag mir bitte, was du denkst, Joana. Kannst du … möchtest du hier auf mich warten?"

Da war wieder dieser Kloß im Hals. Doch nun konnte ich ihn nicht mehr länger ignorieren. „Du hast deine Wahl getroffen und ich akzeptiere, dass es so für dich richtig ist. Aber für mich geht das nicht, Tom. Ich weiß, dass ich mich nur selbst quäle, wenn ich jetzt deinen Plan lieb lächelnd annehmen und hier auf dich warten würde. Auf einen Tag hoffe, an dem wir wieder gemeinsam ein Zuhause aufbauen, der aber vielleicht niemals kommen wird. Es geht mir nicht darum, dass ich dich nicht liebe. Ich liebe dich und ich möchte mit dir zusammen sein. Aber eben wirklich und mit dir gemeinsam in eine Richtung gehen. Ich kann das so einfach nicht."

Die Worte, die erst kaum aus meinem Mund kommen wollten, überschlugen sich fast. So dringend mussten sie gesagt werden, wenn ich wieder frei atmen wollte. Ich spürte heiße Tränen über meine Wangen rollen. „Wenn ich jetzt warte, dann bin ich mit meiner Aufmerksamkeit nicht wirklich hier, sondern immer woanders. Immer mit einer Zukunft beschäftigt, die möglicherweise in ein paar Monaten eintritt. Ich möchte aber hier sein und jetzt ankommen, nicht irgendwann vielleicht. Du hast dich entschieden, Tom. Und ich muss mich jetzt für mich entscheiden. Es tut mir leid."

Stumm wischte Tom mir meine Tränen von den Wangen, strich mir die flatternden Haarsträhnen aus dem Gesicht und wandte seine erdbraunen Augen nicht von den meinen. Dicke Tränen tropften von seinem Kinn in den Sand.

Teil IV
Kinsale

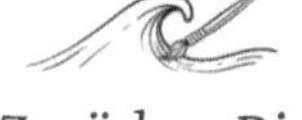

Zurück zu Dir

Alles fließt, wächst und gedeiht
immer zur richtigen Zeit.
Ich muss mich nicht antreiben,
alles auf einmal zu schaffen,
sondern darf erstmal
nur den einen Schritt machen.

Ich soll mich anstrengen und
gegen meinen Körper drängen?
Das finde ich nicht fair
und möchte ich auch nicht mehr.

Jetzt meiner Seele ihre Nahrung rauben
und dafür an Freiheit in der Zukunft glauben?
Bitte, öffne deine Augen!

Was du sehnsüchtig suchst,
das gibt es so nicht,
auch wenn dein Verstand es dir
immer in naher Zukunft verspricht.

Das, was zählt, ist jetzt und hier.
Komme an – und du kommst
zurück zu Dir.

17. Kapitel

Ich schaute hinunter auf den Boden meiner Tasse, wo nur noch ein Rest des Milchschaums meines Kaffees zurückgeblieben war. Vor dem Fenster des *Poet's Corner* kreisten kreischende Möwen über dem Meer in der schmalen Bucht von Kinsale. Ich sah ihnen dabei zu, während ich immer noch meinen Füller in der Hand hielt, als wollte ich ihn jeden Moment wieder auf das Blatt Papier vor mir setzen. *Wie soll ich weitermachen ohne dich? Ohne mich?*

Die Worte strahlten mir entgegen, blendeten mich beinahe. Doch ich ließ die Fragen unbeantwortet. Sie würde ohnehin weiter in meinem Kopf kreisen, unaufhörlich kreischen und sich auf jedes kleine bisschen Hoffnung stürzen, die ich eigentlich schon längst hatte aufgeben wollen. So schloss ich mein Notizbuch, schloss das Tor vor meinem Herzen und schob den Riegel vor.

Ich schaute hinab auf die Tasche zu meinen Füßen, in der die kleine Staffelei und meine Wasserfarben geduldig darauf warteten, irgendwo entlang der Bucht ausgepackt zu werden. Es hatte mich anfangs einiges an Überwindung gekostet, mich draußen hinzusetzen, denn eine Staffelei war um einiges auffälliger als ein Zeichenblock auf meinen Knien. Doch hatte ich es in meiner dunklen Kammer über dem Buchladen als schier unmöglich empfunden, an meinen Bildern aus Donegal weiterzumalen. So musste ich die neugierigen Blicke der vorbeigehenden Passanten aushalten, während ich malte. Viele blieben sogar stehen, um mir eine Weile zuzusehen. Jedes Mal spürte ich meinen Puls steigen, auch wenn ich mich ausschließlich auf die Leinwand vor mir konzentrieren wollte. Eigentlich war mein Bild noch nicht fertig, noch nicht gut genug, um von anderen gemustert zu werden. Doch malte ich weiter und versuchte es als Übung für die Ausstellung im *Craft Village* zu sehen. Dort würden eine Menge Leute kommen und ihr Urteil über meine Bilder fällen. Vermutlich sogar am Eröffnungstag und in meinem Beisein. An mögliche Berichte in Zeitungen wollte ich gar nicht denken und redete mir ein, dass diese kleine Ausstellung sicher nicht interessant genug war, um irgendwo besprochen zu werden.

Jedoch ließen mich auch meine Bilder nicht meinen kreisenden Gedanken entkommen. Jede meiner Skizzen aus Donegal versetzte mir Stiche in die Magengegend, weil sie die Erinnerungen wachriefen, die ich im Moment am liebsten verdrängt hätte. Genauso wie beim Schreiben in meinem Notizbuch wehrte ich mich nicht mehr dagegen. Ich nahm diese Schwere mit in meine Bilder und vermischte sie mit dunkelgrünen, braunen und grauen Farben zu einer melancholischen, nebeligen Landschaft.

Nebel hatte es auch in der Bucht von Bantry gegeben, als wir vor ein paar Wochen gemeinsam im Garten standen, unfähig etwas zu sagen. Wie ein Vorhang waberte er über der Stadt und legte sich langsam auch über unser gemeinsames Leben. Mit diesem Tag war es vorbei. *Zuende. Verloren.* Ich schaute auf die Blumen und Pflanzen in den Beeten, die Tom in den vergangenen Monaten gehegt und gepflegt hatte. Wir würden sie nicht mehr Früchte tragen sehen. Mein Blick schweifte weiter zu der Bank, auf der wir oft gesessen und über die Lichter der Stadt geschaut hatten. Dort würden bald wieder Touristen sitzen, die unser Studio mieteten.

Tom nahm meine Hände in seine, während Tränen über seine Wangen liefen. Seine Lippen fanden die meinen, liebkosten sie zärtlich. Zum hundertsten Mal an diesem Morgen ließen wir uns versinken in diesen einen Moment, in dem Zeit und Raum nicht mehr existierten.

„Ich möchte wieder zu dir zurückkommen, wenn die Saison vorbei ist“, murmelte Tom mit erstickter Stimme in meine Haare.

Ich löste mich von ihm, um ihn anzuschauen. „Was meinst du damit?“

„Ich verstehe, dass du Angst hast, auf mich zu warten, weil du nicht weißt, was wirklich in einem halben Jahr passieren wird. Deshalb verlange ich es auch nicht von dir. Aber ich weiß, was ich für dich empfinde, und möchte dir trotzdem versprechen, nach der Saison als Erstes zu dir zu kommen. Dann schauen wir, wo wir stehen und wie wir weitermachen wollen. Lass uns diesen Hoffnungsschimmer behalten, bitte Ana.“ Ich konnte nur nicken, während Tränen über meine Wangen strömten. Das Tuckern seines Campers hörte ich langsam verklingen, nachdem er vom Nebel verschluckt worden war. Dann war es still gewesen.

Ich lehnte mich im Sessel zurück und schloss die Augen. Die Erinnerung tat immer noch weh. Sie war frisch wie eine offene Wunde, an die ich immer wieder versehentlich stieß und zusammenzuckte. Eine Woche nach unserem Abschied war ich in Kinsale mit meiner Reisetasche in der Hand aus dem Bus gestiegen. Begleitet wurde ich von einer unsichtbaren Bekannten, die ich schaudernd sofort wiedererkannt hatte, sobald sie aufgetaucht war. Sie war schon hin und wieder bei mir gewesen, bevor ich Tom in Connemara in die Arme gelaufen war. Und rückblickend war ich ihr auch schon in Aldeia mehrfach begegnet. Es war dieselbe Leere, die von innen an mir nagte und die jeden Lebensfunken verschluckte, der sich zaghaft entzünden wollte.

Die bunten Häuser der Fischerstadt und die wärmer werdenden, sonnigen Tage waren für sie so unangenehm, dass sie mich so oft wie möglich in die dunkle Kammer über dem Buchladen zurückkomplimentierte, die ich von nun an bewohnte. Die Bucht Kinsales war von hier aus nicht zu sehen, denn die Fenster über dem Herd und dem Schreibtisch eröffneten bloß den Blick auf die gegenüberliegende Häuserreihe. Die gedämpften Stimmen der Kunden drangen durch den Fußboden meiner Kammer, doch ansonsten war es still. Ich hatte die Ruhe, nach der meine Begleiterin ständig verlangte, wobei ich mir nicht sicher war, ob ich sie wirklich brauchte. Hier waren wir allein.

Erst Pats Anruf hatte mich wieder aus meiner Höhle hervorkriechen lassen. „Na, du klingst ja nicht besonders fröhlich", hatte er nach wenigen Minuten festgestellt. „Ist Tom von seinem Deutschlandbesuch etwa noch nicht wieder zurück? Hör mal, ich habe gerade mit Molly gesprochen und sie sagte, dass ihr ein paar Tage vor der Ausstellungseröffnung im *Craft Village* verabredet seid, um alles vorzubereiten. Würdest du gerne bei mir unterkommen? Tom natürlich auch, wenn er möchte. Oder hast du etwa schon etwas anderes gebucht." Sein schallendes Lachen drang durch den Hörer und schickte Wärme in meine Glieder zurück.

Die Ausstellung. Meine Bilder, erinnerte ich mich plötzlich und erwachte wie aus einer Trance. „Ja gerne, Pat, tolle Idee", hörte ich mich antworten. Auf seine Frage zu Tom ging ich vorsorglich nicht ein. Wir hatten ihnen erzählt, dass Tom für ein paar Wochen nach Deutschland zu seiner Familie fahren wollte und deshalb Bantry früher verlassen hatte. Ich war noch nicht so weit, Pat zu sagen, was wirklich geschehen war.

Von diesem Tag an nutzte ich all meine Kraft, um nach vorne zu blicken, anstatt in dieser dickflüssigen Masse meiner Traurigkeit zu versinken. Wann immer ich mich in die Klauen meiner dunklen Begleiterin abgleiten sah, wenn mich Wehmut oder Hoffnungslosigkeit heimsuchten, holte ich meine Aufmerksamkeit auf den gegenwärtigen Moment zurück. Auf die Kunden im Buchladen, die ich gerade bediente, oder auf die Bücher, die es einzusortieren galt. Nach Arbeitsschluss ließ ich meine Begleiterin auf dem Papier zu Wort kommen, schrieb all ihre Gedanken auf und stellte sie infrage. Ich hüllte mich selbst in eine warme Decke, indem ich mir motivierende und liebevolle Sätze schrieb. Es waren genau solche Sätze, die mir Camila normalerweise gesagt hätte und die ich in diesen schweren Tagen besonders dringend hören musste.

Danach lenkte ich meinen Fokus zurück auf das, was vor mir lag: die erste Ausstellung meiner eigenen Bilder. Eine Aussicht, die mich so sehr beflügelte wie der Anblick der versinkenden Sonne im Meer. Meine schweren Emotionen verwob ich in meine Bilder, bannte sie vor mir auf die Leinwand und verwandelte sie in eine wilde, melancholische Landschaft, anstatt mich jeden Tag von ihnen von innen heraus auffressen zu lassen. Mit jedem Pinselstrich spürte ich weniger tiefe Stiche, wenn ich an die verschiedenen Orte und ihre Geschichten dachte. Es war, als würde ich Frieden schließen mit allem, was gewesen war. Mit allem, was vorbei war. Zwischen all dem hatte ich auch das Rätsel um meinen Vater nicht vergessen. Mir war bewusst, dass ich endlich an dem Ort angekommen war, an dem ich nach weiteren Hinweisen zu seinem Schicksal suchen konnte. Doch hatte ich die ersten zwei Wochen genug damit zu tun, Toms Abschied zu verarbeiten und mich in einer positiven Stimmung zu halten.

Eines Morgens erwachte ich frisch ausgeruht. Endlich hatte ich seit Toms Abschied mal wieder eine Nacht durchgeschlafen. Während ich dabei war, meinen Kaffee zu kochen, beschloss ich spontan, meine Reisetasche auszupacken und meine Kleider in den Wandschrank zu hängen. Bisher hatte ich meine Klamotten aus der Tasche gezogen und sie nach dem Waschen wieder hineingestopft. Als wäre ich kurz davor, wieder weiterzuziehen. Schließlich wollte ich nicht ewig in dieser dunklen Kammer wohnen. Nun aber zog ich mit meiner Tasse Kaffee in der Hand ein Kleidungsstück nach dem anderen heraus und hängte es gewissenhaft über die bereits vorhandenen Bügel. Meine Tasse, die mit bunten Muscheln bemalt war, hatte ich ein paar Tage zuvor in einem kleinen Laden um die Ecke gekauft, zusammen mit einem Bild von Molly, das ich dort ebenfalls gefunden hatte. *Night at Sea*. Das Bild, das im *Craft Village* schon meine Aufmerksamkeit angezogen hatte, hing nun an der Wand am Fußende meines Bettes. Auch mein gerahmtes Familienbild hatte seinen Platz wieder auf meinem Schreibtisch gefunden.

Gerade überlegte ich, ob ich später für die Fenster ein paar Wildblumen sammeln sollte, als mir aus dem letzten Pullover der Haufen Briefe und die Postkarte meines Vaters in den Schoß fielen. *Sie haben mich bei der Fischerei in Kinsale genommen.* Ohne zu überlegen, setzte ich mich an meinen Laptop und suchte im Internet nach einer Fischerei in Kinsale. Doch fand ich nur einen Anbieter für Angeltouren. Enttäuscht klappte ich den Laptop zu und eilte nach unten in den Buchladen zur Arbeit.

„Et, gibt es hier in Kinsale eigentlich eine Fischerei?“, fragte ich meinen Chef am Ende meiner Stunden zögerlich, als ich gerade die letzten neu angekommenen Bücher ins Regal räumte.

Ethan zuckte zusammen. Meistens schwiegen wir während der Arbeit, weshalb er einen Moment brauchte, um meine Frage zu verarbeiten. Er strich sich eine Strähne seines lockigen Haares aus dem Gesicht und runzelte die bleiche Stirn. „Fischerei? Hm ja, ich glaube vor zehn Jahren gab es noch eine, da bin ich mir aber nicht ganz sicher. Vielleicht fragst du mal bei den Bootstouren zum Angeln. Der Anbieter ist etwas außerhalb der Stadt, aber ich kann dir gleich gerne den Weg erklären.“ Er rückte seine Brille zurecht und wandte sich wieder den neu eingetroffenen Büchern zu.

Nach der Arbeit machte ich mich auf den Weg zu dem Laden, den Ethan mir beschrieben und den ich auch im Internet gesehen hatte. Von weitem sah ich, wie ein blauweißes Boot in See stach, auf dem der Name *Harpy* zu lesen war. Ich beschleunigte meine Schritte und betrat das Häuschen, in dem sich die Rezeption befand.

„Hi, mein Name ist Joana“, stellte ich mich der freundlich lächelnden Empfangsdame vor.

„Oh Joana, du hast gerade die Tour für heute verpasst“, antwortete die Dame mit bedauerndem Blick. „Aber vielleicht kann ich dich noch mit auf das nächste Boot bekommen. Das geht allerdings erst übermorgen, denn morgen sind die Bedingungen zu rau.“ Sie begann auf ihrem Computer herumzuklicken.

„Nein nein, alles in Ordnung. Ich bin nicht wegen der Angeltouren hier. Mein Vater hat mal bei einer Fischerei in Kinsale gearbeitet. Also vor 25 Jahren. War das hier zufällig früher eine Fischerei?“ Während ich sprach, versuchte ich nicht auf die Stimme in meinem Kopf zu achten, die wisperte, dass das gerade sehr seltsam klang und mich die Frau sicher für verrückt halten würde.

„Ohja“, antwortete die Frau mit wohlwollendem Blick und stand auf. Sie führte mich zu einer Wand, an der lauter alte Fotos hingen. Fotos von Männern in Gummihosen, mit wollenen Mützen auf den Köpfen und die meisten von ihnen rauchend, während sie Kisten voller Fische von Booten trugen oder Netze aus dem Meer zogen. „Bis vor neun Jahren war das hier noch eine Fischerei. Aber leider hat es finanziell nicht mehr gereicht. Es war ein Familienbetrieb, weißt du? Zu klein und mit zu wenig Umsatz, um weiter gegen die Großen zu überleben. So hat sich die Familie entschieden, in den Tourismus einzusteigen. Da kann man heutzutage einfach schneller mehr verdienen.“

Ich ließ meine Augen über die wettergegerbten Gesichter der Männer wandern und versuchte, Ryan unter ihnen auszumachen. „Ja, das kenne ich aus Portugal. Die Fischer sind diejenigen, die am wenigsten verdienen, dabei machen sie die harte Arbeit. Die Restaurants, die den Fisch an die Touristen verkaufen, die nehmen das meiste ein. Natürlich nur die Besitzer, nicht die Mitarbeiter.“

„Aus Portugal? Oh wie schön, da muss es jetzt richtig sonnig und heiß sein, oder?“ Die Frau ließ den Blick aus dem Fenster schweifen, durch das der grauverhangene Himmel gut zu sehen war.

„Ja. Im Mai ist es dort schon wie im Sommer. Alles trocken. Zumindest im Südwesten, wo ich herkomme.“

„Aber dein Vater hat hier in der Fischerei gearbeitet?“

„Ja. Also vermute ich. Waren Sie schon im Betrieb, als es noch eine Fischerei war?“

„Nein, leider nicht. Eoghan allerdings schon. Der hat den Betrieb von seinem Vater übernommen; ein paar Jahre, ehe sie auf die Angeltouren umgestiegen sind. Er ist gerade mit der Gruppe losgefahren, sie sind aber in zweieinhalb Stunden wieder da. Vielleicht kommst du dann noch einmal wieder? Ich sage ihm, dass er hier auf dich warten soll."

Schon von weitem wusste ich, wer von der Gruppe Menschen vor dem Eingang Eoghan war. Er trug Gummistiefel, eine Kapitainsmütze und ein weites kariertes Hemd, das sich über seinem Bauch etwas spannte.

„Hi, ich bin Joana. Ich hatte an der Rezeption nach Ihnen gefragt", stellte ich mich vor, nachdem die Touristen sich verabschiedet hatten.

Eoghan hatte sofort begonnen, sich eine Zigarette zu drehen, und sah zu mir auf. „Ja, Brianna hat mir Bescheid gesagt. Die Tochter eines ehemaligen Fischers von uns, richtig?" Er stutzte, als er meine blauen Augen sah. „Ich glaube, ich weiß, von wem du sprichst. Ich war zwar noch ein Teenager, als er hier gearbeitet hat. Aber die Geschichte vergisst man nicht so schnell." Er steckte sich seine Zigarette an und bedeutete mir, mich mit ihm auf die nächste Bank zu setzen. Von hier aus überblickte man den Anleger, an dem die *Harpy* auf der Wasseroberfläche hin und her tänzelte. Wie ein Hund, der es kaum erwarten konnte, gleich Gassi zu gehen.

„Dein Vater ... Ryan hieß er, nicht wahr?"

Ich nickte, bemerkte aber, dass er in der Vergangenheitsform sprach.

„Stand eines Tages hier vor der Tür. Mein Vater wollte gerade rausfahren mit den Jungs. Hat mich immer mitgenommen, seit ich klein war. Wollte, dass es mir in Mark und Bein übergeht. Jedenfalls war da plötzlich Ryan und fragte nach Arbeit. Klang ziemlich verzweifelt. Wollte nur aufs Meer und wer weiß was vergessen. Keiner hat groß Fragen gestellt damals." Eoghan nahm einen langen Zug seiner Zigarette. Seine Augen ruhten auf dem tänzelnden Boot. „Jeder der Männer hatte seine eigenen Gründe. Für mich ist es Tradition. Aber die Arbeit war schwer. Gefährlich. Das Meer ist unberechenbar. Auch wenn wir heutzutage glauben, dass wir es verstehen mit all unseren Technologien."

Ich sagte nichts. Vor meinem geistigen Auge sah ich Wellen über meinem Kopf zusammenbrechen, die mich herumwirbelten, als wäre ich bloß eine Puppe. Damals in Aldeia hatte ich mich nur knapp vor dem Ertrinken an den Strand retten können.

„Ein paar Wochen danach gab es einen dieser Stürme, die keiner kommen sieht. Einer der Männer ist von Bord gegangen. Wäre sicher ertrunken, wenn Ryan nicht hinterhergesprungen wäre. Keine Ahnung, was ihn geritten hat, aber er ist rein. Hat ihn gerettet. Und ist dann selbst ertrunken." Eoghan drückte seinen Zigarettenstummel aus und packte ihn in eine Schatulle, die er aus seiner Hemdtasche zog. Dann sah er mir direkt in die Augen. „War ein Held, dein Vater. Odhrán ist ihm auf ewig dankbar. Hat jetzt Frau und Kinder."

„Wohnen sie auch hier in Kinsale?", fragte ich, auch wenn es eigentlich keinen Zweck hatte. Die Spur endete hier. Ryan war im Meer ertrunken. Doch etwas sagte mir, dass ich den Mann treffen wollte, für den er gestorben war.

„Ja. Ein wenig außerhalb. Ich gebe dir die Adresse und Telefonnummer, wenn du möchtest."

18. Kapitel

Es vergingen ein paar Tage, ehe ich das Haus von Odhrán McCarthy aufsuchte. Während ich meine Stunden im Buchladen arbeitete, tauchte vor meinem geistigen Auge immer wieder das Bild von Ryan auf, der im Meer versank. In meiner Vorstellung war er ganz ruhig, nachdem er zuvor an der Oberfläche gekämpft hatte. Friedlich, nachdem sein Leben so stürmisch verlaufen war. Ich wusste kaum, wie ich mich fühlte, jetzt da ich wusste, was mit ihm geschehen war. Natürlich war ich froh, dass sich Martas Vermutung nicht bewahrheitet hatte. Ryan war nicht davongelaufen. Er war gestorben, um jemand anderen zu retten. Jedoch hatte ich nun die Gewissheit, dass er tatsächlich nicht mehr da war, dass er nie wieder einen Platz in meinem Leben einnehmen konnte. Dass er wirklich und wahrhaftig niemals zurückkehren würde. Diese Erkenntnis hatte sich wie ein Stein in meinen Magen gelegt und musste erstmal verdaut werden, ehe ich mir weitere Einzelheiten von Ryans letzten Momenten anhören wollte.

In diesen Tagen sehnte ich mich besonders danach, Camila anzurufen und mit ihr über Ryans Schicksal zu sprechen. Ich wollte ihr erzählen, dass sie recht gehabt hatte und Ryan nicht davongelaufen war. Und ich wünschte mir ihre aufbauenden Worte, die mir immer in schwierigen Zeiten wie diesen geholfen hatten. Doch war auch sie nicht mehr da und Marta wollte ich noch nicht anrufen, weil ich wusste, dass es noch nie ihre Stärke gewesen war mich aufzumuntern. So verbrachte ich meine Stunden allein und malte an meinen Bildern für die Ausstellung. Auf manchen waren nun Schemen einer dunklen Gestalt zu sehen, die durch die ausgestorbene Landschaft wandelte. Rastlos auf der Suche. Versunken im Nebel und Schatten. Und ich fügte ein neues Bild hinzu, das weder aus Achill Island, noch aus Bantry, noch aus Donegal stammte. Ein einzelnes schneeweißes Boot, das in monsterhaften Wellen mitten auf dem Ozean trieb. Beschienen vom Vollmond, verschwand es beinahe zwischen den Armen des Meeres.

Schließlich raffte ich an einem freien Tag alle Kräfte zusammen, mich der ganzen Geschichte von Ryans Tod zu stellen. Ich rief die McCarthys wegen eines Treffens an und nahm noch am selben Nachmittag den Bus zu ihrer Adresse. Ihr Häuschen lag in der Nähe des *Charles Fort* in einer ansonsten kaum besiedelten Straße nahe der Klippe. Als ich aus dem Bus stieg, erfasste mich gleich eine starke Windbö, die mir die Haare ins Gesicht blies. Der Blick auf das sternenförmige Fort und über das Meer war atemberaubend. *Die Sonnenuntergänge müssen hier traumhaft sein*, schoss es mir durch den Kopf, als ich die Einfahrt des recht unscheinbaren Häuschens entlanglief.

„Hallo, ich bin Freya und du musst Joana sein“, grüßte mich die Frau mit rundlichem Gesicht lächelnd, sobald sie die Tür geöffnet hatte. Sie trug eine berüschte Schürze, an der Kuchenteig klebte. „Der Kuchen ist fast fertig, Liebes. Ich freue mich so sehr, dich kennenzulernen. Wir hatten ja kaum Möglichkeiten, uns bei irgendwem zu bedanken für alles. Abgesehen von Aoife natürlich.“ Sie schloss mich in die Arme und zog mich ins Haus, ehe ich etwas erwidern konnte.

Schon im kleinen Flur fiel mir auf, dass das Haus zwar von außen unscheinbar wirkte, innen aber mit Liebe eingerichtet worden war. Überall hingen gerahmte Bilder der

Familie, auf denen neben Freya auch Odhrán und zwei Kinder zu sehen waren. Zudem gab es einige Kleinigkeiten, die über die Jahre wohl von den Kindern gebastelt und gleich aufgehängt worden waren. Diese reichten von einem Stück Papier, auf das jemand mit blau und gelb gekritzelt hatte, bis zu einem mit Blumen bestickten Deckchen. Ich folgte Freya dem Kuchenduft hinterher in die Küche, während ich meinen Blick über die kleinen Kostbarkeiten gleiten ließ.

„Odhrán, sie ist da!", rief Freya aus dem geöffneten Fenster, durch das man offenbar in den Garten schaute. „Er ist mit den Kindern dabei, unseren Gemüsegarten zu pflegen. Sie kommen am Wochenende immer aus Cork hierher. Da studieren beide." In Freyas Stimme war deutlich ihr Stolz zu hören.

„Was studieren sie denn?", fragte ich und setzte mich auf ihre Geste an den großen Küchentisch, der bereits für Kaffee und Kuchen gedeckt war.

„Darragh studiert Chemie. Er wird mal ein richtiger Wissenschaftler. Und Amelia studiert Modedesign. Beide sind schon fast fertig." Freya ging hinüber zum Ofen und sofort erfüllte der köstliche Duft des Marmorkuchens die Küche.

Kurz darauf versammelten sich alle am Tisch. Amelia fragte mich zunächst neugierig aus, was ich beruflich machte, und war ganz aufgeregt, als ich sagte, dass ich Künstlerin sei und bald das erste Mal meine Bilder ausstellen würde. Darragh sah mich kaum an, während ich sprach, und vertiefte sich wie sein Vater in den Anblick seines Kuchens.

„Also, erzähl doch bitte, Od", sagte Freya, nachdem wir einen Moment schweigend unseren Kuchen genossen hatten. „Erzähl von dem Tag, an dem dir ein zweites Leben geschenkt wurde. Dank Joanas wunderbarem Vater." Sie lächelte mich an und ich bemerkte, dass ihre Augen von Tränen glitzerten. Amelia nahm die Hand ihrer Mutter und drückte sie.

„Ja, dein Vater. Ich bin ihm auf ewig zu Dank verpflichtet", murmelte Odhrán, wobei er nach wie vor auf seinen Kuchen hinabsah. „Er war ein Guter. Vom ersten Moment an, als er bei uns angefangen hat. Hat sich sofort eingefügt in die Crew. Immer hilfsbereit, immer aufmerksam. Und sehr bewandert, wenn es darum ging, das Meer zu lesen." Er schob sich ein Stück seines Kuchens in den Mund und kaute eine Weile.

Wie ein Buch, dachte ich. Sie nannten es immer *Das Meer lesen*. Es musste Informationen enthalten, die nur entdeckt werden konnten, wenn man genau hinsah, sich hineinvertiefte. Dann wurde aus einem großen Mysterium etwas, das man verstehen konnte. Und doch blieb es immer ein Stück weit unberechenbar. Wie damals, als ihr Boot in einen unerwarteten Sturm geraten war.

„Als wir an jenem Tag rausgefahren sind, hieß es schon, dass wir am nächsten Tag vermutlich nicht würden arbeiten können. Ein Sturm war angesagt, der noch unbekannte Ausmaße annehmen konnte. Ich weiß noch, wie dein Vater gesagt hat, dass er dann wieder nach Achill Island fahren würde, um seine Eltern zu besuchen. Das hat er damals bei jeder Gelegenheit getan. Er war deshalb noch eifriger bei der Arbeit als sonst." Odhrán nahm einen Schluck seines Tees und sah das erste Mal direkt in meine Augen. „Und dann kam der Sturm früher als angekündigt. Zog plötzlich auf; von allen Seiten, so schien es. Wir waren wie umzingelt von meterhohen Wellen. So etwas habe ich noch nie zuvor erlebt und seitdem auch nie wieder. Zum Glück." Er erschauerte bei der Erinnerung.

In der Küche war es mucksmäuschenstill geworden. Nur das Ticken einer Standuhr in der Ecke war zu hören. Ich war sicher, dass Odhráns Familie diese Geschichte schon oft gehört haben musste. Dennoch lauschten sie ehrfurchtsvoll. Freya zupfte abwesend die Tischdecke zurecht, während Amelia ihren Kopf auf Darraghs Schulter gelegt hatte.

„Ich weiß nicht mehr genau, wie es passiert ist. Aber plötzlich erfasste eine besonders starke Welle die Seite des Boots, an der ich mich festgehalten habe. Und ich fiel in die Tiefe. Alles geschah so schnell. Wassermaßen schlugen von allen Seiten auf mich ein. Ich konnte nichts tun. Habe nur gebrüllt wie am Spieß, wie mir die anderen später erzählt haben. Und dann war da auf einmal dein Vater neben mir im Wasser. Mit einem winzigen Rettungsring an einem Faden befestigt. So sah es für mich zumindest aus im Vergleich zu den Wellen um uns herum. Ich hielt mich daran fest. Die Männer haben begonnen, uns wieder ins Boot zu ziehen. Immer wieder wurden dein Vater und ich von Wellen hinuntergedrückt. Ich kämpfte unter Wasser, um nicht ohnmächtig zu werden." Amelia wischte sich eine Träne aus dem Gesicht. Freya nahm über den Tisch ihre Hand und streichelte sie. Darragh sah angestrengt in die Ecke hinter seinem Vater, als wäre dort ein interessantes Schauspiel zu beobachten.

Odhrán schluckte und fuhr sich mit dem Handrücken über die Augen. „Dann ging alles ganz schnell. Die Männer schafften es, den Ring aus dem Wasser zu ziehen. Mit einem Ruck war ich in der Luft. Erst dann fiel mir auf, dass dein Vater nicht mehr da war. Sofort suchte ich das Wasser mit den Augen ab, versuchte ihn zu sehen, rief nach ihm. Aber er war nicht mehr da. Sobald ich zurück im Boot war, wurde alles schwarz um mich. Die Anstrengung hat mich einfach überwältigt." Odhrán nahm einen tiefen Atemzug, ehe er fortfuhr. „Einer der Männer hat mir Tage später erzählt, was passiert war. Dass Ryan nach einer besonders starken Welle nicht mehr hochgekommen wäre. Hat sich vielleicht den Kopf am Boot angehauen und ist bewusstlos geworden. Sicher ist nur, dass er losgelassen hat."

Eine Weile lauschten wir dem regelmäßigen Ticken der Standuhr. Wie der Schlag eines Herzens. Betäubt schaute ich weiterhin in Odhráns aschfahles Gesicht und sah es doch nicht. Sah nur meinen in Vater in einer kalten, dunklen Masse versinken. Das Meer, der Ort, an dem er sich laut Erzählungen immer am wohlsten gefühlt hatte, hatte ihn verschluckt. Für immer.

„Wir sind Ryan auf ewig dankbar", flüsterte Freya mit erstickter Stimme. „Seine Rettung hat alles verändert für uns. Kurze Zeit später wurde ich mit Darragh schwanger. Wenigstens bei Aoife konnten wir uns damals für die Heldentat ihres Sohnes bedanken. Auch wenn es für sie natürlich besonders schwer war. Der kranke Kean zu Hause und dann auch noch ihr Sohn."

„Ist sie nach dem Unfall hierhergekommen? Gab es eigentlich so etwas wie eine Beerdigung?", fragte ich, wohl wissend, dass es nichts mehr gegeben hatte, was hätte beerdigt werden können. Ryans Körper war bereits vom Erdboden verschwunden gewesen.

„Ja, die gab es. Die Fischer wollten deinem Vater einen vernünftigen Abschied geben und seine Heldentat ehren. Aoife kam dafür aus Dugort. Kean war zu der Zeit schon zu schwach zum Reisen. Er war schon lange Zeit krank gewesen. Wir sind mit dem Boot rausgefahren und mit Blumen."

„Und Aoife? Was ist mit ihr passiert?"

Überrascht sah Freya mich an. „Sie kam nach Kinsale, nachdem Kean gestorben war. Hast du das nicht gewusst? Sie ist immer noch hier. Drüben im betreuten Wohnen. Wir haben ihr geholfen, dort einen Platz zu bekommen. Das war das Mindeste, was wir tun konnten."

Mein Herz schlug schneller. „Aoife ist noch hier? Sie lebt noch? Ich war in Dugort bei ihrem alten Cottage und irgendwie dachte ich ..." Ich brach ab und konnte es kaum glauben.

„Wir haben sie öfter gefragt, ob wir ihr mit dem Cottage irgendwie helfen können", warf nun Amelia ein, als wollte sie sich rechtfertigen. „Aber sie wollte nicht, dass wir uns die Arbeit machen. Es sei so weit weg und würde so viel Zeit kosten. Das wollte sie uns nicht zumuten."

„Es ist ein ziemlich langer Weg bis Mayo. Ihr beiden habt kein Auto und mit eurem Studium sowieso alle Hände voll zu tun." Freya strich Amelia über die Schulter. An mich gewandt, fügte sie hinzu: „Möchtest du Aoife besuchen? Ich gebe dir gerne die Adresse und könnte auch mitkommen, wenn dir das lieber ist. Ich bin gar nicht sicher, ob sie weiß, dass sie eine Enkelin hat. Hat sie zumindest nie erwähnt."

„Oh, das weiß sie", erwiderte ich bestimmt und lächelte. „Vielen Dank, ich gehe sie sehr gerne besuchen."

„Bist du dir sicher?" Martas Stimme klang ungläubig am Telefon, was mich ärgerte.

„Natürlich, *mum*. Warum sollten sich die McCarthys und die Fischerei diese Geschichte ausdenken? Ryan ist ertrunken, nachdem er jemandem das Leben gerettet hat."

Eine Weile schwieg Marta. Ich wusste, dass diese Geschichte nicht zu ihrem jahrelang gehegten Groll gegen Ryan passte, der in ihren Augen nur ein Egoist war, der sich um niemand anderen scherte als sich selbst. Unbeirrt fuhr ich fort: „Meine Großmutter ist aber anscheinend noch am Leben und wohnt hier in Kinsale. Aoife heißt sie, wusstest du das?“ Ich stellte meine Frage absichtlich provozierend in dem Wissen, dass Marta sie nicht wahrheitsgemäß beantworten würde.

„Ähm, hat dein Vater vielleicht mal erwähnt“, kam es zögerlich von Marta zurück. „Und wirst du sie besuchen?“

„Auf jeden Fall. Übermorgen habe ich frei, da werde ich dort vorbeigehen.“ Darauf folgte am anderen Ende nur Schweigen.

Doch so selbstbewusst ich Marta meinen Besuch verkündet hatte, so einfach war es leider nicht. Ein Teil von mir hatte Angst, Aoife kennenzulernen und enttäuscht zu werden. Vielleicht würde sie mich nicht erkennen, sich nicht an mich erinnern. Vielleicht hätte sie kein Interesse mehr daran, mich zu treffen, weil sie inzwischen zu alt geworden war. Es war für den Moment viel einfacher, mich an dem Wissen zu erfreuen, dass ich noch Familie in Irland hatte. Dass ich endlich meine Wurzeln hier gefunden hatte. Anstatt zum Seniorenheim zu gehen, verbrachte ich meinen freien Tag damit, das Bild des winzigen Bootes im Sturm fertig zu malen, indem ich neue weiße Akzente setzte. Gischt, die umherwirbelte. Sterne, die am Himmel aufleuchteten. Kleine Hoffnungsschimmer, die Rettung vermuten ließen.

Am Nachmittag packte ich meinen Rucksack mit Snacks und Schwimmsachen und machte einen Spaziergang entlang der Küste. Die Maisonne schien strahlend vom Himmel und wärmte mein Gesicht. Bald musste ich meinen Pulli ausziehen. Der Frühling war endgültig da und die warmen Temperaturen trugen bereits den ersten Hauch des Sommers in sich. Nach kurzer Zeit erreichte ich die *Archdeacon Duggan* Brücke, die über den Fluss führte. Eine Viertelstunde später kam ich am Strand Kinsales an, wo ich eine Picknickdecke auf dem Sand ausbreitete. Es war ein kleiner Strand, der auf die üppig grünen Wiesen des gegenüberliegenden Ufers schaute, da er in der verschnörkelten Bucht Kinsales lag. Außer mir war nur eine fünfköpfige Familie mit Hund hier. Ich beobachtete, wie die Kleinste im Sand spielte, während ihre zwei Brüder mit dem Hund rangelten.

Eine vollständige Familie. Warum ich mir niemals hatte vorstellen können, selbst einmal Kinder zu haben, hatte ich mich nie gefragt. Ich war immer nur defensiv geworden, wenn ich mich Martas kritischen Kommentaren ausgesetzt sah. *Vielleicht glaube ich einfach nicht an dieses traditionelle Familienidyll? Oder ich habe bloß Angst davor, dass sich der Vater früher oder später eh aus dem Staub macht?*

Einer der Jungs entwand dem Hund seinen Stock und warf ihn ein paar Meter weiter den Strand entlang, woraufhin der Hund gleich hinterherstürzte. Ich legte mich auf den Rücken und betrachtete das fast wolkenlose Blau des Himmels. Nein, ich sollte mir nicht unterstellen, dass meine Entscheidung nur daher kam, dass ich Angst hatte. Es hatte sich einfach nie richtig für mich angefühlt, Kinder zu wollen. Nicht wie ein Schritt, den ich mir wirklich aus tiefstem Herzen wünschte. Ich schloss die Augen und spürte die leichte Meeresbrise über mein Gesicht streicheln. Ich hörte das Rascheln des Windes in den Gräsern, die die Dünen überwucherten, und das Zwitschern der Vögel. Auf einmal spürte ich ganz bewusst, dass ich lebendig war. Jetzt und hier. Es war ein Gefühl, das jeden anderen Wunsch verblassen ließ und jede Sorge ein Stück unwichtiger machte.

> *Ich habe versucht, mich von den verworrenen Gedanken zu befreien, die wie Spinnennetze an mir hingen. Schlug um mich, um sie endlich loszuwerden. Endlich erkenne ich, dass es eher die Spinne ist, von der ich mich befreien muss. Der Glaube hat sich irgendwann in mir eingenistet, dass ich es nicht allein schaffen könnte, mich glücklich zu machen. Dass ich erst meinen Vater finden müsste oder jemanden wie Tom dafür brauchen würde. Doch nun ist er fort. Wieder. Und ich kann erneut anfangen zu suchen, mich wieder irgendwo festklammern. Oder aber ich baue mir mein eigenes Nest und bleibe endlich bei mir.*

Nachdem ich diese Gedanken in meinem Notizbuch festgehalten hatte, zog ich meinen Badeanzug an und watete nach kurzem Zögern ins Meer. Eiskalt brannte das Wasser auf meiner Haut, doch ich atmete tief, um mich in dieses lebendige Gefühl hineinzuentspannen. Eine Weile ließ ich mich auf der Wasseroberfläche treiben, schaukelte in den Wogen des Meeres, bis ich schließlich untertauchte. Hier unter Wasser eröffnete sich mir eine andere Welt. Es herrschte vollkommene Stille. Lichtstrahlen tanzten und fielen bis ganz auf den sandigen Grund. Auf einmal breitete sich eine Ruhe in mir aus. *Licht und Schatten. Tanz und Stillstand.* Alles war gut.

19. Kapitel

Das Seniorenheim lag in einer Sackgasse in den Ausläufern Kinsales direkt am Fluss *Bandon*. Überall auf dem weitläufigen Grundstück gab es Bäume, zwischen denen sich kleine Wege entlangschlängelten. In den Beeten blühten Rosen und andere Blumen in vielerlei Farben und dazwischen wucherten Kräuter. Auf der ein oder anderen Bank im Schatten der Bäume konnte ich Leute sitzen sehen; manchmal ein paar Senioren, die sich angeregt unterhielten, manchmal solche, die stumm dasaßen, und manchmal war ein Mitglied des Pflegepersonals dabei.

Es war ein warmer sonniger Tag, sodass ich zum ersten Mal nur im T-Shirt unterwegs war. Trotzdem schwitzte ich und mein Herz klopfte wild in meiner Brust. Das lebendige Treiben der Schmetterlinge und Bienen in den Beeten zu beiden Seiten nahm ich kaum wahr, während ich auf die Eingangstür zuschritt. Gleich würde ich Aoife treffen. Meine letzte Verwandte in Irland.

„Joana Silveira?" Stirnrunzelnd musterte mich die Frau am Empfang. „Wir haben hier niemanden mit dem Nachnamen."

„Das habe ich mir gedacht", antwortete ich schnell. „Ich möchte meine Großmutter besuchen. Ihr Name ist Aoife Burke."

„Ach Aoife, die freut sich immer über Besuch. Sie ist gerade draußen im Garten, wie immer. Vielleicht folgst du mir einfach? Sie hat ihre Lieblingsplätze, dort finden wir sie bestimmt. Es ist nur nicht ganz einfach, den Weg zu erklären."

Ich folgte der Empfangsdame auf die andere Seite des Hauses, wo sich ebenfalls ein weitläufiger Garten erstreckte, der bis hinunter zum Fluss reichte. Wir folgten einem der Wege in Richtung Wasser, bis wir zu einer Gruppe Bäume kamen. Dazwischen erstreckte sich eine kleine Wiese, auf der Wildblumen wuchsen. Im Halbschatten einer der Bäume stand eine Bank, auf der eine krumme Gestalt mit gesenktem Kopf saß.

„Aoife?" Langsam nährte sich die Empfangsdame der Bank. Ich folgte ihr zögerlich. „Aoife, hier ist jemand für dich."

Die Gestalt hob den Kopf und ich schaute in wache, dunkelblaue Augen, die mich musterten. Sofort breitete sich ein ungläubiges Lächeln auf dem Gesicht der kleinen Frau aus. „Joana? Das kann doch nicht ... das gibt's doch nicht." Wie der Wind sprang sie auf und eilte auf mich zu.

„Ja, ich bin's, Aoife", stotterte ich und bevor ich mich versah, hatte mich die rundliche Frau, deren Kopf etwa bis zu meinen Schultern reichte, in die Arme geschlossen.

„Ich sehe, ihr kommt zurecht", sagte die Empfangsdame lächelnd und ging zurück zum Haus.

Aoife löste sich und ging ein paar Schritte rückwärts, um mich anzusehen. „Ich glaube es einfach nicht. Du bist wirklich hier. Du musst es sein, du siehst deinem Vater so unendlich ähnlich mit deinen Augen und Gesichtszügen."

Verlegen lächelnd stand ich da. „Ich freue mich so sehr, dass du mich erkennst, Aoife. Obwohl wir uns doch nie kennengelernt haben."

„Ach, Unsinn. Ich meine ja, wir haben uns nie getroffen. Aber wir haben gemeinsame Wurzeln. So etwas spürt man, Kindchen."

Kindchen. Genauso wie Camila mich oft genannt hatte. Meine Augen füllten sich mit Tränen und ich wandte schnell den Kopf, um mich auf der Wiese umzusehen. „Ein sehr schönes Plätzchen hast du hier."

Wir setzten uns zurück auf die Bank und nach ein paar Minuten Smalltalk über das warme Frühlingswetter begann Aoife mich auszufragen. Wie mein Leben in Portugal gewesen war, wie mir Irland gefiel und was ich aktuell machte. „Eine Kunstausstellung? *Good Lord*, das ist ja toll, Kindchen! Das musst du von Kean haben. Er war auch ein richtiger Künstler, hat allerdings nie mehr daraus gemacht und nur für sich gemalt. So etwas galt damals einfach nicht als Berufsweg für uns, denn es erfüllt ja oberflächlich betrachtet keinen praktischen Zweck."

„Mich hat es auch Überwindung gekostet, mein Zeichnen ernst zu nehmen. Es wird auch heute noch viel belächelt. Aber einmal angefangen, konnte ich nicht mehr aufhören. Ich kann mir nichts anderes mehr vorstellen. Die Ausstellung wird in drei Wochen im *Craft Village* in Connemara eröffnet. Über den ganzen Sommer."

Mit großen Augen schaute Aoife mich an. „Das würde ich zu gerne sehen. Mit dem Bus wäre es aber viel zu weit für mich, dieses ewige Sitzen kann ich nicht mehr." Als wollte sie ihren Worten Nachdruck verleihen, stand sie auf, um ein paar Schritte hin- und herzugehen.

„Vielleicht finden wir ja einen Weg, mit dem Auto dorthin zu fahren. Ich würde mich freuen, wenn du dabei wärst, Oma." Ich spürte, wie meine Wangen warm wurden.

Aoife schenkte mir ein breites Lächeln, das ihre Augen erstrahlen ließ, und sah mich einen langen Moment an. Dann sagte sie: „Du trägst dein Herz in den Händen, Joana. Genau wie dein Vater es getan hat. Ich würde sehr gerne zu deiner Ausstellungseröffnung kommen."

Von diesem Tag an wurden meine Besuche bei Aoife zum regelmäßigen Bestandteil meiner Tage. Manchmal kam ich gleich nach der Arbeit vorbei, brachte meine Postkarten oder auch fertige Bilder für die Ausstellung mit, um sie ihr zu zeigen. Manchmal las ich ihr im Schatten der Bäume oder am Fluss in der Sonne aus dem Buch vor, das sie gerade las. Irgendwann bat Aoife mich, auch mal meine Malsachen mitzubringen, als ich ihr erklärte, dass ich nach Hause müsste, um noch an meinen Bildern zu arbeiten. Die nächsten Male kam ich mit meiner Staffelei und sie schien nichts lieber zu tun, als mich schweigend beim Malen zu beobachten. Das war mir zunächst sehr unangenehm, doch als ich merkte, wie dankbar sie war, bei der Entstehung meiner Bilder dabei sein zu dürfen, entspannte ich mich allmählich. Zwischendurch erzählte ich ihr Hintergrundgeschichten zu den Bildern, aber sie sprach niemals, während ich malte, betrachtete einfach meinen tanzenden Pinsel, wie er Farben mischte und neue Welten auf der weißen Wand entstehen ließ.

Eines Abends begleitete ich Aoife nach dem Sonnenuntergang auf ihr Zimmer, wo wir gemeinsam eine Tasse Tee trinken wollten. Ich stutzte, als ich hinter ihr in den kleinen Raum trat, der seine Fenster zur Flussseite hatte. Die Wände waren über und über mit Fotos behangen. Langsam schritt ich daran entlang, meine Augen auf all die Bilder geheftet, die an mehreren Korkplatten befestigt worden waren. Dazwischen erspähte ich hie und da getrocknete Blumen und Blätter oder auch kurze Notizen in Aoifes geschwungener Handschrift. *Wir haben uns unseren Traum vom Haus auf dem Land erfüllt!* Hieß es auf einem

Zettel und daneben hingen mehrere leicht ausgeblichene Fotos, die offenbar das Cottage in Dugort zeigten, als es noch bewohnbar gewesen war. Davor stand die kleingewachsene Aoife zusammen mit einem Mann, der Kean sein musste.

„Damals waren wir Mitte zwanzig. Kaum zu glauben, wie lange das her ist“, sagte Aoife, die am Waschbecken in der Ecke einen Wasserkocher befüllte und meinem Blick gefolgt war. „Drei Jahre später sind wir ganz dort eingezogen, als Ryan gerade eineinhalb Jahre alt war. Wir hatten genug vom Großstadtleben in Dublin. Kean hat auf dem Land schnell Arbeit gefunden. Immerhin konnte er als Handwerker so ziemlich alles am Haus reparieren und bauen.“ Sie versah zwei Tassen mit Teebeuteln und trug sie hinüber zum Tisch, der am Fenster stand.

Selbst auf den verblassten Bildern konnte ich sehen, wie sehr Aoifes dunkelblaue Augen strahlten. Kean, der mindestens zwei Köpfe größer war als sie, hatte seinen Arm um sie gelegt. „Ich habe das Cottage gesehen. Auf Achill Island hat mir jemand davon erzählt und ich bin hingewandert.“ Ich zögerte, unsicher, ob ich Aoife im Detail erzählen sollte, wie heruntergekommen ihr Haus inzwischen war. Ein Traum, der längst der Vergangenheit angehörte. Mit langsamen Schritten ging ich weiter die Fotowände entlang, doch sah ich sie kaum.

„Das war sicher kein schöner Anblick, oder? Seit 20 Jahren ist niemand mehr dort gewesen. Leider.“ Aoife hatte sich auf einem Sessel am Fenster niedergelassen, vor dem es bereits dunkel geworden war.

„Ja, und es sah aus, als wäre niemand je richtig ausgezogen, um ehrlich zu sein. Alles war noch da, nur keine Fotos. Also Möbel, Bücher, Teller, ... und Briefe.“ Ich schluckte und ging hinüber zum Tisch neben Aoifes Sessel, um das inzwischen kochende Wasser in die Teetassen zu füllen. Doch setzte ich mich nicht auf den Stuhl, der dort stand, sondern blieb neben den Fotos stehen, während ich sie unverwandt musterte.

Aoife sah mich lange an, ehe sie etwas erwiderte. „Als Kean gestorben war, wollte ich nur noch weg. So lange haben wir dort zusammen gelebt, haben unseren Ryan großgezogen. All die Erinnerungen hingen zwischen den Wänden, lagen in jeder Schublade, die ich öffnete. Und gleichzeitig war da nichts mehr als Stille. Ich habe es nicht mehr ausgehalten. Dank der McCarthys habe ich schnell einen Platz hier bekommen und sofort meine Reisetasche gepackt. Ich wusste, dass ich nicht wiederkommen würde, und das wollte ich auch nicht. Es tat zu sehr weh." Aoife atmete tief ein, nahm sich eine der Teetassen und umklammerte sie mit beiden Händen. Sie pustete hinein und schloss die Augen. Ich ließ mich nun doch auf den Stuhl sinken und ergriff ihren Unterarm, ohne zu wissen, was ich sagen sollte.

Bei meiner Berührung öffnete Aoife ihre Augen, in denen Tränen glitzerten, und sah zu mir auf. „Aber dann konnte ich die Fotos doch nicht zurücklassen. Immerhin zeigten sie unser Leben, auch wenn es der Vergangenheit angehörte. Ich habe sie in Kisten gepackt und per Post hierhergeschickt. Nur um sie dann die ersten Monate nicht zu öffnen. Das kam erst mit der Zeit. Ich habe sie Stück für Stück hier aufgehängt. Die Erinnerungen taten weniger weh und fühlten sich langsam wieder gut an."

Schweigend saßen wir eine Weile da, während ich gedankenverloren über Aoifes Unterarm strich, ehe ich meine Hand zurückzog, um mir die welligen Haare aus dem Gesicht zu wischen. „Aber die Briefe hast du damals dort gelassen? Sind sie nicht auch eine persönliche Erinnerung?"

Erstaunt sah Aoife mich an. „Nein, auch Briefe habe ich mitgenommen. Die, die Ryan uns damals aus aller Welt und schließlich aus Portugal geschickt hat. Die von Kean, als wir noch nicht verheiratet waren. Und noch einige andere. Wenn du magst, kann ich dir die Briefe von Ryan gerne mal zeigen."

„Das wäre toll! Danke." Ich lächelte zurück und nahm mir die andere Teetasse vom Tisch. „Aber ich habe trotzdem Briefe gefunden. In der Schreibtischschublade im Wohnzimmer lagen welche von dir an meine Mutter Marta. Sie waren teilweise nicht mehr lesbar, aber du hast ihr geschrieben, dass du mich kennenlernen möchtest. Und einmal hat sie wohl auch zurückgeschrieben."

Aoife tat einen tiefen Atemzug. „Ja, das ist richtig. Siehst du, ich hatte sie tatsächlich fast vergessen. Diese Briefe wollte ich nicht mitnehmen. Sie erinnerten mich nur daran, dass ich meine Enkelin wohl niemals treffen würde. Es war damals sehr schwer für uns, als Ryan nach seiner Rückkehr aus Portugal Dugort erneut verlassen hat. Er hat diesen Stillstand einfach nicht mehr ausgehalten, hat er damals gesagt. Schließlich hat er keinen Job auf Achill gefunden, saß wieder in seinem Elternhaus und hatte nichts, was ihn davon ablenken konnte, dass er dich womöglich nicht mehr wiedersehen durfte. Deshalb zog er los, um anderswo nach einem Job zu suchen. Kean und ich konnten das natürlich verstehen, aber wir hatten auch Sorge, dass er wieder ins Ausland gehen könnte, sollte er nicht bald etwas in Irland finden." Geistesabwesend rührte Aoife in ihrem Tee und schaute mit glasigem Blick auf die Fotos an der Wand. „Deshalb habe ich mein Versprechen Ryan gegenüber gebrochen und Marta kontaktiert.

Ich wollte einfach irgendetwas tun, um meinem Sohn aus seiner Misere zu helfen. Auch wenn ich vermutete, dass es nichts ändern würde."

Ich folgte Aoifes Augen und sah, dass sie ein Foto musterte, auf dem ein kleiner Junge mit dunkelblauen Augen von vielleicht sechs Jahren zu sehen war. Mit einer Angelrute in der Hand posierte er auf einem Stein im Meer. Ein Lächeln huschte über mein Gesicht, das jedoch gleich wieder erlosch. „Ja, ich habe die Antwort gesehen. Marta wollte nie ein gutes Haar an Ryan lassen, geschweige denn ihm diesen Wunsch erfüllen, nachdem er uns verlassen hat. Eigentlich hat sie so getan, als hätte es ihn nie gegeben, und mir von klein an verboten, Fragen zu ihm zu stellen."

Nachdenklich sah Aoife mich an. „Ich habe mir gedacht, dass sie versucht hat, das alles zu verdrängen. Deshalb hatte ich gehofft, dass die Nachricht von Ryans Unfall sie wenigstens zur Vernunft bringen würde. Doch leider habe ich mich getäuscht und seitdem habe ich es nicht wieder versucht."

Ich verschluckte mich beinahe an dem Tee, den ich vorsichtig aus meiner Tasse probiert hatte. „Wie bitte, du hast Marta geschrieben, was mit Ryan passiert ist?"

„Natürlich. Auch wenn sie ihn aus eurem Leben herausgeschnitten hat, hatte ich das Gefühl, es wäre richtig, sie darüber zu informieren. Außerdem hat ein kleiner Teil von mir gehofft, dass sie über ihren Schatten springen und eines Tages mit dir nach Irland fliegen würde, damit wir uns kennenlernen. Ich habe ihr geschrieben, was geschehen ist und wann die Gedenkfeier stattfinden wird. Leider hat sie darauf weder geantwortet noch ist sie zur Zeremonie aufgetaucht." Aoife hob die gebeugten Schultern und stand auf, um ein paar Schritte durchs Zimmer zu gehen.

Wie vom Donner gerührt starrte ich sie an. „Sie hat es also gewusst. Das kann ich nicht fassen. Nachdem ich bei den McCarthys war, habe ich ihr am Telefon erzählt, was ich herausgefunden habe. Und sie hat immer noch kaum glauben wollen, dass er wirklich verunglückt und nicht einfach nur abgehauen ist." Auf einmal war mir übel und ich spürte, wie mein Herz schneller pochte. Wie hatte Marta auch das vor mir verheimlichen können?

Nachdenklich musterte mich Aoife und kam herüber, um mir ihre Hand auf die Schulter zu legen. „Ich denke mal, sie wollte es einfach nicht wahrhaben. Wie hätte sie sonst die letzten Jahre weiterhin auf ihn sauer sein können? Außerdem hätte sie es dann mit sich selbst ausmachen müssen, dass sie schuld daran ist, dass du deinen Vater tatsächlich nie wieder gesehen hast. Letzten Endes war es ihre Schuld, nicht seine. Nach all den Jahren des Verdrängens hätte es einiges an Mut gebraucht, das einzusehen und dir die Wahrheit zu sagen."

Ich spürte einen Kloß im Hals und schaute hinab in meinen Tee. *Wie kann ich meiner Mutter nur jemals wieder in die Augen schauen?* Aoife beugte sich zu mir herunter, um mich fest in ihre kurzen Arme zu schließen.

20. Kapitel

Der Mai glitt in den Juni über und die Ausstellungseröffnung rückte näher, sodass ich eine willkommene Ablenkung hatte. Ich wollte nicht weiter darüber nachdenken, wie sehr es mich verletzte, dass Marta von Ryans Unfall gewusst und mir auch diese Wahrheit verschwiegen hatte. Alles, was ich mir wünschte, war nach vorne zu schauen und mich auf meine bevorstehende Ausstellung zu konzentrieren. Wie um mich daran zu erinnern, fand ich hin und wieder Mails in meinem Postfach von James, der für das *Craft Village* und seine Veranstaltungen das Marketing übernahm.

Meine Aufregung stieg mit jeder Mail, in der er mir Fragen zu meinen Bildern, zu meinem künstlerischen Werdegang und zu meinem Leben in Portugal stellte. Würden bei der Ausstellungseröffnung womöglich auch Journalisten sein, die mich zu diesen Themen ausfragten? Beim Beantworten der Mails hatte ich zumindest Zeit, meine Worte abzuwägen. Wenn mir jemand direkt gegenüberstehen würde – womöglich noch mit einem Mikrofon oder einem Diktiergerät – bliebe dazu keine Zeit. Allein bei der Vorstellung wurde mir schwummrig und meine Hände fühlten sich schwitzig an. Wann immer meine Gedanken in diese Richtung abglitten, versuchte ich mich wieder auf das zu besinnen, was ich gerade zu tun hatte. Ich arbeitete meine Stunden im Buchladen, besuchte Aoife und schloss langsam alle Bilder für die Ausstellung ab, die ich noch im Kopf gehabt hatte.

„In einer Woche ist es schon so weit, oder?“, fragte mich Ethan, nachdem ich gerade eine Kundin verabschiedet hatte, die neben zwei Büchern auch ein paar meiner Postkarten gekauft hatte.

„Ohja, erinnere mich bloß nicht daran", gab ich zurück und lächelte gequält. „Also ich freue mich natürlich", setzte ich auf Ethans fragenden Blick hinzu. „Aber der Gedanke daran, dass ich dort mit meinen Bildern im Mittelpunkt stehen werde vor wer weiß wie vielen Menschen ..."

Ethan lächelte mitfühlend. „Verstehe. Würde mir auch so gehen. Als ich vor sieben Jahren meinen Buchladen hier eröffnet habe, hätte ich mich am liebsten verkrochen. Dabei war es die Erfüllung meines größten Traumes, für den ich alles in Bewegung gesetzt habe. Gerade deshalb war es schwer, mich vor anderen hinzustellen. Weil es mir einfach das Allerwichtigste war. Das macht verletzlich."

Ich sah ihm eine Weile dabei zu, wie er ein paar Bücher in der Auslage mit so viel Gewissenhaftigkeit neu anordnete, dass ich sofort verstand, was er meinte. „Es steckt eben ein Stück von uns selbst darin, oder? Unser Herzblut. Natürlich wollen wir es teilen, darum geht es ja auch. Aber wir wollen auch sehen, dass es angenommen wird. Dass wir angenommen werden."

Ethan richtete sich auf und drehte das letzte der Bücher in seinen Händen. Er nickte stumm. „Weißt du eigentlich schon, wie du hinkommst? Zum *Craft Village*, meine ich. Ich habe überlegt ... ich würde mir gerne deine Ausstellung ansehen, wenn es für dich okay ist, dass ich dabei bin. Ich könnte dich mit meinem Auto zur Eröffnung mitnehmen, das geht sowieso viel schneller als mit dem Bus." Unsicher blickte er vom Buch zu mir auf.

Am liebsten hätte ich ihn gleich an mich gedrückt. Es sah aus, als würde er sich an dem Buch in seinen Händen festklammern. Wie ein Anker, der ihm dabei half, sein Gleichgewicht nicht zu verlieren. „Das ist super lieb, danke. Natürlich freue ich mich, wenn du auch kommst. Allerdings muss ich schon ein paar Tage vorher hin, um dort alles vorzubereiten."

Ethan nickte und beugte sich schweigend wieder über die Auslage, um das letzte Buch dort zu drapieren. Unsicher stand ich da und bemerkte das mulmige Gefühl in meiner Magengegend, weil ich sein Angebot abgelehnt hatte. Um etwas zu tun zu haben, ging ich hinüber zum Postkartenhalter und sortierte meine Karten wieder ordentlicher ein, die zuvor von den Kunden durchgeschaut worden waren.

„Und was hast du heute noch so vor?", fragte mich Ethan, als ich wenig später meine Tasche mit Malsachen schulterte und mich zum Gehen wandte.

„Ich wollte später noch meine Großmutter besuchen", antwortete ich überrascht. Noch nie hatte er mich nach meinen Plänen außerhalb der Arbeit gefragt.

Ethan stand hinter der Kasse und hatte seinen Blick auf einen Punkt hinter meiner Schulter geheftet. „Oh, ich wusste nicht, dass du hier Familie hast."

„Wusste ich bis vor kurzem auch nicht. Ich bin über die Fischerei zu ihr gekommen, nach der ich dich mal gefragt habe, erinnerst du dich?"

Unwillkürlich huschte ein Lächeln über Ethans glattes Gesicht. „Klar. Freut mich, dass ich dir da etwas helfen konnte. Ein bisschen zumindest."

„Ja sehr. Möchtest du mich später zu meiner Großmutter begleiten?" Ich stellte die Frage, ohne groß darüber nachzudenken, ohne zu überlegen, ob ich das überhaupt wollte. Irgendwie hatte ich das Gefühl, dass ich Ethan etwas zurückgeben wollte, nachdem ich seinen Vorschlag, mich zur Ausstellung zu fahren, ausgeschlagen hatte.

Erleichtert lächelte Ethan und schaute mir das erste Mal direkt in die Augen. „Aber natürlich. Sehr gerne."

Wenige Stunden später traf ich Ethan nach Ladenschluss vor dem Buchladen, um mit ihm gemeinsam zum Seniorenheim zu gehen. Schon von weitem sah ich ihn vor der Tür auf mich warten. Mein Herz klopfte überraschend schnell. Noch nie hatten wir uns außerhalb der sicheren vier Wände seines Buchladens getroffen. Ich wusste nicht, was ich erwarten sollte. Zudem machte es mich nervös darüber nachzudenken, was er sich wohl von diesem Treffen erhoffte. Energisch schüttelte ich den Gedanken ab und begrüßte Ethan lächelnd. „Wollen wir?"

Wir waren gerade erst ein paar Minuten gegangen, als er mich fragte, ob ich ein Eis essen wollte. „Hier um die Ecke gibt es eine richtig gute Eisdiele. *Murphy's*, schonmal gehört? Wird in Dingle hergestellt."

„Ähm, klar." Nachdem ich mir zwei Sorten – Erdnussbutter und Meersalz – ausgesucht hatte, reichte Ethan ohne zu zögern das Geld für uns beide über die Theke.

Unangenehm berührt, probierte ich mein Eis. „Danke dir, sehr lieb." Eine Stimme in mir verlangte sofort, dass ich ihm so schnell wie möglich etwas zurückgeben musste.

Wir setzten uns auf eine nahegelegene Bank. „Du hast jetzt auch deine Malsachen dabei, oder?", fragte Ethan neugierig und schaute auf meine Tasche, während er an seinem Honig-Karamell- und Schokoladeneis leckte.

Ich öffnete meine Tasche mit meiner freien Hand und zeigte ihm ein paar der Pinsel, die ich dabeihatte. Ethan wollte ganz genau wissen, wofür ich jeden normalerweise nutzte. Als ich mein Eis aufgegessen hatte, zog ich nach kurzem Zögern auch das Bild heraus, das ich in den Stunden zuvor am Wasser sitzend abgeschlossen hatte. Es war eine Momentaufnahme an den Klippen Donegals, wo Tom und ich unser Picknick gemacht hatten. Doch war die Decke leer, die dort auf dem felsigen Untergrund ausgebreitet worden war. Im Hintergrund näherte sich eine Nebelwand, die die wild wogende Meeresoberfläche teilweise einhüllte.

„Wow", murmelte Ethan und konnte kaum die Augen abwenden. „Ich habe ja deine Postkarten schon gesehen, aber so ein Bild nochmal in der Größe und im Original zu sehen, ist schon etwas anderes." Er sah zu mir auf. Seine Lippen formten ein zaghaftes Lächeln. „Das ist wirklich sehr beeindruckend."

Allmählich wurde mir heiß, was vermutlich nicht nur etwas mit der Sonne zu tun hatte, die heute von einem fast wolkenlosen Himmel strahlte. Lächelnd wechselte ich schnell das Thema. „Du hast gesagt, dass du deinen Buchladen vor sieben Jahren eröffnet hast. Da warst du noch ziemlich jung, oder?"

„Ja, 27, um genau zu sein. Eben deshalb waren meine Eltern so sehr dagegen. Gleich nach meinem Studium einen eigenen Laden eröffnen und dann auch noch einen für Bücher? Das war in ihren Augen viel zu riskant."

Behutsam packte ich mein Bild zurück in die Tasche und wir standen auf, um weiterzugehen. „Obwohl deine Eltern dagegen waren, hast du deinen Laden also eröffnet. Das kenne ich auch gut, meine Mutter hat mein Zeichnen auch nie als wirkliche Berufsoption gesehen. Ist halt nichts Praktisches."

„Ja, vielleicht ist es das.“ Ethan sah hinunter auf seine Füße, während er sprach. „Wobei ich glaube, sie sorgen sich vor allem um uns. Dass wir in der ‚wirklichen‘ Welt nicht überleben, wenn wir etwas derart Naives tun. Zumindest in ihren Augen.“

Erstaunt sah ich ihn an. Noch nie hatte ich jemanden so gut in Worte fassen gehört, was Marta angetrieben haben könnte, als sie während meiner Kindheit versucht hatte, mich vom Zeichnen abzuhalten. Sofort wusste ich, dass Ethan recht hatte, auch wenn Marta oder seine Eltern dies vermutlich niemals zugeben würden, geschweige denn sich dessen bewusst waren. Beim Gedanken an Marta spürte ich sofort eine Wut in mir aufsteigen. Sie hatte mir so Vieles als Kind versagt, nicht zuletzt meinen Vater wiederzusehen. Das konnte ich ihr einfach nicht verzeihen, auch wenn dahinter möglicherweise eine Angst um mich steckte.

Während wir durch die Straßen Kinsales liefen, erzählte mir Ethan seine Geschichte. Seit seiner Kindheit, die er größtenteils hinter Büchern verbracht hatte, war es sein größter Traum gewesen, eine Buchhandlung zu eröffnen. In Gesellschaft der stummen Freunde voller bunter Geschichten hatte er sich wohler gefühlt als jemals mit einem anderen Menschen. In der Schule hatte er einige Hänseleien deswegen über sich ergehen lassen müssen. Dennoch hatte er seinen Traum niemals aufgegeben. Als wir das Altersheim betraten, verstummten wir beide sofort, um die nachmittägliche Ruhe nicht zu stören. Kurz winkte ich Dorothy am Empfang zu, ehe ich Ethan durch die Eingangshalle zum Hinterausgang in den Garten führte.

„Was ein schöner Ort. Ich war bisher noch nie hier", sagte Ethan, als wir an den üppig blühenden Blumenbeeten vorbei in Richtung Fluss gingen.

„Wo wohnen deine Großeltern denn?"

„Wohnten. Leider habe ich sie nicht mehr. Meine Familie ist aus Kinsale weggezogen, als ich zur Uni nach Cork gegangen bin. Hatten genug vom Kleinstadtleben. Nur ich bin wieder zurückgekommen, um meinen Laden zu eröffnen. Ich habe mich hier immer am wohlsten gefühlt."

Ich erzählte Ethan, dass es bei mir in Portugal umgekehrt gewesen war. „Ich wollte nur noch raus aus meinem Heimatdorf. Aber meine Mutter ist nach wie vor dort und kann sich auch nicht vorstellen, irgendwo anders hinzugehen."

„Und möchtest du jetzt in Irland bleiben?", fragte Ethan und sah mich neugierig an. Mir fiel auf, dass er meinem Blick nun nicht mehr auswich und mich sogar hin und wieder anlächelte.

„Ich denke schon. Also erstmal ist ja jetzt meine Ausstellung und dann mal schauen." Wir fanden Aoife auf einer ihrer Lieblingsbänke am Fluss sitzend.

„Wen hast du mir denn da mitgebracht, Joana?", fragte sie und schaute mit einem breiten Lächeln zu uns auf.

„Das ist Ethan, mein ... der Besitzer des Buchladens, in dem ich arbeite." Beinahe hätte ich ihn *Chef* genannt. Unsicher sah ich zu Ethan, der Aoife bereits die Hand entgegenstreckte.

„Freut mich, dich kennenzulernen, Aoife."

„Ebenso Ethan. Besitzer eines Buchladens also? Ich liebe Bücher. Sie sind so machtvoll, so wichtig für uns Menschen. Leider scheinen das heutzutage Viele nicht mehr zu wissen. Jetzt, wo es all die technischen Geräte gibt, wird viel weniger gelesen."

Ethan lächelte und ich war sicher, dass er so eine Aussage schon sehr oft gehört haben musste. „Das mag sein. Aber diese technischen Geräte helfen wiederum, die Leute an Bücher zu erinnern. Du wärst überrascht, wie viele ihre Buchideen aus dem Internet haben, aber in meinen Laden kommen, um sie zu kaufen." Überraschend wandte er sich mir zu und schenkte mir ein fast liebevolles Lächeln. „Was meinst du dazu, Joana?"

Mein Herz machte einen Hüpfer und ich überlegte kurz. „Ich denke, dass es immer einen Weg geben wird, deinen Buchladen weiterzuführen, selbst wenn weniger Bücher gelesen werden. Wenn man etwas wirklich von Herzen möchte, findet man Lösungen. Es hilft nicht, sich auf scheinbar negative Entwicklungen zu fokussieren, die den eigenen Traum bedrohen könnten. Nicht umsonst heißt es doch *Where attention goes, energy flows.* Also hält man besser den Fokus auf das, was man aus tiefstem Herzen möchte, und schaut, wie man das erreichen kann."

Der Nachmittag floss dahin wie der Fluss vor uns. Auf der Bank in der strahlenden Sonne sitzend sprachen wir über Bücher, die wir besonders gerne gelesen hatten. Es dauerte nicht lange, bis das Gespräch zu meiner Ausstellung hinüberglitt. Jedes Mal, wenn ich an die Eröffnung dachte, bekam ich ein enges Gefühl in meiner Brust und versuchte schnell, an etwas anderes zu denken als an die vielen unbekannten Menschen, deren Augen auf mich und meine Bilder gerichtet sein würden. Auf Aoifes Wunsch holte ich erneut das Bild der leeren Picknickszene auf den Klippen Donegals hervor.

„Es ist magisch, Joana. Daran hattest du auch bei einem deiner Besuche hier gemalt, oder? Unglaublich zu sehen, wie es nun fertig aussieht. Wie gerne wäre ich bei deiner Eröffnung nächste Woche dabei. All deine Bilder werden dort gemeinsam hängen und bestimmt kommen viele Leute, nur um sie zu sehen."

Bei diesen Worten schien meine Brust noch enger zu werden, doch ich versuchte, tapfer zu lächeln. „Es wäre schön, dich dabei zu haben."

„Moment mal", warf Ethan ein, „möchtest du mit mir fahren, Aoife? Ich wollte auch zur Eröffnung kommen und würde am selben Abend wieder zurückfahren. Ich könnte dich mit meinem Auto abholen."

Aoife machte große Augen. „Würdest du das tun? *Good Lord*, wie wunderbar!" Sie klatschte in die Hände, stand auf und zog Ethan in eine Umarmung, wobei sie gerade einmal bis zu seiner Brust reichte. Als sie sich löste, ließ sie sich neben mir auf die Bank fallen und stieß mir sanft mit ihrem Ellenbogen in die Seite. „Einen sehr netten Chef hast du da, Joana."

„Deine Großmutter ist echt eine Marke für sich und das meine ich im positiven Sinne."

Ich sah, wie Ethan grinste, während er zu Boden starrte. Die Sonne war fast untergegangen, als wir vom Altersheim in Richtung Innenstadt zurückgingen. Bald würden die Straßenlaternen angehen, doch noch wurde unser Weg in ein dämmriges Licht getaucht.

„Ich liebe dieses Licht", murmelte Ethan und ließ den Blick umherschweifen.

„Ich auch. Warum müssen die Laternen immer so früh angemacht werden? Als hätten die Leute Angst, dass es wirklich mal dunkel wird. Also so richtig, meine ich." Ich spürte, dass Ethan mich von der Seite musterte, dann aber schnell wieder zu Boden sah.

„Ich bin dir echt dankbar, dass du meine Großmutter mitnehmen wirst", sagte ich, als wir den Buchladen erreicht hatten und ich bereits nach den Schlüsseln für meine Wohnung kramte, um etwas zu tun zu haben. Aus irgendeinem Grund war mein Herzschlag wieder schneller geworden.

„Sehr gerne. Ich hatte ja schon gesagt, dass ich kommen möchte, wenn das für dich okay ist. Wenn ich dir dabei noch einen Wunsch erfüllen kann, dann freut mich das sehr." Ethan suchte scheu meinen Blick und ich hielt ihn für einen Moment, meine Schlüssel bereits in der Hand haltend.

„Also dann sehen wir uns morgen im Laden, denke ich mal?", fragte ich und wusste sofort, wie blöd es klang, doch wollte ich das unangenehme Schweigen brechen. Etwas in mir wollte so schnell wie möglich in meine Wohnung fliehen und allein sein.

„Das hoffe ich doch." Ethan kicherte nervös, nahm kurz meine beiden Hände in seine und ging dann weiter die Straße hinunter in Richtung seiner Wohnung.

Während ich ihm nachsah, gingen die Straßenlaternen an und sein zuvor noch schemenhafter Rücken war plötzlich klar zu erkennen. *Hättest du nicht ein bisschen netter sein können?*, meldete sich eine kritische Stimme in meinem Kopf. War ich denn so unhöflich gewesen? Schuldete ich Ethan etwas, weil er angeboten hatte, mir einen Gefallen zu tun und Aoife mit ins *Craft Village* zu fahren? *Nein*, hob plötzlich eine andere Stimme in meinem Kopf an. *Du hast ihn nicht dazu überredet, es war seine freie Entscheidung und du hast dich bereits bedankt.* Kopfschüttelnd schloss ich die Tür auf und ging nach oben in meine Kammer. Auf dem

Papier hörte ich den beiden Stimmen noch eine Weile zu, ehe ich mich schlafen legte.

21. Kapitel

Ich machte kaum ein Auge zu in dieser Nacht, doch waren die folgenden Tage im Buchladen nicht so unangenehm, wie ich befürchtet hatte. Im Gegenteil: Ethan war aufmerksamer und netter als zuvor und stellte mir zwischen den Kundengesprächen allerlei Fragen zu den übrigen Bildern, die ich im *Craft Village* ausstellen würde. Am Tag vor meiner Abreise lud er mich am Ende meiner Schicht zum Mittagessen ein. Widerstrebend nahm ich dankend an, auch wenn die kritische Stimme bereits augenrollend den Kopf schüttelte.

„Das ist wirklich sehr freundlich von dir, danke Ethan", wiederholte ich sicher schon zum vierten Mal, nachdem wir aufgegessen hatten und er mein Wasserglas auffüllte.

In Ethans Augen funkelte etwas, als er mich anlächelte. „Sehr gerne. Ich habe es vielleicht vorher nicht so gezeigt, aber ich genieße deine Gesellschaft wirklich sehr."

Bei seinen Worten hämmerte mein Puls in die Höhe und ich hatte erneut das Gefühl, weglaufen zu wollen. *Was ist nur los mit mir?* „Das ist schön", antwortete ich zögerlich und wich seinem Blick aus.

Nachdem ich wenig später Ethan vor dem Buchladen mit einer verkrampften Umarmung verabschiedet hatte, fiel mir im Treppenhaus ein kleines Päckchen auf. Auf dem Absender erkannte ich Martas Handschrift. Ungläubig hob ich es auf und nahm es mit nach oben in meine Kammer. Dass Marta mir etwas per Post schickte und dann auch noch gleich ein ganzes Päckchen, war höchst ungewöhnlich.

Mit einer dampfenden Tasse Kaffee setzte ich mich an den Küchentisch und begann es zu öffnen. Das Päckchen war gefüllt mit Briefumschlägen. Die gekrümmte Schrift darauf kam mir sofort bekannt vor: *Sunrise Cottage, Dugort.* Ohne darüber nachzudenken, stülpte ich das Päckchen um und kippte die Umschläge vor mir auf den Tisch. Das mussten die Briefe sein, die Ryan an Camila seit seinem Weggang aus Aldeia geschickt hatte. Gedankenverloren strich ich über die Umschläge, unschlüssig, mit welchem ich beginnen wollte und ob ich mich überhaupt dazu bereit fühlte, diese zu lesen. Als ich einen Schluck meines Kaffees nahm, fiel mir eine kleine Notiz zwischen den Umschlägen auf. In Martas Handschrift stand darauf nur ein einziger Satz: *Es tut mir leid.*

Es vergingen einige Momente, ehe ich wirklich begriff, was ich da vor mir hatte. Marta musste vermutet haben, dass ich von Aoife erfahren würde, dass sie längst über Ryans Schicksal Bescheid gewusst hatte. Ihr war anscheinend klar gewesen, dass ihre Lüge oder viel mehr ihr Schweigen ein Ende hatte. Nun war alles ans Licht gekommen und sie hatte wohl eingesehen, dass es ein Fehler von ihr gewesen war, Ryan aus meinem Leben auszuschließen. Ich starrte auf die vier Worte, die ich mir schon oft von Marta gewünscht hatte. Endlich waren sie da, zusammen mit den Worten meines Vaters, die sie mir bereitwillig schenkte. Ich spürte, wie mir Tränen über die Wangen strömten und in rascher Folge auf das Papier vor mir tropften.

Konnte ich Marta das alles verzeihen? Oder war es schon zu spät, waren die Wunden zu tief, weil sie derart weit in die Vergangenheit zurückreichten? Ich wusste es nicht. Doch erlaubte ich mir in diesem Moment, es nicht wissen zu müssen. Den Rest des Nachmittags verbrachte ich damit, in den Briefen meines Vaters zu lesen, wobei ich immer wieder in Tränen ausbrach. Darüber, dass ich ihn nie wieder sehen und nie richtig kennenlernen würde. Und darüber, dass meine Mutter diejenige war, die das zu verantworten hatte. Die Sonne war gerade erst untergegangen, als ich ins Bett kroch und völlig erschöpft einschlief.

Ethan bestand darauf, mich am folgenden Tag zum Bus zu begleiten. „Dann öffne ich eben ein paar Minuten später", sagte er achselzuckend, während er meinen Rucksack schulterte. Ich klammerte mich an der Tasche fest, die meine Bilder enthielt. Ich würde sie bis zur Ankunft im *Craft Village* auf keinen Fall aus den Händen legen. Eigentlich wäre ich lieber allein zum Bus gelaufen, doch hatte ich Ethans Angebot, mir zu helfen, nicht ablehnen wollen. Außerdem war ich angesichts meiner ersten Ausstellung so nervös, dass ich nicht in der Lage gewesen war, Nein zu sagen. In den vergangenen Tagen hatte ich schon öfter das Gefühl gehabt, ich müsste mich mal dringend sortieren und meinem ständig aufkeimenden Wunsch, Ethan zu entfliehen und ihn auf Abstand zu halten, auf den Grund gehen. Doch hatte ich bisher keine Ruhe dazu gefunden.

„Also dann", sagte ich, als der Bus vor uns um die Ecke bog und zum Stehen kam. Ich wollte schnellstmöglich einsteigen.

Ethan legte meine Tasche unten ins Gepäckfach und, ehe ich mich versah, drückte er mich schon an sich und kam mit seinem Gesicht sehr nah an meines.

„Vorsicht!“, rief ich und schob ihn ohne nachzudenken von mir weg. „Die Bilder.“

„Achso, ja richtig.“ Ethan musterte die Tasche in meiner Hand. „Hab ich nicht drüber nachgedacht, entschuldige. Ist alles in Ordnung mit ihnen?“

Rasch sah ich in die Tasche, wohl wissend, dass sie eigentlich kaum berührt worden waren. „Ich denke schon. Also dann, wir sehen uns in zwei Tagen bei der Eröffnung.“

Mit einem flüchtigen Lächeln über die Schulter stieg ich in den Bus. Ich wusste sofort, dass Ethan enttäuscht sein musste, weil er sich sicher einen anderen Abschied erhofft hatte. Doch war mir in diesem Moment klar, dass ich ihm diesen nicht geben konnte. Nein, nicht geben wollte. Warum das so war, wusste ich nicht, aber das Gefühl war eindeutig. Absichtlich lief ich durch den ganzen Bus bis nach hinten, um nicht wieder aus dem Fenster zu Ethan sehen zu müssen. Als ich mich hinsetzte, fuhren wir bereits los und ich erhaschte nur noch einen kurzen Blick auf ihn, wie er mir ohne ein Lächeln vom Gehsteig zuwinkte.

Seufzend atmete ich aus und lehnte mich zurück. Mein schlechtes Gewissen meldete sich sofort, aber es kam nicht gegen meine Vorfreude an. Endlich war es so weit. Ich saß in einem Bus, der mich zu der Eröffnung meiner allerersten Ausstellung brachte. Auch wenn ich in den letzten Wochen genau auf diese Tage hingemalt hatte, fühlte es sich jetzt seltsam unwirklich an. Ein kleiner Teil von mir befürchtete, dass ich im *Craft Village* ankommen und feststellen könnte, dass ich das alles falsch verstanden hatte. Dass es keine Ausstellung nur für meine Bilder geben würde – natürlich nicht, wie hatte ich bloß darauf kommen können? Meine Tasche mit den Bildern hielt ich fest umklammert, während der Bus über Cork und Limerick in Richtung Norden fuhr.

„Joana, so schön, dich zu sehen!“ Pat schloss mich fest in die Arme, nachdem ich das rote Gartentor hinter mir geschlossen hatte. Pilot sprang bellend um uns herum und versuchte unsere Hände abzuschlecken. „Ich weiß, es waren keine zwei Monate, aber es kommt mir wie eine Ewigkeit her vor. Wo ist denn Tom?“ Überrascht sah er mich an, während Pilot endlich meine rechte Hand erreicht hatte und glücklich vollsabberte.

Ich schluckte. Nach wie vor hatte ich es noch nicht über mich bringen können, ihm zu erzählen, dass Tom fürs Erste nicht wiederkommen würde. „Er ist nicht hier, er wird noch eine Saison auf dem Schiff arbeiten und ist deshalb in Deutschland geblieben.“ Geistesabwesend streichelte ich Pilot über den Kopf. Mir fiel ein, dass Tom inzwischen von seinem Surftrip aus Indonesien zurück sein musste und in diesen Tagen sicher wieder auf dem Schiff arbeitete. Das Schicksal meines Vaters, meine Besuche bei Aoife und auch das Malen meiner Bilder hatten mich derart abgelenkt, dass ich kaum mehr darüber nachgedacht hatte, was er wohl gerade tat. Unwillkürlich musste ich lächeln. Ich hatte es tatsächlich geschafft, mich voll und ganz auf mein neues Kapitel in Kinsale zu konzentrieren.

„Oh, achso.“ Unsicher nahm Pat mich erneut in die Arme und drückte mich an seine leuchtend rosa Krawatte. „Na, wir können ja später in Ruhe darüber reden. Heute Abend bei einem Whiskey, wenn du magst?“

Noch am selben Nachmittag traf ich Molly im *Craft Village*. Sie stellte mich einigen der Künstler vor, die ebenfalls ihr Atelier dort hatten, und gemeinsam besichtigten wir den leeren Ausstellungsraum.

„Ich dachte, wir können erstmal sehen, was du uns Schönes mitgebracht hast, ehe wir anfangen, irgendwie zu dekorieren. Generell halten wir es mit Dekorationen sehr simpel, denn schließlich sind es ja die Kunstwerke, die im Fokus stehen sollen." Neugierig richtete Molly ihre hinter den dicken Brillengläsern vergrößerten Augen auf meine Tasche.

Nacheinander zog ich meine Bilder hervor und verteilte sie auf ein paar Tischen, die in der Mitte des Raumes standen. Mit jedem Bild, das ich vor den neugierigen Augen auslegte, wurde mir mulmiger zumute und meine Hände begannen zu schwitzen. *Was sie wohl denken? Ob sie ihre Wahl des Visiting Artist bereuen?* Eine Frau mit kurzen schwarzen Haaren grinste verhalten und stieß ihre Nachbarin an, um ihr etwas zuzuflüstern, während sie den Blick auf meinen Bildern ruhen ließ. Als beide zu kichern begannen, spürte ich, wie mein Magen sich verkrampfte. Molly jedoch lächelte zufrieden und nickte kaum merklich mit dem Kopf, als ich zu ihr hinübersah.

Den Rest des Nachmittags verbrachten wir damit, meine Bilder in eine Ordnung zu bringen und passende Rahmen für sie auszuwählen. Das *Craft Village* hatte ein ganzes Lager voller Rahmen in allen Farben und Formen, das von den Künstlern gemeinschaftlich aufgefüllt wurde. Bisher hatte ich mir über die Präsentation meiner Bilder kaum Gedanken gemacht und so fühlte ich mich angesichts der vielen Möglichkeiten und Entscheidungen, die es zu treffen galt, schnell überfordert. Seitdem ich angekommen war und meine Ausstellung unmittelbar bevorstand, war ich dermaßen nervös, dass ich außerdem den Eindruck hatte, ich könnte gar keine richtige Wahl mehr treffen. Jeder Rahmen schien mir seine Haken zu haben, jede Bildanordnung nicht passend genug. Ich war dankbar, während der gesamten Vorbereitungen Molly an meiner Seite zu haben, denn sie unterstützte mich bei jeder Entscheidung und erinnerte mich daran, dass die kleinen Details, die mir jetzt Kopfzerbrechen bescherten, hinterher niemandem auffallen würden.

„Also ich finde, das ist ganz großartig geworden", sagte Molly am nächsten Abend und ließ ihren Blick über die Wände des Ausstellungsraumes gleiten, an denen nun meine Bilder hingen. Wir hatten sie an dünnen Seilen befestigt, die an Fischernetze erinnerten. Hier und da waren sie mit einzelnen Muscheln verziert. „Diese melancholisch-romantischen Landschaften. Genauso, wie ich es mir erhofft hatte. Wobei ich nicht sagen will, dass ich bestimmte Erwartungen hatte. Wir dürfen uns ja immer wieder von der Kunst überraschen lassen." Sie lachte auf und schaute in die Runde ihrer Kollegen, die damit beschäftigt waren, bedächtig umherzugehen und meine Bilder abschließend in Augenschein zu nehmen. Abgesehen von der Frau mit den schwarzen Haaren, die schon am Vortag gelacht hatte, sahen sie alle recht zufrieden mit dem Ergebnis aus.

„Du Molly, kann ich dich mal etwas fragen?", überwand ich mich schließlich, als wir gerade allein vor einem meiner Bilder standen. Es war das kleine Fischerboot in den stürmischen Wellen bei Nacht.

„Klar. Das hier ist übrigens beeindruckend, Joana. Wow.“

„Danke“, sagte ich und spürte, wie es mir schwerfiel, ihre positiven Worte anzunehmen. *Was ist nur los mit mir?* „Wer ist diese Frau da drüben? Die mit den schwarzen Haaren und den roten Lippen. Sie scheint nicht so zufrieden zu sein mit meinen Bildern. Den Eindruck habe ich zumindest ...“ Es war mir unangenehm, das so direkt auszusprechen, und ich bemerkte, wie kindisch ich klang. Sofort wurden meine Wangen heiß.

Molly warf einen raschen Blick hinüber und lächelte mich dann warmherzig an. „Ah, das ist Chloe. Sie ist gebürtig aus Frankreich, aber schon eine Weile hier. Ihre Bilder haben wir vor fünf Jahren ausgestellt und seitdem versucht sie es quasi jedes Jahr. Dabei wollen wir eigentlich neue internationale Künstler und Künstlerinnen fördern und das weiß sie auch. Mach dir über sie keine Gedanken.“ Sie sah mich eindringlich an und ihre großen Augen hinter den Brillengläsern weiteten sich. „Lass dich von missgünstigen oder kritischen Stimmen nicht unterkriegen, Joana. Es wird immer Leute geben, die deine Kunst nicht wertschätzen. Sie haben alle ihre ganz eigenen Gründe. Ob es Neid ist oder einfach ein anderer Geschmack. All das hat aber nie etwas mit dir oder deinen Bildern zu tun. Denke daran, gerade jetzt, wo sie von mehr Augen gesehen werden, wird das automatisch öfter vorkommen. Das ist gar nicht zu vermeiden: mehr Sichtbarkeit, mehr Zustimmung, mehr Ablehnung. So ist das eben.“

Sie strich mir über die Schulter und ich spürte, wie verkrampft ich dagestanden hatte. Ich ließ die Schultern sinken. *Gerade deshalb war es schwer, mich vor anderen hinzustellen. Weil es mir einfach das Allerwichtigste war. Das macht verletzlich.* Ethans Worte schossen mir durch den Kopf und ich musste grinsen. „Stimmt. Sich mit seinen Bildern zu zeigen, macht verletzlich. Und doch ist es wunderschön zugleich." Molly nickte lächelnd.

Dank eines großen Glases von Pats Whiskey schlief ich die Nacht vor der Eröffnung überraschend gut. Die Nervosität setzte dafür am Morgen ein und ich fühlte mich derart außerhalb meines Körpers, dass es mich viel mehr Zeit kostete, mich anzuziehen. Beim Frühstück wollte ich den *Porridge*, den Pat mir zubereitet hatte, nicht anrühren. Stattdessen trank ich eine Tasse schwarzen Kaffee auf der Bank in seinem Garten. Die frische Luft tat mir gut und der weite Blick aufs Meer beruhigte mich ein wenig. Der Himmel war noch mit einer dünnen Wolkendecke verhangen, die aber verschwinden würde, sobald der Wind einsetzte. Es würde ein warmer Sommertag werden.

Ehe ich mich versah, war es mittags und ich stand neben Molly und einem Dutzend anderen Künstlern des *Craft Village* vor der weit geöffneten Eingangstür des Ausstellungsraumes. Meine Beine schienen aus Gummi zu bestehen und die Sonne strahlte mir direkt ins Gesicht, sodass ich das unangenehme Gefühl hatte, von einem Scheinwerfer geblendet zu werden. Mehrmals versuchte ich, dem Gespräch der Künstler und Künstlerinnen zu folgen, doch ich hatte Probleme, mich zu konzentrieren. Unter meinen Armen bildeten sich allmählich Schweißabdrücke und ich bemerkte, wie sich mehr und mehr Menschen vor uns versammelten. Mit einer zitternden Hand umklammerte ich das Glas Orangensaft, mit der anderen strich ich mir die Haare aus den Augen und versuchte halbherzig, meine Wellenmähne in der Sommerbrise zu bändigen.

„Gleich ist es so weit. Mir war klar, dass heute einige kommen werden. James hat alle möglichen Zeitungen angeschrieben, hat Poster aufgehängt und seine Kontakte spielen lassen“, murmelte Molly mir zu und nickte in James Richtung, der sich gerade angeregt mit Chloe und zwei weiteren Künstlern unterhielt.

„Hm, das ist toll“, stammelte ich. Mehr konnte ich nicht herausbringen, mein Mund war zu trocken. Vorsichtig nahm ich einen Schluck aus meinem Glas, ohne mich zu bekleckern. Meine Augen konnte ich wegen der Sonne kaum offenhalten, worüber ich beinahe froh war. Denn so verschwommen die Menschen vor uns zu einer unpersönlichen Masse und ich spürte die einzelnen Augenpaare weniger, die mich sicher in diesem Moment musterten.

Viel zu schnell räusperte sich Molly und schlug mit einem Löffel gegen ihr Glas. Die inzwischen zahlreichen Gäste verstummten augenblicklich. „Hallo und herzlich Willkommen im *Craft Village*. Ich bin Molly O’Sullivan. Für die, die mich noch nicht kennen: Ich bin Künstlerin mit einem Atelier hier im *Craft Village* und außerdem Vorsitzende unserer kleinen Vereinigung.“ Es folgte reihum Applaus und ein paar Leute aus dem Publikum winkten Molly zu. „So war es ein Glück, dass Joana Silveira hier vor ein paar Monaten genau in mein Atelier kam und mit mir über ihre Kunst gesprochen hat. Als ich die ersten Bilder von ihr gesehen habe, war ich sofort überzeugt. Ich bin wahnsinnig froh, dass sie zugestimmt hat, in diesem Jahr unsere Sommerausstellung mit ihren Bildern zu bereichern. Joana hat als portugiesisch-irische Künstlerin einen sehr interessanten Blick auf unsere Landschaft. Sie ist zugleich darin verwoben, aber auch Außenstehende, da sie in Portugal aufgewachsen ist. Joana, magst du noch ein paar Worte sagen und die Ausstellung eröffnen?“

Am liebsten hätte ich Nein gesagt, doch wusste ich, dass dieser Moment sein musste, also nickte ich stumm. Meine Beine, die sich eben noch wie Gummi angefühlt hatten, schienen nun überhaupt nicht mehr vorhanden zu sein. Auch war ich mir nicht sicher, ob ich mein Glas nach wie vor in der Hand hielt oder ob ich es bereits fallen gelassen hatte. Ich ließ meinen Blick über die Menge schweifen, doch sah nur ein verschwommenes Meer aus Farben. Ich räusperte mich und atmete einmal tief durch. Dann versuchte ich meine Stimme so kräftig wie möglich klingen zu lassen: „Dankeschön, Molly. Hallo alle zusammen. Ich bin Joana Silveira, *Visiting Artist* aus Portugal und ich bin sehr dankbar, dass ich hier heute stehen darf. Dass meine Bilder eine eigene Ausstellung bekommen in meinem zweiten Heimatland, ist für mich immer noch kaum zu glauben. Danke. Als ich vor fast einem Jahr das erste Mal meinen Fuß auf irischen Boden gesetzt habe, fühlte ich mich wie eine Fremde. Nichts war mir bekannt, nirgendwo fühlte ich mich zugehörig, obwohl ich doch eigentlich meine Wurzeln hier habe. Das Malen meiner Eindrücke hat mir geholfen, meine Wurzeln wieder zu spüren, hat mich ankommen lassen. Ich freue mich, sie hier heute teilen zu können.“

Mit zitternder Hand ergriff ich die Schere, die Molly mir entgegenhielt, und schnitt das dunkelgrüne Band durch, das vor dem Eingang der Ausstellung gespannt worden war. Das Klicken einiger Kameraauslöser war zu hören und dann setzte Applaus ein. Verlegen lächelnd sah ich mich nach Molly um, die ihr Glas erhoben hatte. Die Künstler und Künstlerinnen stießen mit ihren Gläsern an und, begleitet vom anhaltenden Applaus, schritt ich voran in den Ausstellungsraum. Dutzende Menschen setzten sich ebenfalls in Bewegung und folgten mir.

22. Kapitel

Die vielen Besucher gingen im Ausstellungsraum umher, nahmen sich von den Sandwiches und Scones, die auf einem Tisch in der Mitte des Raumes platziert worden waren, oder füllten ihre Gläser mit Sekt und Orangensaft nach. Ihre Gespräche schwollen zu einem undefinierbaren Summen an, in dem ich unmöglich Meinungen zu meinen Bildern heraushören konnte. Doch spürte ich, dass die Stimmung ausgelassen und fröhlich war. Das Grinsen in meinem Gesicht schien festgefroren zu sein und ich wusste nicht, wohin mit meiner Freude. Es dauerte nicht lang und die ersten Journalisten standen vor mir, um mir Fragen zu stellen, an die ich mich später kaum erinnern konnte. Auch meine Antworten waren kurz danach wie weggewischt.

Eine Frage gab es, die öfter gestellt wurde und mir deshalb im Kopf hängenblieb: „Und was haben Sie jetzt vor? Wollen Sie wieder nach Portugal zurück?“

Sie überraschte mich, denn ich hatte mich das selbst lange nicht mehr gefragt. „Naja, erstmal hierbleiben über den Sommer, denke ich. Mit meiner Ausstellung undso ...“, druckste ich herum.

„Na, das hoffe ich doch“, warf plötzlich eine Stimme hinter mir ein. Aoife war von hinten an uns herangetreten und schloss mich direkt in die Arme. „Ganz wunderbar, Joana. Habe mich gerade mit Ethan umgesehen, wir wollten dich nicht stören. Aber jetzt konnte ich nicht anders.“ Ethan stand hinter meiner Großmutter und reckte zögerlich lächelnd einen Daumen nach oben.

„Und Sie sind?“, fragte der Journalist und wandte sich Aoife interessiert zu.

„Die Oma, Aoife Burke. Gebürtig aus Kilkenny, wenn Ihnen das etwas sagt.“ Aoife lachte schallend und legte den Arm um meine Hüfte.

Sofort fühlte ich mich entspannter. „Mein Zuhause ist zurzeit hier und nicht in Portugal. Was die Zukunft bringt, werde ich sehen.“

Nickend machte der Journalist sich Notizen und verabschiedete sich nach einer Weile, um sich meine Bilder genauer anzusehen. Endlich hatte ich Zeit, einen Moment nach draußen zu gehen. Am Eingang stieß ich auf Pat und Jamie, die mit einem Sandwich in der Hand die Sommersonne genossen.

„Na, Frau Künstlerin?“, fragte Pat dröhnend und drückte mich mit einem Arm an sich. Heute trug er seine moosgrüne Krawatte, die über und über mit Kleeblättern bedruckt war.

„Du hast die irische Landschaft echt wunderschön eingefangen, Joana“, sagte Jamie ernst und schenkte mir ein Lächeln. „Besonders Donegal. So mystisch. Ich war früher oft mit meinen Eltern dort im Urlaub. Deine Bilder wecken Kindheitserinnerungen.“

„Na, wie fühlst du dich?“, fragte auf einmal Ethan, der hinter mir aus dem Ausstellungsraum getreten war. Über seiner Schulter sah ich, dass Aoife sich anscheinend mit ein paar der anderen Künstler verquatscht hatte.

„Gut gut, danke“, gab ich zurück und leerte mein viertes Glas Orangensaft in einem Zug. „Pat, Jamie, das ist Ethan.“ Mehr wusste ich nicht zu sagen. Der Gedanke an unseren Abschied vor zwei Tagen gab mir ein mulmiges Gefühl im Magen. Wieder regte sich in mir der Wunsch, mich von Ethan zu entfernen und eine Weile für mich zu sein. Die Männer schüttelten sich die Hände.

„Möchtest du noch eins?", fragte Ethan und nahm mir das leere Glas aus der Hand.

„Gerne einen Sekt, danke. Die meisten Interviews sind ja geschafft, denke ich." Ethan sah aus, als wollte er etwas erwidern, drehte sich dann aber um und ging in den Ausstellungsraum zurück.

„Ist ein aufmerksamer junger Mann", bemerkte Pat, als Ethan verschwunden war.

„Ja, das ist er", gab ich achselzuckend zurück und wich Jamies forschendem Blick aus. „Das ist übrigens der Besitzer des Buchladens, in dem ich in Kinsale arbeite", fügte ich hinzu.

„Ach nein, wirklich? Hätte gar nicht gedacht, dass der noch so jung ist." Nun sah auch Pat mich mit von der Sonne und dem Sekt geröteten Wangen an. „Und könnte es sein, dass er inzwischen etwas mehr ist als dein Chef? Du hast ja noch gar nichts von ihm erzählt die letzten Tage, fällt mir gerade auf."

Mein Wunsch davonzulaufen, wurde größer. Unruhig scharrte ich mit den Füßen und schaute zu Boden. „Ich weiß nicht ... nein, ich denke nicht, dass da mehr ist. Nicht für mich zumindest. Es fällt mir aber schwer, ihm das zu sagen."

Ich sah zu den beiden auf und Pat zwinkerte mir zu. „Muss ja auch nicht heute sein. Heute geht es nur um deine Ausstellung, an einem anderen Tag ist dafür auch noch Zeit."

In diesem Moment trat hinter Pat ein Besucher aus der Eingangstür, der eines meiner gerahmten Bilder in den Händen hielt. „Frau Silveira? Dürfte ich Sie kurz stören?"

Beinahe hätte ich zu kichern angefangen wegen seiner formellen Ansprache. „Natürlich, gar kein Problem.“ Wir entfernten uns ein paar Schritte.

„Dankeschön. Ich habe hier dieses beeindruckende Kunstwerk von Ihnen gekauft.“ Er hielt mir das gerahmte Bild der Picknickszene auf den Klippen Donegals hin.

Mein Herz machte einen aufgeregten Hüpfer. Für dieses Bild hatten Molly und ich einen Preis von 560€ vereinbart, wobei 20% an das *Craft Village* gehen würden. Noch nie hatte ich so viel auf einmal mit einem einzigen Bild verdient.

„Würden Sie es bitte für mich signieren? So ein Original direkt von der Künstlerin ist etwas ganz Besonderes.“

Erstaunt sah ich ihn an. „Aber natürlich, wenn Sie das möchten. Hinten auf der Bildrückseite?“ Wir entfernten vorsichtig den Rahmen und ich schrieb meinen Namenszug in eine Ecke. Dabei versuchte ich, so gleichmütig wie möglich zu wirken, als wäre das eine ganz normale Situation für mich, während mein Kopf laut verkündete, dass dies sicher ein Scherz wäre, den Pat sich ausgedacht hatte. Dieser schien allerdings mit Jamie und zwei weiteren Besuchern in ein Gespräch vertieft.

„Vielen Dank.“ Wir legten das Bild zurück in den Rahmen und befestigten es behutsam. „Und dann habe ich noch eine Frage zu Ihrem Bild, wenn es Ihnen nichts ausmacht.“ Der Mann deutete auf die Nebelwand, die sich vom Meer in Richtung Klippe schob. „Ich sehe hier einen Umriss. Sieht aus wie ein Mensch, vielleicht ein Mann, der im Nebel verschwindet. Oder auftaucht? Wie haben sie das intendiert?“

Verblüfft sah ich genauer auf die Stelle, auf die er zeigte. Tatsächlich war im Nebel eine Gestalt mit verstrubbelten Haaren zu erkennen, die auf einem der Felsen im

Wasser stand. „Wenn ich ganz ehrlich bin, war mir das nicht klar. Diese Person habe ich nicht bewusst gemalt. Ich kann Ihnen die Frage also auch nicht beantworten."

Der Besucher bedankte sich noch einmal ausgiebig, ehe er in Richtung Hauptstraße davonging. Verwirrt sah ich ihm nach. Offenbar hatte ich meinem Bild eine Bedeutung hinzugefügt, ohne es zu wollen. War es mein Vater, der dort auf dem Meer im Nebel verschwand? *Aber diese verstrubbelten Haare …*

„Also ich würde sagen, dass der Mann wieder auftaucht, wenn du mich fragst", murmelte plötzlich eine Stimme hinter mir. Ich erstarrte. Ich konnte Tom spüren, ehe ich ihn sah. Mein Herz schien einen Moment auszusetzen, ehe es wie wild zu pochen anfing. Langsam drehte ich mich zu ihm um und blickte in seine erdbraunen Augen, unter denen sich Grübchen gebildet hatten.

Er grinste und sah mich aufmerksam an. „Augen wie das Meer. Ich habe dich vermisst, Ana." Ehe ich irgendetwas erwidern oder denken konnte, stürzte Tom auf mich zu, schloss mich in seine Arme und küsste mich zärtlich. Die Welt schien einen Moment stehen zu bleiben. Es gab nur uns beide. Auf einer windgepeitschten Klippe. Innig zusammen, so echt und doch nicht von dieser Welt.

Nach einer kleinen Ewigkeit lösten wir uns voneinander. Mir war schwummrig zumute und ich wusste immer noch nicht, was ich sagen sollte. Alles, was ich tun konnte, war Tom anzustarren, als wäre er ein Geist. Wie aus dem Nichts erschien Ethan an Toms Seite mit einem Glas Sekt, das er mir entgegenstreckte. „Ähm, hier bitte Joana."

„Oh, danke. Tom, das hier ist Ethan. Mein … der Besitzer des Buchladens, in dem ich arbeite, und ein guter Freund."

Tom, der offenbar Mühe hatte, seine Augen von den meinen abzuwenden, schüttelte Ethan die Hand. „Freut mich. Sorry, ich bin die ganze Nacht aus Deutschland hergefahren und noch etwas langsam im Kopf."

Ich leerte mein Sektglas in großen Zügen und beobachtete die beiden ein paar Worte austauschen. *Was ist hier los? Wie kann es sein, dass Tom hier ist und nicht auf dem Schiff?* Für Erklärungen blieb allerdings keine Zeit. Eine weitere Journalistin trat zu mir herüber und wollte mir ein paar Fragen stellen. „Klar, ist in Ordnung", murmelte ich und versuchte mich wieder zu konzentrieren. *Meine Ausstellung. Mein Tag.*

Tom nahm kurz meine Hand. „Ich schaue mich drinnen mal um. Wir reden einfach später, Ana. Wir haben Zeit." Er gab mir einen Kuss auf die Wange und ging mit Ethan in den Ausstellungsraum, während ich mich an mein leeres Sektglas klammerte und mich auf die Fragen der Journalistin zu fokussieren versuchte.

„Ihr beiden kommt gleich zum Abendessen? Luke und Holly haben sich für heute angekündigt, um deinen erfolgreichen Tag zu feiern, Joana", dröhnte Pat mit geröteten Wangen und klopfte Tom und mir auf die Schultern. Jamie hakte sich bei Pat ein. „Wir sehen uns gleich." Gemeinsam gingen die beiden in Richtung Meer zur Hauptstraße davon.

„Ein ganz wunderbarer Tag war das, meine Liebe", sagte Aoife glückselig, während ich ihr in Ethans Wagen half. „Ich habe mit all den Künstlern dort gesprochen, sie sind sehr zufrieden. Molly hat gesagt, dass du noch das eine oder andere Mal vorbeikommen wirst. Vielleicht könntest du mich dann mitnehmen? Es tut so gut, mal aus dem Seniorenheim rauszukommen und meine Enkelin zu erleben. Meine Enkelin, die berühmte Künstlerin." Sie lächelte mich breit an und drückte mich an sich.

„Das wäre sehr schön, Oma. Vielleicht kann ich ja ein Auto organisieren."

„Oder wir fahren mit meinem Van", kam es plötzlich von hinten und ich spürte, wie Tom sich neben mich stellte.

Ich musste grinsen. „Oder das."

„Auch so ein netter Mann", murmelte Aoife mir ins Ohr und zwinkerte.

„Na dann los", sagte Ethan, der bereits am Steuer saß und mit den Fingern aufs Lenkrad trommelte.

„Tausend Dank, Ethan, dass du meine Oma mitgebracht hast. Dann sehen wir uns in ein paar Tagen im Laden?" Ich wusste nicht, was ich sonst sagen sollte. Mir war klar, dass Ethan enttäuscht war, dass er sich mehr von diesem Tag erhofft hatte. Obwohl ich ihm keinerlei Versprechen gemacht hatte, spürte ich mein schlechtes Gewissen.

„Ja genau. Bis dann", antwortete Ethan kurz angebunden und sobald ich Aoifes Tür zugeschlagen hatte, startete er den Motor und fuhr ohne einen Blick zurück davon.

Tom und ich standen eine Weile schweigend da und sahen ihnen nach. Über uns kreisten ein paar Möwen und vor uns breitete sich das Meer bis in die Unendlichkeit aus. Die Sonne nährte sich dem Horizont. In zwei Stunden würde sie dort untergehen und Tom und ich würden ihr gemeinsam dabei zusehen. Noch war es warm und eine leichte Brise kräuselte meine Haare. Ich spürte Toms Blick auf mir ruhen und drehte mich zu ihm. Unsicher, was ich sagen sollte, schaute ich ihn nur an. Da war keine Wut, keine Angst in mir. Eigentlich wartete ich nur darauf, dass er mir mitteilte, was er nun vorhatte.

Tom trat unsicher von einem Fuß auf den anderen, wich meinem Blick aber nicht aus. „Also ... jetzt bin ich wieder hier. Hier, um zu bleiben. Ich bin so froh, dich zu sehen, Ana. Und ich hoffe sehr, dass du mich noch in deinem Leben willst. Dass du mit mir ein neues Kapitel beginnen möchtest. Denn ich möchte es unbedingt."

Mein Herzschlag beschleunigte sich, aber ein Fragezeichen hatte ich noch, das ich ausradieren wollte. „Wie kommt es, dass du jetzt hier sein kannst? Ich meine, warum konntest du früher vom Schiff gehen, gab das nicht Probleme?"

Tom nickte und zuckte die Achseln. „Die waren natürlich nicht glücklich darüber, als ich nach ein paar Wochen gleich wieder gehen wollte. Aber ich habe nicht lockergelassen und argumentiert, dass ich der stressigen Schiffsarbeit nicht mehr gewachsen wäre. Zudem habe ich ihnen einen Ersatz organisiert. Gleich zwei, um genau zu sein, denn es war nicht schwer, jemanden zu finden. Ich musste bloß ein paar meiner Reisekontakte anrufen. Erinnerst du dich noch an Susanne und James? Du hast sie in Aldeia kennengelernt. Die waren sofort begeistert, denn eigentlich war es eine Kreuzfahrt, die man erst nach ein paar Saisons auf dem Schiff mitmachen darf, weil die Reiseziele so beliebt sind. Das war für die eine Riesenchance."

Tom legte mir den Arm um die Hüfte und zog mich näher an sich heran. „Hätte ich vor ein paar Jahren auch so gesehen. Aber jetzt nicht mehr, wie ich festgestellt habe. Ich habe mich ganz schön verändert, glaube ich. Das habe ich jetzt endlich eingesehen. Ich kann nicht mehr zurück in dieses Reiseleben und das möchte ich auch nicht."

Unsere Lippen verschmolzen zu einem langen Kuss, der alles besiegelte. Ein neues Kapitel; dieses Mal wieder gemeinsam. Vielleicht würde es ein längeres werden. Das hoffte ich zumindest. Doch wusste ich jetzt, dass ich auch allein eine neue Seite aufschlagen könnte, sollte es irgendwann einmal nötig werden.

Epilog

Der Himmel über der Bucht von Dugort war an diesem Morgen ungewohnt klar. Es gab kaum Wolken und auch der kühle Nordwind machte ausnahmsweise mal eine Pause. Es war zu meinem Morgenritual geworden, mit dem ersten Kaffee vor unserem Haus zu sitzen und über den Strand und das Meer zu blicken. Zumindest seitdem es mir möglich war, dies zu tun, denn wir hatten erstmal einige Zeit gebraucht, um das *Sunrise Cottage* wieder bewohnbar zu machen. Ich nahm einen großen Schluck Kaffee und schloss die Augen, während ich mich an die Wand unseres Zuhauses lehnte. *Unser Zuhause.*

Das vergangene Jahr waren Tom und ich über uns hinausgewachsen, nachdem Aoife kurze Zeit nach der Ausstellungseröffnung verkündet hatte, dass sie mir das Cottage vermachen wollte. „Ich weiß, dass das bedeutet, dass du nicht in Kinsale bleibst. Deshalb würde ich am liebsten noch damit warten. Aber ich möchte auch nicht, dass es weiter verfällt. Es soll einen neuen Zweck bekommen und in der Familie bleiben."

Tom und ich hatten daraufhin angefangen, alles in Bewegung zu setzen, um Geld zu sammeln, mit dem wir das Cottage renovieren konnten. Das *Craft Village* hatte uns tatkräftig dabei unterstützt, unsere Spendensammlung zu verbreiten, und auch Pat hatte seine vielen Kontakte spielen lassen. Zusammen mit einem Großteil von Aoifes Ersparnissen, von denen sie uns versicherte, dass sie sie genau für diesen Zweck aufgehoben hatte, hatten wir schließlich genug zusammen, um die wichtigsten Arbeiten am Haus umzusetzen. Alles andere würden wir nach und nach in Angriff nehmen, wann immer wir genug gespart hatten.

Sobald das Dach und die Fassade des Cottage stabilisiert und erneuert worden waren sowie ein Gästezimmer fertig hergerichtet war, war Aoife mit uns den langen Weg nach Dugort zurückgekommen. Tom und ich hatten sie auf unserem Rückweg von Cork mit dem Van eingesammelt, wo Tom in ein paar Pubs aufgetreten war. Uns allen war klar gewesen, dass wir Aoife nicht mehr zurückbringen würden. Nach ein paar Wochen in unserem Gästezimmer hatte sie in der Nähe einen Platz im betreuten Wohnen gefunden und kam nun regelmäßig zu Besuch.

„Hier bist du wieder."

Toms Stimme ließ mich zusammenfahren. Beinahe wäre ich mit meinem Kaffee in der Hand eingedöst. „Kaum Wind heute Morgen und so schön sonnig ist es. Magst du dich zu mir setzen?"

Tom ließ sich ebenfalls auf die Bank fallen, die er aus alten Brettern gezimmert hatte, und zog mich zu sich heran. „Herrlich. Wie läuft es denn mit deinen Bildern?"

Ich schmiegte meinen Kopf an seine Schulter. „Ganz okay. Ich versuche möglichst nicht daran zu denken, dass bis nächsten Monat alles fertig sein muss." Lachend hob ich meine Kaffeetasse an die Lippen.

„Deine erste Ausstellung auf Achill Island. Für sie ist es eine Ehre, schließlich haben sie von deinem Erfolg im *Craft Village* gehört und deine Postkarten und Kunstdrucke im Laden sind ständig vergriffen. Ich bin sicher, alle werden begeistert sein." Tom gab mir einen Kuss auf den Scheitel und nahm sich meine Kaffeetasse, um ebenfalls einen Schluck zu trinken.

„Du Charmeur", neckte ich ihn und gab ihm einen Kuss auf die Wange. Breit grinsend sah ich hinüber auf die andere Seite der Bucht, wo der kleine Laden stand, in dem ich meine Bilder verkaufte. Es war ein ehemaliges Fischerhäuschen, in dem ein älteres Pärchen seit einigen Jahren selbstgedruckte und handgebundene Kunstbücher zum Verkauf anbot. Ich hatte sie wenige Tage nach unserer Ankunft in Dugort kennengelernt und wir hatten sofort gemerkt, wie gut meine Bilder in ihren Laden passen würden. Ich schloss die Augen und drehte mein Gesicht in Richtung der wärmenden Sonnenstrahlen. „Hast du eigentlich schon Neuigkeiten wegen deiner Tour gehört?"

„Dan hat wohl schon ein paar Zusagen von Pubs in Dublin, Cork, Westport und Bantry, wo ich mein erstes Album vorstellen könnte. Wir wollen aber noch etwas warten und die zeitlichen Lücken füllen, damit sich die Fahrt auch lohnt."

„Klingt so, als stünde bald wieder ein Roadtrip an", sagte ich und grinste ihn an.

„In zwei Monaten vielleicht, ja. Frau Künstlerin, würden Sie mir die Ehre erweisen und mich begleiten, wenn es so weit ist?" Tom kicherte.

„Aber klar. Sehr gerne." Ich legte meinen Kopf auf Toms Schulter zurück.

Tom nahm eine Strähne meines gewellten Haares, die ihm ins Gesicht geweht war, und strich sie nach hinten. „Deine Haare fangen das Sonnenlicht ein, wusstest du das?", fragte er unvermittelt. Er legte seine Hand auf meine Wange und zog mich in einen zärtlichen Kuss. „Ich fahre gleich nach Keel zum Surfen. Da werden sicher wunderschöne Wellen reinkommen, weil es heute so windstill ist."

„Klingt perfekt, *Surferboy*. Achja, Daphne kommt übrigens heute Nachmittag nach Achill. Sie will ein paar Tage hierbleiben, ehe wieder die Pflicht in Dublin ruft. Heute

Abend sind wir im Pub verabredet, falls du auch mitmöchtest.“

Nach unserem Morgenkaffee ging ich ins Wohnzimmer, das seit meinem ersten Besuch nicht wiederzuerkennen war. Die große Fensterfront hatten wir ausgetauscht und goldenes Sonnenlicht durchflutete den gemütlichen Raum. Meine große Staffelei war direkt am Fenster aufgestellt, durch das man über den grasbewachsenen Hang des *Slievemore* und auf das Meer hinausblickte. Ich zögerte und setzte mich dann an den alten Schreibtisch, den wir Dank viel Schleifarbeit und einem neuen Anstrich hatten retten können. Aus einer der Schubladen zog ich einen Bogen Papier, schaute kurz auf das gerahmte Familienportrait, das hier seinen Platz gefunden hatte, und begann zu schreiben, als hätte ich es schon lange so vorgehabt:

Liebe Marta,

von Aoife habe ich das alte Cottage der Familie in Dugort auf Achill Island bekommen. Es ist inzwischen nach einigen Renovierungsarbeiten wieder bewohnbar. Meine nächste Ausstellung wird hier in einem Monat eröffnet. Vielleicht magst du Tom und mich besuchen kommen und sie dir anschauen? Wir haben ein Gästezimmer.

Ich hielt inne. Die Entscheidung hatte sich innerhalb des letzten Jahres immer mehr in mir gefestigt, dass ich Marta vergeben wollte. Ihr Groll gegen Ryan hatte dazu geführt, dass ich meinen Vater nie wiedergesehen hatte.

Ich wollte es nicht zulassen, dass ich denselben Fehler beging und sich womöglich etwas Ähnliches mit meiner Mutter ereignete. So fügte ich hinzu:

Ich würde mich freuen. Wir würden uns freuen.

Joana

Ende

Danksagungen

Was schreibt man am Ende eines Buches, dessen Entstehung über drei Jahre gedauert hat? Es ist kaum in Worte zu fassen, wie viel in und hinter so einem Buch steckt. Das fängt mit den vielen Stunden an, die es dauert, die Geschichte zu schreiben, zu überarbeiten, nochmal zu überarbeiten und noch ein paar Mal mehr zu überarbeiten. Aber auch alle Inspirationen und Informationen, die in so einem Buch zusammenfließen, kann man sich kaum vorstellen. Ich glaube, das vergessen wir (mich eingeschlossen) oft, wenn wir nur die fertigen Produkte im Buchladen liegen sehen. Wir wissen nicht, was für ein langer Weg hinter diesen Büchern liegt, weil dieser meist im Verborgenen gegangen wird, da das Schreiben nun mal oft im stillen Kämmerlein stattfindet.

Doch sind immer auch eine Vielzahl von Menschen beteiligt und einige davon möchte ich hier aufführen, denen ich zutiefst dankbar bin für ihre direkte oder indirekte Mithilfe an meinem Roman: Danke an meine Testleserinnen Su, Simone, Kathleen, Finja und Lisa, die die Geschichte teilweise im rohen Zustand gelesen und mir durch ihre Rückmeldungen geholfen haben, die klaffenden Lücken zu füllen. Danke Matthias Coordes für dein geniales Pitch-Video zum Roman, das ich für die Crowdfunding-Kampagne nehmen durfte. Danke Su Balko für dein Flyerdesign für die Kampagne, für dein Coverdesign und natürlich für deine Geduld, die du beim Buchsatz irgendwie behalten hast, obwohl ich tausend kleine Anmerkungen und Ideen hatte. Danke an Emese, deine Coverillustration ist wieder so wunderschön geworden wie bei „Mehrweh“ (wenn nicht sogar noch schöner)! Danke an meine Eltern und meine Schwestern, die in jeder Lebenslage hinter mir stehen.

Ein besonderes Dankeschön möchte ich zuletzt an die Unterstützer:innen aussprechen, die mit ihrem finanziellen Beitrag zu der Crowdfunding-Kampagne die Produktion dieses Romans möglich gemacht haben:

Jutta, Lara, Matthias, Christoph & Katharina Jedamski, Kateryna Apolke, Dorothea, Miriam, Christine Huck, Sabine & Michael Hülshoff, Stefanie Hülshoff, Mirko, Renate, Sandra, Daniel, Matthias Coordes, Simone, Tobias, Antje, Daniela, Su, Kiki, Annett, Bernhard & Elisabeth, Christiane, Nicole Kassens, Annegret, Christina, Ulrike, Heidrun, Kathleen, Michal, Anna und Cornelia.

Von Herzen DANKE!

Über die Autorin

Foto: Michal Babiarz

Neben dem Schreiben ist das Reisen Franziska Hülshoffs große Leidenschaft, weshalb sie sich nach ihrem Studium in Germanistik und Anglistik gegen den ursprünglich geplanten Job als Journalistin entschied und stattdessen als Reiseleitung in der Welt unterwegs war.

Besonders Portugal und Irland hat sie in ihr Herz geschlossen und in beiden Ländern auch eine Zeit lang gelebt. Im Alltag ist sie am liebsten viel draußen, geht mit ihrer Hündin spazieren, macht Yoga oder liest. Zudem liebt sie das Meer.

Beim Schreiben träumt sich die Autorin an malerische Orte und interessiert sich besonders für das Innenleben der Charaktere: Welche Gedanken und welche Gefühle treiben sie zu ihren Handlungen an?

www.worteundmeer.de

Mehrweh

Die Vorgeschichte: Erfahre, wie Joanas Reise begann!

Joana führt ein beschauliches Leben in ihrem Heimatdorf an der portugiesischen Küste. Sie arbeitet im Café und ist jede freie Minute am Meer, wo sie beim Zeichnen in der wildromantischen Naturkulisse versinkt. Doch sie sehnt sich nach mehr: Sie möchte dem engstirnigen Dorf entkommen, um als freie Künstlerin die Welt zu bereisen. Als sie den Surfer Tom kennenlernt, kann sie ihre Träume nicht länger verstecken. Der Weltenbummler erobert ihr Herz und hilft ihr beim ersten Schritt in Richtung Freiheit. Jedoch scheint ihre gemeinsame Zeit begrenzt.

Wird Joana auch allein ihren Weg finden?

Home

von Franziska Hülshoff

art overflowing with emotion
the Soul yearningly called by the Ocean
and me following trustingly
heart in hand
pulled in with a wish
to understand.

skin simply softened by the sea
smiles flowering genuinely
sunshine in my heart
Ocean in your hair
naturally breathing in the salty air

dancing with the waves
the sea set me free
drowning the mind
let things be

and flow with Me.